90-

AH ! L'AMOUR, TOUJOURS L'AMOUR

Stéphanie
Montreuil
Group: 303

DU MÊME AUTEUR

Dites donc, Lattès, 1985
Allô Lolotte, c'est Coco, Flammarion, 1987
Maman coq, Flammarion, 1989
Mademoiselle, s'il vous plaît, Flammarion, 1991.

CLAUDE SARRAUTE

AH ! L'AMOUR, TOUJOURS L'AMOUR

FLAMMARION

ISBN 2-08-066770-X
Imprimé en France

— Ah ! mon chéri, si tu savais ce qui m'est arrivé. J'en suis toute…

— Eh ben, Tanbelle, où tu étais passée ? Tu devais être là à…

— Chez Yvette, pour un brushing. J'y suis allée à pied, mais bon, au retour, comme j'étais pressée, j'ai pris le bus et c'est là que ça s'est passé… Il y a un type… Oh ! C'est horrible…

— Quoi, qu'est-ce qu'il t'a fait ?

— J'ose pas te le dire. Après ça, tu m'aimeras plus pareil.

— Enfin, voyons, chérie !

— Prends-moi dans tes bras.

— Oui, ben, tout à l'heure. Enlève ton manteau et passe-moi le tablier. Je risque de m'éclabousser en touillant mes…

— Non, là, maintenant, tout de suite. C'est très important, chéri. Serre-moi fort. Dis-moi que tu m'aimes comme avant. Plus qu'avant.

— Non… Oui… J'en sais rien. Avant quoi, d'abord ? Lâche-moi, tu veux, sinon elles vont attacher mes…

— Ça, c'est pas mal ! Je viens de recevoir un coup terrible. Ça fait une heure que j'essaie de t'en parler, mais non, tu veux rien savoir. Je m'en fous qu'elles crament ou pas, tes carottes, je vais te dire. De toute façon, j'en mangerai pas. Depuis que ma mère m'a... J'ai horreur de ça...

— Ah, non, Tanbelle, pitié ! Si tu me les ressers encore une fois, tes carottes froides au petit déjeuner, c'est moi qui vais gerber.

— T'entends comment tu me parles ? Avec des gros mots et tout !

— C'est énervant, aussi, cette façon de me sauter dessus entre la toile cirée et l'évier ! A quoi ça ressemble, franchement ?

— A ce que c'est, le choc de ma vie ! Je t'en prie, chéri, serre-moi, fort... Plus fort que ça.

— Allez, suffit ! Bon, alors, qu'est-ce qu'il y a ?

— Il y a que j'étais debout dans le couloir du bus et qu'un horrible type, la cinquantaine, gros, épais, vulgaire, velu, chemise ouverte, chaîne, gourmette et chevalière, se met à engueuler un petit ado assis en face de lui et lui dit... Et lui dit...

— Quoi ? Qu'est-ce qu'il lui dit ?

— Ah ! mon chéri, c'est terrible. Il lui dit... Ça ne sort pas... Serre-moi encore...

— Ah non, la barbe, on n'a plus l'âge !

— Ben voilà, c'est ça ! Il lui a dit : Votre mère vous a pas appris à vous lever devant les personnes âgées ? C'est tout de même pas à moi à céder ma place à une vieille dame !

— Et alors ? C'est plutôt gentil, non ? Il te voit là, secouée par les cahots, cramponnée à ton parapluie... T'as plus 20 ans, ni même 60, ma pauvre chérie.

— Dis tout de suite que je suis trop vieille pour...

— Pour lever un mec autrement que par politesse, ça oui !

C'est quoi, la vieillesse ? C'est ça. Pas autre chose. C'est une place qu'on vous cède sans que vous compreniez pourquoi. C'est votre fils qui vous prend le bras pour traverser la rue. C'est une vendeuse qui, au lieu de se récrier quand vous lui dites : Ça fait pas un peu jeune, non, cette jupe écossaise? vous propose un costume pantalon avec une veste tunique. C'est une amie d'enfance ou un ancien collègue perdus de vue depuis une éternité qui vous renvoient, vision d'incrédule horreur, l'image de ce que vous êtes vous-même devenu.

Faut se pincer pour y croire. Et dès qu'on cesse, on n'y croit plus. Tenez, regardez-la, elle l'a déjà oubliée, cette grande cata, cette cinglante claque, Isabelle, la Tanbelle, encore si belle à ses propres yeux et à ceux d'Étienne, son vieil amant de... Ça va faire quoi... Dix, onze ans qu'ils sont ensemble. Il est divorcé. Elle est veuve. Et pourtant, ils s'aiment en cachette. Plus de son mari à elle. Après son attaque, il a traîné encore six, sept mois, soigné par une Tanbelle affolée, attentionnée, mon Dieu, mon Dieu, mon pauvre chéri, et là, maintenant qu'il est parti, elle ne rêve que de reconvoler.

Seulement voilà, Étienne, lui, ça le tente de moins en moins. Il a peur. Peur de quoi ? Peur de qui ? D'elle d'abord. Enfin, pas d'elle, de son âge, à Tanbelle. Elle a beau être plus jeune que lui, jeune, elle ne l'est plus. Alors, rentrer avec elle, bon, très bon. En revanche, sortir, non. Enfin, si, bien sûr, mais en week-end, en voyage, là où ça se voit pas trop.

Peur aussi pendant un temps de ses jumeaux, la fille et le garçon, ses merveilles, ses dons du ciel ! Son fils, le ciel le lui a repris. Un accident de la route. Deux petits morveux, aux yeux de Tanbelle.

Horriblement mal élevés. Par lui. Sa femme les lui a laissés en partant, joli cadeau, il leur a servi de papa poule. Il n'y en avait que pour eux. Et là, depuis la mort de son frère, la fille compense en le couvant, en le dorlotant, en surveillant son emploi du temps : A quelle heure tu t'es encore couché hier soir ? Et ses fréquentations : Avec qui t'es sorti ? Pas avec cette vieille pouf, quand même ! Enfin, papa, qu'est-ce que tu lui trouves ?

Il lui trouve le goût de l'interdit, du désir intact. Ils s'aiment à la sauvette et ça les fouette, et ça n'a jamais si bien marché, et ça les enchante l'un et l'autre. Simplement, ensuite, lui se reprend. Pas elle. Son hobby, à Tanbelle, l'affaire de sa vie, ç'a été et c'est encore l'amour passion, l'amour physique, l'amour tout court. Enfin tout court, ce n'est plus vrai. Elle le conjuguerait bien avec toujours, là, aujourd'hui !

Je vous entends vous récrier d'ici : Non, mais où tu vas là ? Tu nous avais pas dit qu'elle avait plus de 60 balais, ta vioque ? D'abord, ce mot, je vous l'interdis. Elle a et elle aura toujours peut-être pas 20, non, 30 ans, l'âge du plein épanouissement. Oui, bon, ça va, épargne-nous tes clichés, tu veux ? D'abord, quel âge elle a, exactement ? Bientôt 62 ! Et elle ne pense qu'à ça, cette vieille salope ? Beurk ! Rien que de l'imaginer, on en a la nausée.

Honnêtement, moi, autrefois, j'avais la quarantaine, ça m'a fait pareil. J'arrive dans ma chambre d'hôtel, à New York, et sans prendre le temps de poser mon sac de voyage j'allume la télé. Et qu'est-ce que je vois s'inscrire à l'écran ? Le titre d'un docu : *Sex after sixty*. Stupeur de ma part. Stupeur mêlée d'horreur. Mon sac m'a échappé des mains et je me suis collée le dos au mur pour pas tomber à la renverse : On n'allait pas me montrer ça, quand même !

Te montrer quoi, d'abord ? Essaie pas de nous dire qu'après 60 ans, et à plus forte raison 70, les papis et les mamies s'envoient en l'air en poussant des cris. Eh ben, si ! Maintenant que je sais de quoi je parle, je vous le dis. Haut et fort. Et je vous le répéterai tout au long de ce bouquin. N'ayez pas peur, chaque fois que j'y ferai allusion, je vous préviendrai. Vous n'aurez qu'à remonter vos lunettes sur votre front. Et vous pincer le nez.

— Tu peux pas savoir ce qui m'arrive, dis donc, maman. Ils vont pas me le garder, René.

— Arrête, Jacquotte, tu veux ! Tu me dis ça chaque année et ils finissent toujours par le...

— Non, mais ce coup-là, c'est sérieux, il m'a ramené une note de...

— A qui la faute, hein, ma fille ? Je te l'ai dit, répété : fallait surveiller ses... Mais non, sous prétexte de le laisser se débrouiller, tu ne t'es jamais vraiment occupée de lui. Franchement, si tu avais été P-DG d'une grosse société, chirurgien ou OS, je comprendrais, mais maîtresse d'école, oui bon, prof, là, tu n'as pas d'excuses.

— Mais c'est lui, voyons maman, qui a toujours refusé de me raconter ce qui se passait dans sa boîte. Il tenait absolument à organiser son travail comme un grand.

— Félicitations du jury ! Remarque, c'est pas sa faute, le pauvre, s'il passe sa vie à jouer, à s'amuser. Il tient ça de son père.

— Là, maman, tu exagères, son père, tu ne l'as vu que le jour de mon mariage.

— Oui, eh ben, après y avoir goûté, je n'avais pas

besoin qu'on me repasse le plat. C'est toujours pareil avec René. Tu commences par l'engueuler et puis tu finis par céder. Prends mon vieux poste en noir et blanc. Quel besoin tu avais de l'installer dans la chambre à coucher en le laissant s'abrutir, tous les soirs, au salon devant la télé.

— Je te l'ai dit cent fois, t'écoutes pas. Parce que le sport, le foot, la formule 1, le tennis, les chevaux, tout ça, je supporte pas et qu'avec le câble on y a droit vingt-quatre heures sur vingt-quatre. De toute façon, ça sert à rien de ressasser le passé. C'est son avenir qui m'inquiète. Qu'est-ce qu'il va en faire ?

— Il peut peut-être trouver un petit boulot.

— Penses-tu ! Il n'a jamais rien foutu, c'est pas maintenant...

— Pas sûr. Toi non plus, ton bahut, tu ne le supportais pas, tu n'avais qu'une envie, c'était d'en finir.

— Comment tu peux comparer, maman ! Moi, j'essayais d'enseigner l'anglais à une bonne quarantaine de voyous analphabètes dans une banlieue pourrie. Au risque de ma vie.

— Tu exagères, là, Jacquotte !

— A peine. Jamais j'allais aux toilettes sans ma bombe lacrymo. Et pour m'aventurer au parking, je me servais de mon porte-clés comme d'un coup-de-poing américain, alors que René, lui, c'est une des meilleures boîtes de Paris. J'étais tellement contente quand ils l'ont pris. Non, il est impardonnable.

— Oui, c'est vrai. En plus, je le connais, il ne se rend pas compte de ce qui l'attend. Mais quand ça arrivera, il risque de le prendre très mal, de se sentir morveux, de pas oser le dire...

— Ben ça, tant pis pour lui, il n'avait qu'à...

— Faut pas l'accabler, le pauvre ! Je ne comprends pas d'ailleurs, il est encore trop jeune pour qu'on puisse le virer comme ça. On les garde jusqu'à quel âge, dernier carat, là maintenant, 65 ans, non ? Et ton mari, ça lui en fait combien ?

— Soixante dans deux mois. Il a pas assez cotisé, mais quand ils ont de mauvais résultats, on leur graisse la patte pour qu'ils prennent la porte sans grincer des dents.

Qui c'est, ces deux-là ? La mère de Tanbelle et sa jeune sœur. Quatre ans de moins que Tanbelle. Jacquotte, elle s'appelle. Le jour et la nuit. L'une essaie de tenir bon la rampe. Elle se maquille, elle se teint, elle se pomponne. L'autre a choisi de vieillir en homme. Sans fard. Et sans effort inutile. Pour quoi ? Pour qui, d'abord ? Pas pour René, quand même, son mari de trente ans, bientôt à la retraite, qu'elle houspille, qu'elle mène à la baguette. En ancienne instit qui savait tenir sa classe comme personne.

Elle est tout en angles, Jacquotte, avec des gestes, des attitudes d'adolescente parfaitement inconsciente de son charme.

Elle est douce, Tanbelle, une peau de bébé, elle est ronde, appétissante. Depuis le temps qu'elle les perd, qu'elle les reprend, qu'elle se prive, qu'elle se goinfre, elle n'a toujours pas renoncé à les larguer, ses kilos en trop.

Elle donne, tête baissée, dans tous les régimes, dans tous les soins de beauté, envieuse et agacée par la maigreur, apparemment sans souci, de cette planche à pain de Jacquotte, qui la nargue en se tapant en toute impunité des pâtés, des potées, des purées et des tartes Tatin sous son nez : Si seulement je pouvais grossir un peu, mais non, rien à faire, curieux, tu trouves pas, dis ? Normal, remarque, moi, je tiens de maman, que toi...

En toute impunité vu qu'elle en laisse, mine de rien, la moitié dans son assiette et qu'elle compense en ne mangeant que des œufs durs pendant le reste de la semaine. Sans mérite et sans problème. La bouffe, elle s'en fout. La baise, pareil.

Une rose un peu fanée, Tanbelle. Une rose thé, thé sans sucre avec des toasts et du miel, qui n'a rien perdu de ses épines. Elle ne s'épanouit que dans la passion. Une passion sans cesse exprimée, sans cesse fouettée par le risque de perdre ce qu'elle a une chance de gagner. Un risque calculé et une chance provoquée.

C'est le système de la douche écossaise. Et alors, là, elle ouvre grands les robinets. Le chaud. Et le froid. Flots de tendresse, et giclées de reproches. Son Étienne, elle l'arrose au jet. Un jet continu de : Je t'aime et toi ? Ben, dis-le ? Pourquoi tu le dis pas ? Tu m'aimes plus, c'est ça ?

Tanbelle fait des caprices et adore les scènes. Jacquotte fait des scènes et déteste les caprices. Elles se chamaillent, elles se chipotent depuis... depuis aussi longtemps qu'elles se souviennent. Elles s'adorent, elles se détestent. Elles se cherchent et elles se... trouvent. Pareil que quand elles étaient petites. Telles qu'en elles-mêmes... Inchangées.

Là, elles ont rendez-vous dans un café des Champs-Élysées pour aller se faire une toile après. Jacquotte est en avance, comme toujours. Et, comme toujours, Tanbelle est en retard :

— Il y a longtemps que t'es là ? Tu m'en veux pas, dis ? Figure-toi que je me suis arrêtée au talon-minute, tu sais,.à la station de métro. Et pendant que j'attendais, assise sur mon tabouret, il m'a fait un frais, le cordonnier. Il m'a demandé comment je pouvais me balader aussi haut perchée sans m'abîmer les pieds.

— Ça, c'est pas mal ! S'il savait !

— S'il savait quoi ? Ils ont beau être noirs et satinés, mes collants, on voit bien que j'ai pas de...

— Toi ! T'as de tout : des cors, des oignons, des œils-de-perdrix, des bosses, des... Normal, tu les martyrises, tes pieds, à jouer les jeunes filles en t'obstinant à prendre du 37, alors que...

— Alors que quoi ? Avant, je chaussais du 36, 36 et demi, maxi. Je vais pas prendre du 38 ou du 39 pour te faire plaisir.

— Mais, je m'en fous, moi, Tanbelle, ce que j'en dis, c'est pour toi, pour ton confort, pour ta santé. Chausser du 35 ou du 40, quelle importance ? C'est complètement dépassé, cette obsession des petits pieds à la chinoise. Ça te date aussi sûrement que du carbone 14, ton 36 fillette. L'âge, de nos jours, ça se mesure à la taille de ses godasses. Si t'es pas bien dans tes baskets, c'est que t'es pas bien dans ta tête. Bon, allez, viens, on va rater le début de la séance.

Elles sont là, elles font la queue devant le cinéma : Laisse, ce coup-ci, c'est pour moi, t'as déjà payé les cafés... Quand soudain : Excusez-moi, mesdames, vous vous appelez bien Jacquotte et Tanbelle ? Lenormand, hein, c'est ça ? Vous ne me reconnaissez pas, c'est moi, Monique, la petite qui vous admirait tellement, vous étiez déjà en seconde que moi...

— Ça, alors ! Bien sûr qu'on te reconnaît ! T'as pas bougé ! Non mais, regarde, Tanbelle, ce visage, cette silhouette, une gamine ! Enfin, c'est pas croyable, t'as quoi... Deux ans de moins que moi, même pas ! Comment t'as fait ? La vie t'est passée dessus et t'a laissée...

Elle l'a laissée seule, la vie, Monique. Seule comme un... Pourquoi un clou ? Oui, un clou, au fond, c'est bien ça. Elle est enfoncée, murée dans sa solitude. Une solitude sans issue. Elle ne voit pas le moyen d'y échapper. Avant il y avait son travail : Avec tout le travail que j'ai... Faut que j'aille à mon travail. Elle avait travaillé dur pour en arriver là. En arriver où ? A ne plus avoir de travail.

Elle venait d'entrer en fac, en propédeutique, comme on disait encore. Et puis, son père était mort. A la brutale. Un accident de bagnole. Le téléphone, l'hôpital, le coma, l'attente dans le couloir, sa mère à moitié folle... Et qui l'était restée. Enfin, pas vraiment, mais totalement incapable de s'en sortir sans sa fille. Sur tous les plans : affectif et financier. Finis les études, les DEUG, les CAPES, les maîtrises. Envolés !

Monique s'est inscrite au cours Pigier. Sténodactylo. *Le Figaro*... Petites annonces... Offres d'emploi. Elle se présente. Elle est prise. Prise par sa boîte dans la journée et le soir prise par l'appart, où l'attend, toujours dolente, toujours souffrante, toujours aimante, sa... Oui, maman, c'est moi... Ça va ?

— J'avais 37°8 à midi, je ne me sens pas bien, touche mon front pour voir... Je t'ai préparé une truite saumonée, il n'y a plus qu'à l'enfourner, moi, j'ai pas faim, je pourrais rien avaler... Ils ne sont pas passés pour la machine à laver... Viens, ma Monette, viens là, viens t'asseoir à côté de moi... Raconte un peu, alors, ce courrier égaré par Josyane ?... Tu sais, on en parlait hier...

Les garçons ? Oui, peut-être, au fond, pourquoi pas ? Non, au fond, peut-être pas, pourquoi ? Elle a eu deux, trois histoires sans histoires, parce que sans lendemain, ils n'ont pas rappelé. Et une histoire qui a fait tant d'histoire qu'elle a rompu. Elle lui a écrit ce que les Américains appellent une « Dear John letter ». Une lettre qui ne commence ni par mon chéri ni par mon amour, mais par mon cher Jean. Pas la peine d'aller plus loin. Vous savez ce qu'elle contient : un avis de rupture. J'ai réfléchi... Ma mère. Pas uniquement ma mère. Ça ne marcherait jamais. Il n'y a pas d'issue possible à 3. Ni moi sans elle, ni elle sans moi, ni toi avec elle et moi. Alors, bon...

Elle n'aimait pas assez cet homme pour quitter cette femme qu'elle aimait trop, cette gamine, cette mère, cette amie, cette sœur qui lui parlait au cœur et à l'âme et sur qui, petit à petit, elle a fait un transfert.

Un enfant, un vrai, elle aurait bien aimé, mais avec qui ? Au bureau, les collègues la taquinaient : Avec ta mère, tiens, cette question ! Tu sors, suffit d'une fois, ça, elle te laissera, tu ramènes ta petite graine, vous la regardez pousser ensemble et ensuite vous n'avez plus qu'à ramasser ce que vous aurez trouvé dans... Qu'est-ce que tu préfères, dis, ma grande, une rose ou un chou ? Allez, fais pas cette tête-là. On peut en avoir jusqu'à 50 ans et même 54, là maintenant, des enfants. Regarde Jane Fonda. T'as tout le temps.

Il est passé, le temps. Dépassé. Et avec lui, le regret, l'envie. D'entendre les collègues se plaindre tous les matins, tous les midis, entre un petit noir et une assiette de crudités : Mon aînée, tu devineras jamais ce qu'elle a eu le culot de me sortir, hier soir. Elle m'a dit, j'ose à peine le répéter... Ou encore : T'as un truc, toi, contre l'acné ? Alexandre en est couvert. On a tout essayé... Elle s'était consolée : Tant pis. Ou plutôt tant mieux !

Un enfant, elle en avait un maintenant. Sa mère avait décliné au point que c'était un crève-cœur de s'en arracher le matin : Maman, tu m'entends, c'est moi ! C'est Monette. Ouvre les yeux ! Je te laisse avec Mme Nathan, mais je vais me dépêcher de rentrer. Sa mère si dépendante, si confiante, qu'elle nourrissait à la becquée : Encore une cuiller, ma chérie, rien qu'une pour Monette... Sa mère qu'elle langeait, attendrie, bouleversée, maman, je t'en supplie, accroche-toi à moi, ne me lâche pas... Sa mère qui avait fini par la quitter, tout doucement, sans un souffle, sans un bruit au début de la nuit... Tu dors, maman ? Tiens, j'avais oublié de te passer un peu d'eau de lavande sur les poignets, dans le cou. Maman, tu... Maman !... Oh non !

Ça, c'était avant. Avant, il y avait encore la sonnerie du réveil, la toilette à la va-vite, les affaires préparées la veille, le métro, la rue, le bureau, les chefs, la cafète, les copines : Il est joli, dis donc, ce chemisier ! Où tu l'as trouvé ?

— Au BH-V. On se les arrachait. Pourquoi t'y ferais pas un saut, ce soir, le mercredi ils restent ouverts tard, maintenant que t'as plus ta pauvre maman à...

Elle vivait seule déjà. Mais à mi-temps seulement. Après l'agitation du bureau, elle ne détestait pas son chez-soi, rien que pour moi, prendre un bain chaud, enfiler un peignoir, se mettre à l'aise, plus besoin de réchauffer son dîner. Une pomme, un yogourt, un verre de lait sur un plateau-télé, après tout ce qu'elles avaient bouffé à la cantine, elle et Jeanine, c'était bien assez.

Elle croyait s'être habituée à l'absence de sa mère et voilà qu'un jour, en ouvrant un tiroir, elle a vu, laissées là par mégarde, elle avait viré toutes ses affaires, vidé son placard, ses lunettes... Monette, où sont passées mes lunettes ?... Ô mon Dieu ! C'est pas vrai ! Plus jamais elle n'entendrait... Plus jamais...

N'y pense plus, va... Ne pense pas à ce que tu as perdu, pense à ce qui te reste.

Oui, ça, c'était avant. Et maintenant ? Maintenant, sa mère n'est plus. Son travail, elle ne l'a plus. Elle a tout perdu. Toute une vie solidement arc-boutée entre deux rives qui, soudain, s'éloignent et c'est le plongeon. Toute une vie ancrée, construite sur un amour et sur une activité, un amour, une activité qui se dérobent sous vos pieds et c'est le gouffre.

Elle a arrêté. On l'a arrêtée. Elle perd pied. Elle n'a plus rien. Si, elle a 56 ans. Et il lui reste deux cent quarante-sept trimestres, cotisations payées, à tirer. Seule. Les amies, c'étaient celles de sa mère, deux, trois vieilles dames s'éloignent déjà... La maison de retraite, l'hôpital longue durée : Faudra venir me voir, hein, Monique, quand vous passerez sur la Côte d'Azur, promis ? Bientôt elles se seront effacées. Et les collègues de bureau : Tu vas pas nous laisser tomber, hein ? On compte bien te revoir souvent... Tiens, on t'invitera au prochain pot. D'ici là, on s'appelle, promis ?

Elle n'a plus rien et elle n'a plus personne. Plus de raison de sortir. Plus de raison de rentrer. Le réveil et le téléphone ont cessé de sonner.

Et voilà qu'un après-midi elle était assise, tirée à quatre épingles, pas une raison pour se laisser aller, devant sa télé à regarder un film débile, elle s'est levée brusquement, prise d'une irrésistible envie d'en voir un pour de vrai, sur grand écran, avec d'autres gens. Et là, dans la queue devant le cinéma, qui elle voit... ? Est-ce que ce ne serait pas les sœurs Lenormand ? Excusez-moi, mesdames...

René lui a servi le petit déjeuner au lit à 7 heures, comme tous les matins. Comme tous les soirs, elle avait mis le réveil à 6 h 45. Il a ouvert un œil surpris et s'est dressé et s'est retourné et s'est replongé, à plat ventre, sous la couette, l'oreiller sur la tête. Elle l'a secoué, Jacquotte, penchée sur lui, ses petits seins ballants sous la chemise ouverte :

— Non, mais, qu'est-ce que tu crois, espèce de cossard ? Que tu vas rester à tirer ta flemme pendant que je prépare le plateau du petit déjeuner à ta place ! C'est pas parce que t'es tombé en retraite que... T'avais dit que ça changerait rien à nos habitudes, alors, ouste, debout. Et oublie pas mes sucrettes. Hier, le temps que tu retournes les chercher, il était froid, mon café !

Il s'était levé, encore groggy, assommé par une mauvaise nuit à chercher le sommeil. Un sommeil agité, capricieux, trop léger pour pouvoir y sombrer. Tiens, on dit aussi : succomber. Succomber au sommeil. Mourir de sommeil. Le sommeil éternel. Vivement demain la veille. La veille du jour de son dernier sommeil. Il pourrait toujours sonner, là, ce putain de réveil...

Il s'était levé et, sans passer par la salle d'eau, en peignoir et en savates, il avait allumé la bouilloire électrique, sorti le beurre du frigo... Elle aurait pu y penser hier soir, c'est tous les matins pareil... Où elle les a encore fourrées, ses saloperies de sucr... Ah ! les voilà... Et il était revenu en traînant les pieds, mal réveillé, pas rasé, brusquement vieilli, avachi, la peau grise, les yeux pochés, le plateau de guingois...

— Fais attention, tu vas renverser... Allez, pose-le là et va te laver les dents.

— Comment ça, va te laver les dents ? Non, mais, ho ! T'as oublié un zéro, j'ai pas 6 ans, j'en ai...

— 6 ou 60, c'est pareil. T'as mauvaise haleine.

Ça, il l'a mal pris. Il a tort. C'est un service qu'elle lui rend, non ? Un jour, je me souviens, je feuillette un magazine et qu'est-ce que je découvre, qu'est-ce que je reçois en pleine poire au détour d'un article ? Un truc à renverser un bœuf : Je pue du bec ! Si, si, on est des centaines de milliers comme ça et on n'en sait rien. Personne n'ose nous le dire. Remarquez, il y a des signes qui ne trompent pas. Mouvement de recul des proches et des copains quand vous vous retrouvez nez à nez. Bises écourtées. Au lieu d'un aller-retour-aller, vous n'avez droit qu'à un aller simple. Façon qu'ont les mecs d'inspirer à fond et de bloquer leur respiration avant de vous prendre dans leurs bras. Pastilles à la menthe offertes par une collègue de bureau : Tiens, tu peux garder la boîte, j'en ai d'autres.

Inutile de mettre ça sur le compte d'un aïoli ou d'une carie, c'est rarement le cas. D'où ça vient ? Je sais plus. Ce que je peux vous dire, c'est qu'ils disent qu'il faut le dire. Faut pas dire : Tu refoules du goulot. Faut dire... A vrai dire, quoi qu'on dise, ça vexe. Pareil que d'être accusé de chanter faux ou de dégager ce que les Américains résument en deux lettres, B.O., l'odeur corporelle. Ulcéré, il est, là, René :

— Et toi, ma vieille, tu...

— Je... Quoi ? Allez, sors-la, ta vacherie !

— Donc, c'en était bien une ! Oui, ben, je vais pas me fatiguer à te rendre la monnaie de ta pièce. Pas besoin de te boucher le nez. Ma gueule, je la ferme et je vais prendre mon thé et mes biscottes, bien peinard, devant la télé. Pour une fois que je peux regarder les journaux du matin.

— Au salon ? Non, mais, t'es malade ! Tu vas encore me mettre des miettes partout. Et je ne passe l'aspirateur que demain. Le lundi, j'ai pas le temps.

Les commerçants sont fermés et faut que j'aille au self de la rue de Poitiers.

Il avait obtempéré... Bon, bon, très bien... Il n'allait pas gâcher leur première journée de loisirs partagés. Va pour la cuisine. Au lieu de regarder la télé, là tout de suite, il allait étudier les programmes de la Une, rapport au tiercé de l'après-midi. Tiens, encore un plaisir inédit : pouvoir jouer même en semaine, oh, pas des fortunes... 10 F sur un outsider. Sec. Ou 6 F pour une combinaison de trois. Faudrait faire le papier. Et ça aussi, ça passe le temps. Ce temps qu'il passait son temps à essayer de rattraper, voilà qu'il essaie de le tuer, à présent :

Il est donc là, à touiller son sachet de thé dans un bol, attablé devant la toile cirée, pendant que Jacquotte fait sa toilette. Et qu'est-ce qu'il voit ? Curieux, il ne s'en était jamais rendu compte ! Le rouleau de Sopalin est accroché derrière et pas devant ou à côté de l'évier. Faut se retourner chaque fois qu'on en a besoin.

— Dis donc, Jacquotte, quelle drôle d'idée, ce...

— Quoi ? J'entends pas, j'ai l'eau qui coule...

— ...

— J'entends rien, je te dis !

— Oui, ben, pas la peine de crier !

— C'est énervant aussi ! Tu n'ouvres pas la bouche pendant des soirées entières et tu choisis le moment où je suis sous la douche pour me... Alors, qu'est-ce que tu disais ? Le Sopalin ? Non, mais, je rêve ! De quoi je me mêle, d'abord ? Quand c'est que t'y as touché la dernière fois, hein, à mon rouleau de... Allez, René, occupe-toi de tes affaires et viens pas fouiner dans les miennes.

— Fouiner ! Ça, c'est pas mal ! Enfin, voyons, ça se voit gros comme le nez qu'il est placé en dépit du bon sens, ce... Et puis d'abord, à quoi ça rime, les tiennes, les miennes d'affaires ? Maintenant que je suis là, on partage. T'as assez râlé, question vaisselle, cuisine, ménage... Jamais un coup de main, tout ça... pour pas me donner maintenant ma part de...

— Bon, très bien, si tu y tiens. Tu vas te raser. Tu prends ta douche. Tu t'habilles. Et tu me nettoies la salle d'eau. A fond. Les sols, les glaces, la baignoire et le lavabo. Pour la cuvette des cabinets, il y a de l'Harpic sur...

— Bien, mon caporal ! Et merde ! Tu crois quand même pas qu'après seize mois de service militaire et trente ans de travaux forcés je me suis enfin libéré de mes chefs pour passer encore un quart de siècle dans un camp de concentration dirigé par la chienne de Buchenwald. Allez, tchao !

Le temps d'enfiler un pantalon et il est parti en claquant la porte, René. Sans un mot, sans rien. Abasourdie, Jacquotte lui court après. Et penchée sur la rampe de l'escalier, il n'a pas perdu son temps à attendre l'ascenseur, elle lui lance : Où tu vas là, René ? Chercher des croissants ? Prends le journal aussi pendant que tu y es ! René, arrête, je te parle !

Tu parles ! Elle l'a vraiment cogné, là, elle a tapé trop fort. C'est qu'il est fragile, maintenant, son René, fragilisé par ce retour d'âge à la brutale. C'est ça, au fond, pas autre chose, la retraite-couperet. Est-ce qu'elle va seulement s'en rendre compte, cette tornade blanche de Jacquotte, sifflante toupie tapant sur ses oreillers, secouant ses couettes et récurant ses casseroles avec une vitalité qui vire à l'agressivité, à force de tourner en rond dans son trois-pièces-cuisine. Une agressivité fouettée par la présence inopinée de René : Il va tout de même pas traîner dans mes jupes toute la sainte journée !

Enfin, inopinée, façon de parler ! Ils ne sont pas sortis d'une pochette surprise, cette date butoir, ce lundi noir. Ils ont eu le temps de les voir venir. Le temps, oui. L'envie, non. Ils y pensaient bien un peu. Mais en silence. Sans en parler. Pour en dire quoi d'abord ? Que ce serait le pied ? Pas évident. Que ce serait la cata ? Pas forcément. Ils verraient bien. Le moment venu. Il est venu. Et ils ont vu !

Tiens, vous la verriez, là, maintenant, pendue au téléphone :

— Allô ! Maman ? C'est Jacquotte ! Je te réveille pas, au moins ? Écoute, on s'est disputés, nous deux, René... Pourquoi tu dis que c'est ma faute ?... Oui, d'accord, je sais, c'est pas le jour... Encore que si, justement. Hier j'avais aucune raison de... qu'aujourd'hui... Mais rien. Non, il m'a rien dit, il m'a tout fait !... Quoi, tout ? Rien. Il fait rien. Rien que de m'embêter, de me chercher des poux pour une histoire de rouleau... Non, écoute, maman, ce coup-là c'est pas moi qui lui ai reproché de ne pas remettre du PQ au cabinet quand il n'y en a plus... Oui, oui, maman, je sais, on en use plus qu'eux, donc c'est à nous de... Mais c'est pas de ça qu'il s'agit... Enfin, maman, tu vas m'écouter, oui ? Bon, alors s'agit pas de papier toilette, s'agit de papier cuisine. C'est ça, oui, pas le Lotus, le Sopalin... Allô ! Allô ! Maman !... merde, on a été coupées... Allô ! Maman ? Ben, où t'étais passée ? Encore ? Écoute, maman, c'est plus possible, tu peux pas continuer à... Non, maman, je regrette, tu nous avais promis que si ça s'aggravait, s'il commençait à faire sous lui, tu... Un accident, allons donc !... Bon, bon, tu fais comme tu veux. Après tout, c'est ton fauteuil, ton Détach'net et ton chien. Mais franchement, au lieu de me raconter des histoires tu ferais mieux de... Mais je t'ai pas traitée de menteuse, qu'est-ce que tu vas t'imagi... Maman ! Allô, maman ! Ah ! merde ! Ce coup-là, elle a raccroché.

Elle a raccroché, oui ! Pas contente, Mamour, c'est le surnom que lui a donné, tout bébé, son petit-fils, et il lui est resté. Non, c'est vrai, ce qu'elle peut être casse-pieds, cette brave Jacquotte avec son côté maîtresse d'école rancie : Ouvrez vos livres de grammaire page 27. Eh ! là... Au fond de la classe... Où c'est que tu crois que tu vas, maman ? Faire pipi ? Sans demander la permission ? Personne t'a jamais appris à lever le doigt ?

Elle va le lever, là, Mamour ! Et même le bras. Un bras d'honneur : Allez vous faire... Non, mais pour qui elles la prennent, ses filles ! Il n'y en a pas une pour rattraper l'autre. Tanbelle, c'est pareil. Sauf que c'est pire : T'as vu un peu, maman, comment t'es coiffée... Rentre ton corsage dans ta jupe, tu veux, maman !

Qu'elles se disputent donc entre elles, au lieu de la disputer, elle ! Là, elle pousse et elle le sait. Mais bon, tant pis. Ce qui est chouette quand on prend de l'âge, c'est qu'on peut tout se permettre. Peut-être pas tout, non, quand même. Juste ce qu'il faut pour garder son autorité en interdisant à ses enfants de renverser les rôles et de jouer les parents sévères, inquiets, vigilants. Ça, c'est bon pour le... quel âge déjà ?

C'est qu'il y en a des tas, là, maintenant. Le troisième, ça va de 55 à 75 ans, celui de ses filles. Celui de la retraite active. Celui des croisières, des voyages, celui d'une relative aisance et d'une totale indépendance. Les enfants sont grands, élevés. La maison est payée. La voiture aussi. Et la retraite tourne autour de 8 000 balles, moyenne nationale. Sauf qu'elle n'y est pas, elle, dans la moyenne, loin s'en faut !

De 75 à 85 ans, c'est le sien, celui de Mamour, le quatrième âge. Alors là, il arrive que ce soit le coup de pompe, le coup de vieux, rien de grave, simplement on n'a plus la même pêche. C'est peut-être aussi le fait de se retrouver seul. On a perdu sa femme ou plus souvent son mari. Les petits-enfants sont bien gentils, mais, bon, les recevoir à la maison, c'est fatigant quand même. De toute façon, elle est trop grande, là, maintenant, la maison, c'est lourd à entretenir. Et pour quoi... Et pour qui ? Les amis, il n'en reste plus tellement. L'horizon se rétrécit. On commence à penser à un petit appartement ou à un foyer logement. Ce serait peut-être une bonne idée. Faudrait se renseigner. Ça presse pas, notez, simplement au cas où...

Au cas où on serait atteint par la limite d'âge, le cinquième, de 85 à des 100, 107, 114 ans, pas forcément celui de la dépendance, non, pas du tout... Souvent, hélas, trop souvent.

Elle n'en est pas encore là, Mamour. Elle a toute sa tête. Et quelle tête ! Avec son petit nez droit, son teint de porcelaine, sa couronne de cheveux blancs, c'est une beauté. Descendue d'une toile de Boucher. Et puis, quoi, elle n'a jamais que 83 ans... Oh ! pardon, chérie, 82 ans et demi. Même pas... 82 ans et cinq mois. Je ne vais pas t'en rajouter, t'inquiète ! Déjà que tu es contrariée par cette sans-cœur de Jacquotte. Elle a une façon de te parler de Ric-et-Rac. Qui ça ? Son compagnon de toujours, son amour, à Mamour. Et faut bien reconnaître que lui, là, depuis quelque temps, il... Comment dire, il... Il s'oublie. D'après le docteur, ça peut être un ennui passager, un genre de cystite. Non, c'est vrai, s'il fallait piquer toutes les bêtes qui font pipi au lit, sous prétexte qu'elles ont le droit de mourir dans la dignité : Tu vas pas me faire, ça, dis, mon Rac ? Tu vas pas m'obliger à acheter *Suicide mode d'emploi* ! Non, parce que je te préviens, moi, je te survivrai pas !

René s'est retrouvé sur le trottoir en bas de chez lui. C'est l'heure à laquelle il serait parti si... Il aurait tourné le coin de la rue, traversé le pont, pris son bus à... Aujourd'hui, c'est différent. Aujourd'hui, tu pourrais... Tiens, bonne idée ! Tous les matins, tu te lèves et tu fais comme ce type-là, en short et en baskets, tu cours autour du pâté de maisons, après tu prends ta douche, ton petit déj... Si tu remontais te changer ? Au fond, pourquoi pas... Oh ! Et puis, non. Rien qu'à l'idée du tir groupé de Jacquotte avec ses questions à la mitraillette : D'où tu viens, où tu vas, viens ici, va pas là...

Non, le jogging, ce sera pour une autre fois, mais c'est une idée à suivre. Bon, en attendant, tu sais ce que tu devrais faire ? Aller acheter le journal au kiosque près du métro, ça va t'aérer, et tu reviendras le lire, bien pépère, au Saint-Régis devant un crème et des croissants... Non, pas des, un seul... Un, deux, quelle importance ? Tu verras bien...

Ce qu'il verra, sûr et certain, c'est la tête du patron : Ça, pour une surprise ! Alors, on s'est fait porter pâle, m'sieur René ? La barbe ! La barbe ou la honte ? Les deux. S'il lui dit la vérité, tel qu'il le connaît, il va lui poser des colles, le père Berthier, il va lui demander de commenter. Non, l'examen de passage dans l'inactivité, ce sera pour une autre fois.

Pas de jogging, pas de Saint-Régis, alors quoi ? Le bus. Son bus. Simplement, au lieu de descendre à Opéra, comme d'habitude, il s'arrêtera avant, dans un coin où on ne le connaît pas, où il ne risque pas de rencontrer... A l'Hôtel-de-Ville, tiens, en face du BH-V, il y a un grand bistro sympa. Le kiosque est à deux pas. C'est là qu'il va le prendre, son café. Il va s'asseoir à une table près du comptoir pris d'assaut par les vendeuses et les employés de bureau du quartier.

Ça se bouscule et ça rouscaille et ça rigole dans le brouhaha des retrouvailles matinales. Marcel ! Ho ! Marcel ! Ce rince-cochon, tu me le sers, oui ?... Salut, ma poule... Et pour toi, ce sera quoi ? Un petit noir ? Ben oui, comme d'habitude !... Dis donc, et Josette, elle est pas encore arrivée ? Tu l'as vue passer, toi, ma copine ?... Ah ! te voilà ! Ben, c'est pas trop tôt. Marcel, un thé au lait-tartines, grouille, tu veux, déjà qu'on est en retard... T'es au courant pour Cotinaud ? Ils le virent ? Tu plaisantes ? Ils l'augmentent !

Assis sur le bout des fesses derrière son guéridon, gêné, prêt à partir, René n'arrive pas à attirer l'attention du serveur. Hep ! Garçon ! L'autre passe sans le voir. Il est devenu transparent ou quoi ? Enfin, c'est insensé ! Garçon, s'il vous plaît ! Il prend une commande à la table à côté et va en cuisine sans même se retourner. René qui avait ouvert son *Paris-Turf* le referme et se dresse : Bon, tant pis, je m'en vais. Pour aller où ? Allez, relaxe... T'as tout ton temps, non ? Il finira bien par... Lis ton journal en attendant.

Je peux pas, je me sens pas bien, je flippe, je connais personne... Ils doivent se demander ce que je fous là, tout seul, à cette heure-ci. Arrête ta parano, tu veux ? C'est vraiment le dernier de leurs soucis, je vais te dire. D'ailleurs, tu pourrais être un VRP qui attend l'ouverture des bureaux pour aller... Ou t'aurais rendez-vous avec...

Ah ! ben ça, alors, René !... Vous vous connaissez ? Jacques Guiblain, René Dumourier à la comptabilité. Je te croyais au siège... T'as été muté rue de Rivoli, et tu commences cette semaine, c'est ça ? Tu me raconteras. Là, faut qu'on y aille... Ho ! Marcel ! Ho ! T'as intérêt à me le soigner ce client-là, dis donc, c'est un collègue... Qu'est-ce que tu prends ?... Marcel, envoie un grand crème et des croissants. Sur mon compte, hein ! Allez, tchao, Dumourier, à demain ! Parce que si je me souviens bien, t'es pas le genre à traîner au bistro le soir.

— Allô, c'est toi ? C'est Tanbelle. Je viens aux nouvelles. Alors, comment il supporte, René ? Pas trop déprimé ?

— Si, encore assez. Hier, il a disparu toute la journée. Et il est revenu complètement pété.

— Qu'est-ce que tu lui as encore fait ?

— Ah, non, ça va pas recommencer ! Mamour m'a dit exactement la même chose. Décidément, tout est toujours de ma faute dans cette famille.

— Ah ! parce que tu lui as téléphoné et moi, rien !

— Enfin, Tanbelle, normal d'appeler sa mère dans des situations pareilles.

— Je te dis pas, mais je suis ta sœur, quand même, et question mecs, j'en connais un rayon, que cette pauvre maman, sur ce chapitre...

— C'est pas un mec, voyons, René, c'est mon mari. Je le connais comme si je l'avais fait.

— Ça, c'est bien l'expression qui convient ! Tu le traites en fils ou en frère, là, maintenant.

— Comment tu le sais ?

— Il me l'a dit.

— Quoi ! Il t'a dit qu'on ne...

— Oui, un jour, comme ça en passant, il m'a laissé entendre qu'entre vous...

— Normal, non ? Tu voudrais tout de même pas qu'on couche ensemble ! Après trente ans de vie commune, on en arrive à un tel degré d'intimité, qu'on aurait l'impression de commettre un inceste.

— Qu'est-ce que tu racontes ? Moi, avec ce pauvre Jean-Michel, ça a toujours fonctionné. Et même très bien.

— Allons donc ! Il était à moitié paralysé, il...

— Et après, c'est pas parce que t'as eu une attaque que...

— Le pauvre ! Tu te seras acharnée dessus jusqu'au bout, alors. Pourquoi ? Pas pour le plaisir, quand même ? T'avais peur qu'il se sauve, peut-être !

— T'y comprends rien, ma pauvre Jacquotte. Ça le rendait heureux, il avait l'impression d'être encore entier, d'être encore un homme. Alors que ton René, je vais te dire, il va rien avoir de plus pressé, là, maintenant, que de se faire remonter le moral par...

— Par qui ?

— Par n'importe qui, n'importe où, n'importe comment. Histoire d'être aimé, admiré, de s'entendre dire qu'il est le plus beau, le plus grand, le seul, l'unique. Avec la bonne petite retraite qu'il se paie, on va te le piquer, crois-moi ! Ça te pend au nez comme un sifflet de deux sous, ma pauvre fille.

— Ah ! je t'en prie, arrête avec tes petits airs condescendants... Ma pauvre fille... Ma pauvre Jacquotte... Pauvre toi-même. T'as plus de mari, ta fille, c'est comme si t'en avais pas, et emmerdeuse comme t'es, c'est pas demain la veille qu'il va se décider à te passer la bague au doigt, Étienne...

— A ta place, je prendrais pas le pari. Nous, nos rapports...

— Ouais, je sais, c'est le grand pied. N'empêche, c'est peut-être justement à cause de ça qu'il tient pas à faire verre à dents commun. Comme tue-l'amour, rien de tel. C'est pas à toi que je devrais apprendre ça.

— Non, ça n'a rien à voir, c'est sa garce de jumelle. Je vais te le retourner vite fait, tu vas voir.

— Comment ?

— En le rendant jaloux.

— Tiens, bonne idée ! Tu sais ce que tu devrais faire ? Commencer par séduire René. Je te le prête. Non, ne me remercie pas, c'est moi. Vaut mieux que ça reste en famille.

— Oui, ben, compte pas là-dessus. Je regrette, c'est impensable. Depuis trente ans que vous vivez ensemble, j'aurais l'impression de... De... Je sais pas, moi... De commettre un inceste.

— Ah ! tu vois ! Je te le fais pas dire !

— René ! René, tu m'écoutes ? Tu sais ce qu'ils disent dans *Le Temps retrouvé* ? René, je te parle !

— Pas vrai ? Ce bruit bizarre, je croyais que la chaudière avait des gaz, c'était une voix ? Et ça venait pas du transistor ?

— Non ! Et tu t'appelles pas Jeanne d'Arc.

— Comme ça fait plus de deux jours que tu ne m'adresses pas la parole, je croyais.

— Normal, non ? C'est pas gentil de partir le matin et de rentrer le soir, sans rien dire. Pas un mot.

— Pourquoi, pas gentil ? C'est ce que j'ai toujours fait. Est-ce que je t'ai jamais embêtée avec mes histoires de bureau ?

— Si, ça t'arrivait souvent. Et, de toute façon, c'est pas une raison pour ne pas me raconter tes histoires de bistro.

— Quel intérêt ?

— Ça, je me le demande ! Au lieu de rester bien sagement à la maison à jouer avec...

— Avec quoi ? J'ai même pas le droit au Minitel.

— Non, mais t'as idée de ce que ça nous coûterait en note de téléphone, tes... Qu'est-ce que t'attends pour faire ton puzzle ? T'es pas au bout de tes trois mille pièces, avec ton petit coin de ciel bleu-vert qui attend toujours de rejoindre ton petit coin de mer vert-bleu.

— Justement, ça se confond, ça me casse les pieds, ça me prend la tête... Enfin, Jacquotte, je suis pas bien... Tu peux arriver à le comprendre, ça, non ?

— Non. D'abord, t'as aucune raison de pas être bien. Est-ce qu'on n'est pas bien là, tous les deux ? Ensuite, si t'es mal, c'est ta faute. La retraite, ça se prépare.

— Comment, on peut savoir ?

— Justement, c'est marqué là dans le journal. Faut commencer par apprendre...

— Apprendre quoi ?

— A se connaître soi-même.

— Mais je me connais très bien, figure-toi. Ça fait soixante ans que je me fréquente, que je me retrouve dans l'ascenseur, les couloirs, que je me rencontre dans le métro, que je me tombe dessus au tabac du coin. D'accord, je ne me croise plus au bureau ni à la cantine, mais je continue à m'inviter à dîner, souvent avec toi d'ailleurs. C'est pas comme si on s'était complètement perdus de vue moi et moi.

— Mais non, c'est pas de ça qu'il s'agit, voyons. S'agit de se livrer à une espèce d'introspection, un genre d'autopsychanalyse pour...

— Faut que je m'allonge sur le divan ou quoi ?

— Oui, c'est pas une mauvaise idée. Tu t'allonges, tu te relaxes, tu te décontractes. J'ai appris à le faire quand j'attendais le Petit. Faut que tu te sentes tout lourd... Tiens, couche-toi là, je vais te montrer... Non, plus mou, le bras... Faut qu'il retombe comme une masse quand je le soulève... Là... C'est mieux. Maintenant, ferme les yeux et dis tout ce qui te passe par la tête... Attends, commence pas tout de suite. Faut que j'aille m'asseoir dans le fauteuil avec un bloc et un crayon... Où tu l'as encore fichu, le bloc des commissions ? C'est insensé ! Depuis que t'es là, je ne retrouve plus rien. Ah, le voilà ! Qu'est-ce qu'il fait près du téléphone ? Je t'ai dit mille fois qu'il fallait le laisser sur le frigo. Tiens, ça me fait penser...

— Si tu veux bien, cette fois, c'est à moi de penser !

— Bon, bon, très bien, vas-y, je suis prête. Pense !

— ...

— Alors, ça vient ?

— A quoi faut que je pense ?

— J'en sais rien, moi, ils le disent pas dans le journal, mais, bon, ça doit sûrement concerner ton enfance. Essaie de te rappeler. Qu'est-ce qui t'a le plus marqué ?

— Ben... Heu... La fois où ma mère m'a filé une taloche parce que j'avais bouffé tout le chocolat du goûter au petit déjeuner. Et puis... Oui... Enfin... Non...

— Si, dis-le, on sait jamais, ça peut...

— Quand la cousine d'un copain, je ne sais plus comment elle s'appelait, a baissé sa culotte pour que je lui montre ma quéquette.

— Non, effectivement, on ne doit pas être sur la bonne voie, là. Ça, ça arrive à tout le monde. C'est des histoires de gosses.

— Ben, c'est ce que tu me demandes, non, des histoires de gosses ?

— Non, je te demande de te retrouver tel que tu

étais. Mais avec toi, c'est toujours pareil ! Que ce soient tes lunettes, ta véritable vocation ou tes chaussettes dépareillées, tu perds tout et quand il s'agit de chercher, il n'y a plus personne. Fouille donc un peu dans tes souvenirs. T'en as des piles. Soulève-les et regarde dessous.

— Je ne vois rien.

— Ce que tu peux être empoté, mon pauvre René ! Tiens, ça là, à un moment, ta grand-mère a insisté pour qu'on te mette au petit séminaire... Tu devais être plutôt du genre mystique quand t'étais petit.

— Tu rigoles ? J'avais horreur du catéchisme.

— Va savoir, s'agissait peut-être d'un refoulement. Ouvre donc les tiroirs de ton subconscient.

— Le moyen ? J'ai pas la clé.

— C'est bien ce que je disais. Ton trousseau, t'es toujours à courir après, alors qu'il suffirait de le poser tous les soirs en rentrant... Enfin, je veux dire chaque fois que tu rentres, là maintenant, sur la commode de l'entrée pour...

— Oui, ben, en attendant, qu'est-ce que je fais ?

— T'as qu'à forcer un peu. Il finira bien par s'ouvrir, ton placard à souvenirs... Allez, dépêche-toi ! J'ai pas toute la journée, moi, ça va être l'heure de mettre le poulet à...

— Bon, ben, vas-y. Moi, je continue à chercher, je finirai bien par me retrouver quelque part.

Savoir qui on est pour savoir quoi faire, apprendre à se reconnaître quand on n'est plus reconnu, ça, c'est la grande trouvaille de ce millénaire finissant. On passe sa vie active à être ce qu'on fait et faudrait passer sa vie passive à faire ce qu'on est.

On est quoi, d'abord ? Cochez la bonne réponse. Orgueilleux, obstiné, gentil, généreux, emporté, désordre, menteur, coléreux ? Vous hésitez, en mordillant votre pointe Bic, à mettre une croix devant certains de ces adjectifs... Emporté ? Non, pas vraiment... Encore qu'il faut pas me pousser à bout, sinon je suis capable de piquer une de ces colères ! Oui, ben, pas la peine de vous fatiguer à nous la raconter, la fois où vous avez lancé la soupière à la tête de votre fille sous prétexte qu'elle vous avait fait une simple remarque du genre : Tu manges salement, papa, tu lampes, t'es dégueulasse !

S'agit pas de savoir ce qu'on est, mais ce qu'on doit être pour pas la louper, sa retraite. Être quoi ? On n'a pas tellement le choix. Musicien. Collectionneur. Peintre du dimanche. Alpiniste. Conteuse. Golfeur. Vélocipédiste. Petite sœur ou petit frère des pauvres, des grabataires, des handicapés, des incarcérés. Et ça, croyez-moi, le dévouement, l'amour de l'autre, l'absence de dégoût, de malaise, à la vue, à l'odeur d'une salle d'hôpital ou d'un parloir de prison, c'est pas donné à tout le monde. Pas plus que de s'appeler ou Mère Teresa, ou Cheval, le Facteur, oui, ou Rousseau, Henri, le Douanier, c'est ça.

En ce qui me concerne, pas besoin de me vautrer sur un divan à 900 balles la demi-heure, pour la dénicher, ma vocation, la vraie, la cachée. Je voulais faire star. Ou prix Nobel de la paix. Remarquez, en cherchant bien, en remontant jusqu'au 2 septembre 1927, j'avais six semaines, date fatidique, celle où le médecin de famille a pris ma température, après m'avoir nettoyé le derrière, je me serais peut-être découvert une vocation cachée pour le plus vieux métier du monde, hein, m'sieur Freud ? Ça m'aurait pas déplu, notez, mais bon, là, c'est un peu tard.

René, lui, ça lui est revenu d'un coup. Dès que sa femme a eu le dos tourné, au lieu de se fatiguer à farfouiller dans les plis et les replis de son subconscient, il a déplié *Paris-Turf*, il a jeté un œil sur les grands prix disputés le... Et il a fait un bond jusqu'à la cuisine :

— Ça y est, Jacquotte, je la tiens, ma vocation. Elle m'avait complètement échappé et brusquement...

— C'est quoi ?

— Le prix du... Enfin, je veux dire : Président.

— De quoi ?

— De la République.

— Eh ben, voilà ! T'as une nouvelle carrière devant toi. Un parcours tout tracé. Tu commences par choisir une ligne politique direction Matignon. Correspondance à Palais-Bourbon. Après, t'as que la Seine à traverser, et t'arrives à l'Élysée.

— Tu crois ?

Après tout, pourquoi pas ? Ce serait bien dans la logique d'un système complètement dingue. Un système qui vous trouve trop vieux pour jouer les ronds-de-cuir derrière un guichet et trop jeune pour s'asseoir sur le trône d'une région ou d'un pays. La retraite, ils connaissent pas, nos dirigeants. C'est des grands crus, ils se bonifient en prenant de la bouteille. Nous, on est de la piquette, bonnes à jeter passé la date limite. La limite d'âge, très peu pour eux ! Le bénéfice de l'âge, oui ! Dans une élection, si on a le même nombre de voix que son adversaire, suffit de le coiffer au poteau, question date de naissance, suffit de s'être pointé avant lui sur cette bonne vieille planète, pour lui piquer son siège.

Mais le plus farce, c'est pas ça. Qui c'est qui la fixe, la limite d'âge ? Ceux pour qui elle est tout bénéfice. Il n'y a pas d'âge pour faire la loi. Il y en a un pour la subir. La loi des deux poids, deux mesures.

Et ne venez pas me dire que, sans les électeurs, il n'y aurait pas d'élus. D'abord, leurs privilèges, ils ne les doivent pas toujours au suffrage universel, mais bien souvent à la faveur du prince. Ensuite, leur maintien *ad vitam aeternam* aux plus hautes responsabilités soulignerait encore, si besoin était, le côté absolument inadmissible d'une discrimination, l'âge, qui aurait dû rejoindre, depuis belle lurette, la race et le sexe au rayon des insultes aux Droits de l'Homme.

Étienne, lui, sa retraite, il l'a vue venir avec une inquiétude mêlée d'impatience. Faute de l'avoir préparée, trop occupé, il l'a improvisée. En commençant par inviter ses amis à la célébrer. Une fête à tout casser.

Après le départ de sa fille, il a troqué son beau pavillon de banlieue trop grand, trop loin, trop triste sans elle, sans lui, son fils à jamais... contre une minuscule fermette dans le Loiret et un studio aux Buttes-Chaumont. Une grande pièce d'angle avec une cuisine à l'américaine, belle, claire, vue imprenable... sur un arbre. Un septième sur ciel.

— Hier, j'étais seul. J'ai pris une poêle, j'y ai mis trois gros oignons, une poignée de lardons. J'ai fait rissoler. J'avais une jolie petite poule faisane achetée la veille au marché... Pendant qu'elle dorait, j'ai épluché mes pommes de terre et je me suis fait une de ces purées ! Fine, légère ! Avec une bonne bouteille de mercurey... Le bonheur !

Il avait enterré sa vie de travail comme on enterre sa vie de garçon. Après quoi, on tourne la page et on goûte aux joies du...

— Ben, oui, c'est ça, du mariage. Pourquoi on s'offrirait pas un voyage de noces, dis, Étienne ? On partirait dès le lendemain de ta réception et...

Elle était tout excitée, Tanbelle, elle sautillait autour de lui, une gamine à qui son tonton laisse espérer une visite à Euro-Disney.

— Une réception, suivie d'une lune de miel, ce que tu peux être conventionnelle ! Et où veux-tu qu'on aille ?

— Au Portugal. A deux c'est...

— Idéal, ça m'étonnerait ! Mais bon, c'est peut-être pas une mauvaise idée...

— Une idée géniale ! Je suis sûre qu'on peut trouver un voyage organisé pas trop cher.

— Alors ça, pas question !

Il l'avait arrêtée net. Les grisonnants, claudicants troupeaux de vieux trimbalés dans des bétaillères d'Amsterdam à Bruxelles, qu'on envoie paître devant le Manneken-Pis : Vous avez un quart d'heure pour acheter des souvenirs. Tout le monde ici à moins dix... Merci bien, mais non merci !

— Je suis encore assez grand pour voyager seul avec ma petite amie. Mais bon, pour le moment, j'ai pas le temps. On verra ça l'année prochaine.

L'année est venue, repartie, et elle n'a toujours rien vu, Tanbelle.

Et puis un beau jour :

— Tu m'avais pas parlé d'un voyage au Portugal ? Les Leblanc y vont. Si tu veux, je t'emmène.

— Les Leblanc, mais on n'est pas mariés avec !

— Qu'à cela ne tienne. On va leur proposer de passer devant le maire avant de passer à l'agence.

Pas le temps ! pas le temps ! Ils n'ont plus le temps de rien, pas même de le perdre, leur temps, ceux qui ne font plus rien. C'est pas tellement le cas d'Étienne. Lui ne s'est jamais autant activé que depuis qu'il est inactif. Mais c'est celui de Monique, qui pour l'écouler, son temps, ne doit pas s'en montrer avare et l'étaler en couches d'une invraisemblable épaisseur sur ses rares activités. Si vous lui proposez, comme vient de le faire Jacquotte, de l'emmener, dans un club du troisième âge, elle va paniquer :

— Un club ! Quel club ?

Un club déniché par Jacquotte, rapport à René. Président de la République, pas très commode à satisfaire comme marotte. Au siège de l'Age d'or, dont Jacquotte a trouvé l'adresse dans *Notre Temps*, la directrice, une femme charmante pleine de vitalité et d'entrain, cherche dans son fichier :

Voyons voir... Qu'est-ce que je pourrais bien vous proposer ? Est-ce qu'il sait nager ? Non, parce que c'est important en politique. Et là, j'ai un atelier où justement on peut apprendre à... Non, pas par terre, à la piscine. Évidemment, s'il n'aime pas l'eau ! Et l'anglais ? Vous me direz, les chefs d'État ont des interprètes, mais comme ça avec Clinton, Major et même Kohl, il pourrait en faire l'économie... Ah ! vous étiez vous-même prof de... J'ai un atelier vidéo, un atelier théâtre, un atelier photo. C'est déjà un bon point de départ si on veut briller sur la scène internationale, non ?

Oui, peut-être, en effet. Elle va en parler à son mari, Jacquotte. Mais tel qu'elle le connaît... ! Tiens, pendant qu'on y est. Est-ce qu'ils n'auraient pas autre chose, quelque chose qui soit davantage dans ses cordes à elle ? Alors, là, pas de problème. Au programme du club de son arrondissement, tenez, lisez, le lundi 7, notre amie Suzette nous commentera des diapos représentant des tableaux du peintre La Tour. Le vendredi 11, Mme Ehrhardt viendra nous parler d'Istanbul. Le lundi 14, Notions d'hygiène et d'esthétique par Viviane Touboulit. On ne vendra aucun produit. Le vendredi 18, Mme Le Neveu viendra nous montrer la Jordanie antique, le lundi 21, conférence de...

Oui... Ben... Non... Les diapos, les exposés, c'est pas tellement sa tasse de thé, à Jacquotte. Elle, son truc, c'est la lecture. Tout ce qui touche aux lettres... Aux lettres ? Alors là, on a ce qu'il lui faut. Le scrabble, ça lui dit ? Si ça lui dit ? Ça lui chante, oui ! Elle n'aime rien tant.

D'où ce coup de fil à Monique :

— Je me suis renseignée. C'est ouvert tous les mardis et les jeudis matin de 9 heures à midi. Alors je pensais qu'on pourrait y aller demain, qu'est-ce que t'en dis ?

— A 9 heures du matin ! Non, mais, ça va pas ! Et mon ménage, et...

— Quel ménage ? Tu ne vas pas me faire croire que pour toi, toute seule, tu dois passer des heures à briquer ton deux-pièces-cuisine. C'est justement pour obliger les retraités à sortir de chez eux, qu'ils font ça le matin. Allez, viens ! J'emmène René. Ça lui changera les idées. Et toi, ça te permettra peut-être de rencontrer l'homme de ta vie, qui sait !

Faut vous dire que depuis qu'elle l'a retrouvée à la porte d'un cinéma des Champs-Élysées, Jacquotte s'est mis en tête de la marier, la petite Monique. Seulement voilà, chaque fois qu'elle l'appelle, l'autre est occupée. Occupée à quoi ? A s'occuper. Un brushing lui fait la journée. Aller chez le teinturier, ça prend un après-midi entier. Et la pédicure, une fois par mois, elle y pense une semaine à l'avance. L'important, c'est que chaque matin en se réveillant elle puisse se dire : Ah ! aujourd'hui, j'ai ceci à faire. Ceci, mais pas ceci et cela. Ce serait du gaspi. Et voilà comment à force d'avoir du temps libre on n'est plus libre de son temps.

Mamour n'agit pas autrement. Remarquez, elle, elle a une excuse, celle de l'âge. Elle en a même une seconde. Elle ne veut à aucun prix peser sur ses enfants. Leur être à charge.

Du coup, Jacquotte :

— Enfin, Monique, ça va pas ! T'as quoi ? A peine 57 ans et tu te conduis déjà comme une vieille mémé complètement tourneboulée parce qu'elle doit passer prendre son pain après avoir fait son tiercé. Écoute, c'est pas compliqué, on se retrouve demain, 9 heures, à la sortie du métro Glacière. Tâche d'y être, sinon, tu vas voir ce que tu vas voir.

Ça, pour voir, elle a vu, Monique. Elle a vu Jacquotte entrer, souveraine, suivie de René, menottes aux poignets, très gêné, il ne sait pas où se mettre, dans une salle, genre réfectoire, où une vingtaine de vieilles dames installent des chaises pliantes autour de petites tables en formica : Je peux vous demander un coup de main, madame Germaine ? Sortent leurs jeux de scrabble d'un cabas : Vous avez du papier et un crayon ? Et se plongent sans attendre dans des parties disputées à trois ou quatre selon les affinités ou tout simplement les arrivées.

Jacquotte qui ne connaît personne va pour s'asseoir à une place vide : Vous permettez ? Je me présente : Jacqueline Dumourier. Mon mari... Elle se retourne. Plus de René. Enfui. Volatilisé. C'est souvent risqué, le transfert des prisonniers. Au moindre moment d'inattention, ils se font la belle. Et après, pour remettre la main dessus... Enfin, Monique, tu pouvais pas le surveiller, tu voyais bien que j'étais occupée à... Bon, allez, tant pis. Il ne perd rien pour attendre ! Je vais le rattraper au tournant, cette espèce de vieux brigand. En attendant, installe-toi là et prends sept lettres... Encore une, tu sais pas compter ?

Elle est imbattable au scrabble, Jacquotte. Imbattable et insupportable : Alors, Monique, tu te décides ?... Ça veut dire quoi, ça ? C'est bien joli de vouloir placer ton « w », mais pour « watt », il te manque un « t ». Oui, ça en prend deux, figure-toi. Bon, à moi... Je rajoute, « mifide » à « pal ». Avec le « f » qui compte triple, ça me fera... Comment ça, « palmifide », ça n'existe pas ? Quand on ne connaît pas le sens des mots, on les cherche dans le dico, ma fille...

Au bout d'une heure, elle en a eu marre, la fille :

— Écoute, Jacquotte, tu m'excuseras, mais faut que je me sauve.

— Toi aussi ! C'est une mutinerie, ma parole ! Rassieds-toi immédiatement sinon t'en prends encore pour un an.

Ils y sont, là, au Portugal, Étienne et sa bonne amie. Tanbelle refuse de s'arracher à ses oreillers pour aller prendre le petit déjeuner, un somptueux buffet, à la salle à manger de l'hôtel.

— Ça me fait mal au cœur ! Ces monceaux de petits pains, ces brioches, ces confitures, ces œufs brouillés, ces compotes... J'ai envie de tout et j'ai droit à rien. Descendre pour un petit crème, franchement...

— T'as qu'à le faire monter. Bon, allez, moi, j'y vais ! Je ne suis pas venu à Lisbonne pour rester couché.

— Si, rien qu'un peu. On le prend au lit tous les deux. Avec des croissants. Et on fait la grasse matinée. J'adore t'embrasser quand tu as un goût de café.

— Tu vas tout renverser, ça va faire des miettes, c'est...

— Tu t'en foutais bien, des miettes, au début, à Vézelay, à Dieppe, à... Tu m'aimes plus comme avant, c'est évident.

— Écoute, sois raisonnable, avant c'était il y a dix ans. Tu voudrais tout de même pas qu'à mon âge...

— Enfin, chéri, rappelle-toi, cette nuit... Tu vas à la pêche aux compliments, là ! Tu t'en vas ? Bon, ben, attends, attends-moi, je viens avec toi. Qu'est-ce que je ferais ici toute seule dans cette chambre d'hôtel. Dommage, quand même ! Pourquoi se lever ?

— Pourquoi pas ? Qu'est-ce qu'on ferait ici tout seuls dans cette chambre d'hôtel ?

— Écoute, Jacquotte, faut pas m'en vouloir, mais je peux pas aller jusqu'au Bon Marché. J'ai... J'ai un truc à faire... J'avais oublié. Allez, on se téléphone ! Excusez-moi, madame, je descends à la prochaine...

— Monique ! Ho ! Monique ! Mais qu'est-ce qui se passe ? Attends-moi ! Pardon, madame. Enfin, Monique, ça va pas ? Tu as l'air toute chose. Tiens, assieds-toi donc là. On prendra la prochaine rame.

— Non, c'est rien. Je me sens pas bien, un malaise, une...

— Une nausée ? Tu serais pas en train de nous faire un bébé ? Oui, je sais, à ton âge, ça risque pas. Ben, rougis pas comme ça, voyons ! Si on peut même plus plaisanter !

— Il n'y a pas de quoi, je t'assure. Si je rougis, c'est pas exprès.

— Évidemment ! Ça, ça se commande pas. Et

comme toi, avec ton côté vieille petite jeune fille, tu t'émeus pour un rien...

— En fait ce rien, c'est pas rien ! C'est terrible, ce qui m'arrive. Après tout ce que j'ai déjà traversé, tu vois, là, sans maman, jamais je tiendrai le coup... Regarde, j'arrête pas de chialer... T'as pas un kleenex ? Non, je t'en prie, mets pas ton bras sur mon épaule, t'approche pas... Je... J'ai...

— T'as chopé le sida ? Remarque, à force de te shooter au tilleul-menthe, ça m'étonnerait pas !

— Oui, enfin... Non. Mais, c'est quand même une maladie honteuse. C'est pour ça que je suis descendue du métro, j'étais gênée. J'avais peur d'incommoder les gens.

— Pourquoi ? Tu sens mauvais ? Tu te nettoies pas sous les bras ?

— Si, justement, je me lave tout le temps, mais ça revient, surtout la nuit. Je me réveille, je suis en nage, j'arrive pas à me rendormir, j'ai des chaleurs, j'étouffe, je...

— Ah, ben, cherche pas, c'est le retour d'âge. Curieux que ça te prenne si tard.

— Non, c'est de famille. Ma mère, ça lui a fait pareil.

— Donc elle t'a quand même dit qu'un jour tu verrais du sang dans ta culotte, que ce serait le signe que t'es une femme. Et que le jour où t'en verrais plus...

— C'est ça, justement, que je supporte pas, Jacquotte, c'est le signe que j'en suis plus une, de femme.

— Faut pas exagérer, comme tu l'as jamais été, ça doit pas tellement te changer !

— Ce que tu peux être dure, c'est pas croyable !

— Oh ! tu sais, faut pas t'y fier ! Sous mon apparente insensibilité se cache une immense cruauté. C'est pas la truie qui sommeille en moi, c'est le tigre ! Non, c'est vrai, faut que tu saches, t'es pas au bout de tes peines. Tu vas avoir des migraines à te taper la tête contre les murs. Et, un beau matin, tu te réveilleras avec une barbe de trois jours façon Arafat.

— Tu me taquines, dis !

— Bien sûr, grosse bête. C'est des histoires de bonne femme qu'on se refile sous le manteau. Pas question d'en parler haut et fort. Pourtant, on est toutes passées par là ou on y passera. Sans problème, très souvent. Pas moi. Moi, ça m'est arrivé aussi, ça m'arrive encore, les sautes d'humeur et les bouffées après un bain ou un chocolat bien chaud. Et alors, mon vagin, je te raconte pas, une vraie râpe à fromage.

— Mais, alors, ce pauvre René ?

— Rassure-toi, il s'y est laissé prendre une fois, un matin, par hasard, il roupillait encore à moitié. Il a buté dedans et il s'est réveillé en hurlant. Il était d'autant plus surpris que ça faisait des années que ça ne lui était pas arrivé. Là, grâce à Dieu, il est pas près de recommencer.

— Enfin, Jacquotte, je te comprends pas, toi, si combative, si MLF et le reste, comment tu peux accepter ça ?

— Bof, tu me connais, je suis nature. J'y pense pas. C'est pas grave. Ça passera.

— Paraît qu'en prenant des hormones, une crème qu'on se badigeonne sur le ventre, on peut y couper... Mais mon médecin est contre.

— Monsieur est contre ! Ça, c'est pas mal ! Ils manquent pas d'air, ces toubibs à la gomme. Si ça leur arrivait à eux, crois-moi, ils auraient trouvé depuis belle lurette le moyen d'y remédier. En toute sécurité. Seulement voilà, c'est pas leur problème. Et même si ça n'est pas le mien non plus, il n'y a aucune raison pour abandonner à leur sort celles qui ne le supportent pas. Leurs bouffées de chaleur, aux États-Unis, crois-moi, les Red Hot Mamas, elles les éventent, en vraies filles du Woman's Lib, avec une fureur à donner des ailes aux fabricants d'hormones.

— Oui, mais moi, ici, en attendant...

— Va donc voir la gynéco de ma sœur. Non seulement elle a des règles que c'est pas vrai, Tanbelle, mais quand on sort, tiens, l'autre soir encore, à la brasserie en bas de chez moi, elle s'arrange pour faire tomber un tampax en fourrageant dans son sac : Oh, flûte, j'ai perdu quelque chose ! Garçon, vous pouvez pas m'aider à le retrouver, il a dû rouler sous la table... Allez, viens, on n'est plus qu'à cinq stations du Bon Marché, on monte dans le prochain.

Et voilà que, fouettée par le claquement caoutchouté des portières, Jacquotte enfourche son dada préféré : Allez, Hue, Dia !

— Remarque, si elle en est arrivée là, cette pauvre Tanbelle, c'est pas sa faute.

— C'est la faute à qui ?

— A l'époque et à la société. Ailleurs ou autrefois, c'était pas comme ça. Il y avait de la place pour tout le monde et chacun avait son rôle à jouer. Maintenant le retour d'âge, ça dit bien ce que ça veut dire. L'âge t'a rattrapée et t'a poussée dehors. Tu n'appartiens plus au cercle magique de la jeunesse, de la réussite et de la beauté. T'es passée de *Cosmo* au *Temps retrouvé*.

— C'est vrai ce que tu dis. Moi, quand ça a commencé, j'étais pas encore... en retraite, mais je serais morte plutôt que d'en parler aux collègues de bureau, déjà que j'étais menacée, rapport à mon âge...

— Pourquoi tu chuchotes ? T'as peur de faire rougir le monsieur, là, celui qui fait semblant d'entendre sans écouter ? Attends un peu : Alors, tu disais, chérie ? Ta chemise de nuit, elle était à tordre tellement t'étais trempée, même que tu t'es demandé si t'avais pas fait pipi au lit... Tiens, regarde ce con, il s'éponge le front. Tes suées, je les lui ai refilées !

Il n'est pas rentré de la journée, René. Il l'a passée aux courses. Il est libre d'y aller, là, maintenant. Plus besoin de faire le pied de grue dans un PMU bondé, dégueu, jonché de tickets et de journaux froissés, qui pue la mouise et la poisse. Il va s'offrir un bon bol d'air à Vincennes. Et pas plus tard que cet après-midi. Tiens, un distributeur de billets, ça tombe bien, il a besoin d'argent. Ah, non, c'est pas vrai ! Putain de machine ! Au lieu de lui cracher ses billets crasseux, elle lui a avalé sa carte bleue. C'est mal parti pour la chance, dis donc, là, aujourd'hui ! Tu vas me la rendre, ma carte, espèce de salope... Tu parles ! C'est têtu, c'est lunatique, c'est buté, ces sales bêtes-là. Il a beau taper dessus à coups de poing, à coups de pied, elle ne veut rien savoir : Va te faire voir !

Ce qu'il fera. Interminablement. En prenant la queue qui serpente devant l'unique guichet de la banque, seule capable d'ouvrir la gueule du monstre tapi à sa porte. Il lui faudra trois bons quarts d'heure pour la récupérer, sa carte. A peine le temps de faire le papier, attablé au bistro du coin devant *Paris-Turf* et un petit kir... Garçon ! Un autre !

A peine le temps d'arriver à Vincennes et de se taper une bière avant de miser sur un toquard. Deux heures plus tard, il a tout perdu, René. Enfin, pas tout. Il en a bu une partie, histoire de se remonter le moral. Résultat des courses, il l'a à zéro, le moral.

Heureusement qu'il lui reste un ticket de métro. Et qu'on commence à le connaître au café de l'Hôtel-de-Ville où il est allé se réfugier, ce fameux lundi, à l'aube de sa nouvelle vie, vous vous souvenez ? Il y est souvent retourné depuis.

Et ce soir-là :

— Alors, m'sieur René, pour vous ce sera quoi ?

Ce sera la cuite de sa vie. Enfin, de sa vie jusqu'ici. Sa vie d'avant. Avant de tomber en retraite. Sa vie d'après, après la culbute, il a bien l'intention de l'arroser. Sec.

Étienne est à cran. Elle l'exaspère, Tanbelle. A peine sont-ils entrés dans le restaurant recommandé par l'hôtel, un truc pour elle, bougies, musique d'ambiance, joli cadre, qu'elle se met à râler : la table qu'on leur désigne est mal placée. Trop près de la desserte où s'empilent couverts et assiettes. Pourquoi pas l'autre, là-bas ? Elle est réservée. Mais, nous aussi, on avait... Désolé, il ne nous reste que celle-là. Vous y serez très bien, vous verrez. Qu'est-ce que vous diriez de l'apéritif maison ? C'est un cocktail au champagne et au...

Avant qu'il ait eu le temps de répondre, elle tranche à sa place : Non, deux jus de tomate.

Et Étienne, furax, qui pianote sur la nappe :

— Pour moi, ce sera un whisky-soda, sans glace.

Elle le regarde, pas contente, et se plonge dans l'étude du menu :

— Garçon ! Garçon ! Tu crois qu'il s'occuperait de nous. Dites voir, cette morue à la truc, là, c'est pas trop salé ? Si, encore assez ? Et le faisan, il est préparé comment ?

— C'est pas tendre, le faisan, je te signale. Avec tes dents...

— Quoi, mes dents ? Bon, ben, alors, je vois pas. Sorti de la morue et du bifteck dans ce pays...

— Madame devrait essayer nos gambas grillées.

— Elles sont garnies à quoi ?

— Riz ou pommes vapeur.

— Ah ! Non, c'est d'un triste ! Je sais pas, moi. Une garniture quelconque...

— Et pour monsieur ?

— Un poulet au curry. Et une bouteille de ce vin-là... Voyez, le vinho verde...

— Tu vas boire une bouteille à toi tout seul ? Une demie, ça suffira.

— Tanbelle, je t'en prie, ne recommence pas.

— Recommencer quoi ? Qu'est-ce que j'ai encore fait ?

Elle va faire une gueule pas possible en voyant arriver, sur une énorme assiette, trois malheureuses crevettes, accompagnées d'un minuscule morceau de chou-fleur et d'une carotte cuite à l'eau.

— Et la sauce ?

— On n'en sert pas avec ce plat-là.

Au même moment, deux serveurs empressés placent devant Étienne un demi-poulet énorme, croustillant et lui proposent de saupoudrer son riz de toutes sortes de choses qui ont l'air divines, servies dans des coupelles, de la noix de coco râpée, du chutney, des... Le tout accompagné d'une grosse galette craquante, dorée.

Tanbelle en pleurerait de dépit. Elle a quatre ans, là, maintenant. Elle lorgne désespérément vers l'assiette d'Étienne. Qui l'ignore.

— Alors, chérie, ça te plaît ? C'est bien ce que tu voulais ?

— Non, c'est infect. Je me croirais à la clinique devant un plateau.

Elle pose sa fourchette. Elle allume une cigarette. Elle lui souffle sa fumée dans le nez. Le garçon embarque le cendrier où elle a jeté l'allumette sortie de la pochette au nom du restaurant.

— Enfin, c'est insupportable ! Pourquoi il m'enlève mon...

— Parce qu'on lui a appris à le faire à l'école hôtelière. Tu devrais quand même savoir ça, non, à ton âge ! Qu'est-ce que tu prends comme dessert ?

— Rien. Ça fait grossir.

— Regarde au moins la carte. Pas la peine, remarque, il y a un chariot. Garçon, por favor ! Madame ne veut rien. Pour moi, ce sera un petit morceau de tarte, pas trop grand... Voilà et...

— Demandes-en plus, je veux goûter.

— Prends tes responsabilités. Pas question que tu picores dans mon assiette. Et un peu de mousse au chocolat. Très bien, merci... Mumm ! Délicieux. T'aurais dû, c'est exquis.

Et Tanbelle, furieuse, pas après elle-même, non, pensez-vous, après lui, se bloque et se braque dans un mutisme hostile. Elle imagine :

Il ne serait pas venu la retrouver au bar de l'hôtel après être allé demander une adresse de restaurant à l'accueil. Il serait parti seul de son côté, comme il aurait préféré le faire, ça se voit à sa tête. Elle serait allée dîner à la salle à manger de l'hôtel. Elle aurait commandé son repas en se faisant expliquer soigneusement tous les plats. Et elle aurait mangé comme une reine. Seule. Oui, seule. Tiens, c'est marrant, voilà bien la première fois qu'elle peut envisager une chose pareille. Il y a quoi... seulement trois mois, elle se serait caché la tête sous la table de honte à cette idée.

Mais là... Plutôt que ce silence subi, hostile, lourd de rancunes, de critiques informulées, de déceptions, mieux vaut, mille fois mieux, le silence léger, voulu, peuplé des rêveries douces d'un tête-à-tête avec soi-même. Tiens, elle pourrait même multiplier les plaisirs en remontant dans sa chambre pour prendre le dernier best-seller de Danielle Steel. Où est-ce qu'elle en était déjà ? Ah oui ! A se demander si l'héroïne allait tomber dans les bras de ce Texan richissime...

Et Étienne qui a suivi, pas besoin d'une canne blanche, le cheminement brillamment éclairé de sa pensée :

— Si tu préfères dîner à l'hôtel demain soir, j'en profiterai pour emmener les Leblanc dans ce bistro où ils ne servent que de la morue, tu sais, je t'en ai parlé. Toi, tu détestes, mais eux, ça les amusera beaucoup.

Et Tanbelle, si fière de sa toute nouvelle émancipation, soudain paniquée, qui montre les dents en grondant :

— Et le soir d'après, tu comptes te débarrasser de moi comment ?

— En reprenant le premier avion pour Paris. Il me pose à 10 h 30 à Roissy. Je serai à Courtenay pour déjeuner. Golf l'après-midi. Et le soir, le routier avec Dany et Dédé.

— Bon, très bien, d'accord. On repart. Mais pourquoi attendre après-demain ?

— Parce que j'ai promis aux Leblanc de...

— Quelle importance ?

— Pour moi, énorme. Je tiens à cultiver les rares amis qui me restent. Ceux qui ne m'ont pas laissé tomber après ma retraite, et que tu n'as pas incités à se sauver en courant... Garçon, l'addition ! Et un taxi !

La panique la prend. Il est furieux, là, maintenant. Jamais elle ne pourra l'amener à l'aimer ce soir. Leur retour bras dessus, bras dessous, au clair de lune, sous les remparts, c'est foutu. Elle est seule comme un clou. Pas comme cette jeune femme, deux tables plus loin, qui se renverse, rieuse, les yeux pétillants de tendresse, heureuse sur sa chaise, pendant que son vis-à-vis, penché vers elle, sa main posée sur la sienne, lui parle, lui dit des mots fous, fous d'amour. Pourquoi elle et pas moi ?...

— Étienne, je t'en prie, me boude pas...

Il s'est levé déjà, il paie à la caisse, il appelle la dame du vestiaire... Qu'est-ce qu'elle va faire là, Tanbelle ? Elle va essayer de rattraper sa mise. En jouant le tout pour le tout :

— Prends-le seul, ton taxi. Moi, j'ai envie de rentrer à pied.

Raté ! Il la coffre, la main sur l'épaule, la pousse dans le taxi :

— Je lui dirai de t'arrêter place Rossio. Et là, bon vent. Ici, dans ce coin perdu, tu risquerais de prendre un mauvais coup et je ne veux pas me retrouver avec un corps et des paperasseries à n'en plus finir sur les bras. Taxi, vous nous déposerez au café Nicola.

Ils se sont séparés devant la terrasse brillamment éclairée, noire de monde. Elle est restée plantée là, désemparée... Non, c'est trop bête... Elle a couru derrière lui... Étienne ! Étienne ! Attends-moi. Il ne s'est pas arrêté, il a pressé le pas. Elle court, elle trébuche sur ses hauts talons, entravée par sa jupe trop serrée sur son petit bedon. Elle le perd de vue... Et puis, tiens, le revoilà, il a tourné le coin de l'avenue...

Elle le rattrape enfin, s'accroche à lui : Étienne, arrête, je ne voulais pas...

— Oui, je sais, c'est pas que tu veux être odieuse, c'est que tu peux pas t'en empêcher.

— C'est pas vrai ! J'ai été aimante, gentille, tendre toute la journée. Toujours à te demander si tu m'aimes, à te pousser, à te tirer pour que tu en fasses autant, ça finit par lasser. Au bout de dix heures d'affilée, je fatigue, voilà tout !

— Eh bien, va te coucher. Sans moi. Ça te reposera. T'en as bien besoin effectivement. T'as l'air d'avoir cent ans !

C'est vrai, il a raison.

Seule dans leur chambre d'hôtel, Tanbelle se regarde, effarée, dans la glace. Mon Dieu, mon Dieu, enfin, c'est pas possible ! Quelle mouche la pique ? Quel démon la pousse à gaspiller ces précieux moments de bonheur, comme on dit dans les romans ? Peut-être les derniers. Sûrement, même... C'est sa faute aussi, sa faute à lui. S'il ne cédait pas toujours à sa garce de jumelle, s'ils vivaient ensemble...

— Si on vivait ensemble, ce serait invivable. Tu as toujours été comme ça, ma pauvre chérie, et tu ne changeras jamais. Dans le temps, c'est parce que ton mari était infirme, malade, tu ne supportais pas. Après, tu as tout mis sur le compte de sa mort. Et maintenant...

Maintenant, c'est après. Après, il est rentré, elle s'est suspendue à son cou, démaquillée, le visage rajeuni, rafraîchi, comme repassé, la bouche savante, les yeux pénétrants, la voix chavirée. Après, ils se sont miraculeusement trouvés, retrouvés, dans la pénombre, accomplis, comblés, ils se sont endormis dans les bras l'un de l'autre, reconnaissants, éblouis, amusés aussi, flattés, réjouis : Crois-tu qu'en nous voyant les gens puissent imaginer qu'on en soit encore là ?

Elle s'est réveillée aux petites heures du matin. Réveillée par lui. Il s'est levé pour aller faire pipi. Il est resté un moment, un trop long moment dans la salle de bains... Qu'est-ce qu'il fabrique ? Il est revenu à tâtons, s'est cogné contre le rebord du lit, s'est recouché et... Et rien ! Il ne s'est pas approché d'elle, il ne l'a pas touchée. Il lui a tourné le dos, au contraire, s'est mis sur le côté et s'est rendormi immédiatement avec un soupir d'aise.

La colère l'a reprise, la rancune, les griefs : Jamais dans un cas pareil elle n'aurait pu retrouver le sommeil sans s'être lovée dans son dos, rencognée contre lui. Pourquoi faut-il toujours que ce soit elle qui se manifeste, qui fasse montre de désir, d'amour, de tendresse, qui lui prenne la main dans les taxis, les cinémas, qui...

— Étienne ! Étienne, tu dors ? Qu'est-ce que tu as contre moi ? Tu ne m'aimes pas, tu ne m'aimes plus, c'est ça ? Étienne, réveille-toi ! Faut que je te parle ! Ça peut pas continuer comme ça ! Si on vivait ensemble...

Tiens, j'y pense, je ne vous ai pas encore présenté leurs enfants, à Jacquotte et à Tanbelle. Mais, bien sûr, qu'elles en ont ! Pourquoi elles n'en auraient pas ? Ils sont même plutôt réussis, chacun dans son genre. Et d'abord, Christophe. Martine, ce sera pour plus tard. Il est Hyper. Hypersympa, hypergrand, hyperbaraqué, hyperintelligent. Brun aux yeux bleus. Mamour, c'est son idole. Attends, on ne te suit pas très bien, là ? Tu pourrais pas écrire d'une façon plus claire, plus simple ? Christophe est l'idole de Mamour ou Mamour est l'idole de Christophe ? Les deux, justement. Ils s'adorent, ces deux-là. Ils s'adorent par-dessus la tête des Parents, comme ils disent en parlant de Jacquotte et de René.

C'était un enfant tôt voulu et tard venu. Après deux fausses couches et une grossesse arrêtée. Un bébé qu'elle avait trimbalé, le sachant mort, mort au septième mois, sans qu'aucun gynéco accepte de provoquer l'accouchement. On la félicitait : Qu'est-ce que vous préféreriez, une fille ou un garçon ? Et elle : Je m'en fous, de toute façon, il est... Il était mort-né à terme. Il avait fallu faire une déclaration de décès, acheter un petit cercueil, l'enterrer. Enfin, l'horreur.

Et pour être sûre de ne pas le louper, celui-là, Jacquotte avait pris un congé longue maladie. Elle s'était astreinte, elle si active, à rester allongée pendant presque toute sa grossesse, à suivre, à défaut d'échographie, dans un manuel, *Votre enfant de un jour à neuf mois*, le développement de sa petite crevette.

Du coup, il n'était pas arrivé à terme, il était arrivé après. Un surmaturé. Pas rouge, pas fripé, lisse, rose, un bébé de livre d'images. Et il l'était resté. Une petite boule de vie, une balle en caoutchouc toujours à rebondir d'un objet, touche pas à ça, à un joujou, impossible à attraper, à retenir le temps d'un câlin, d'un baiser. Sauf le soir, avant de le coucher, à l'heure de son dernier biberon. Là, il se renversait dans le bras de sa mère, les yeux mi-clos, la couette remontée jusqu'au menton. Et Jacquotte en éprouvait un plaisir... Comment dire... Plus doux, plus fort que tout ce qu'elle avait connu. Indicible ? Non, il y a un mot pour le dire... Comment, déjà... Ineffable, voilà, c'était ça !

Jacquotte avait une façon de lui parler proprement insupportable et incroyablement désuète. D'une voix aiguë, une voix perchée, une voix chantante. Ce n'était pas le langage bébé, c'était le ton bébé. Celui qu'employait, elle s'en souvenait encore, sa belle-mère à Mamour, quand elle chouchoutait les petites, Tanbelle surtout : Qui c'est la jolie poupée à sa mémé ? Ça les faisait sourire, elle et Joseph. C'était une femme simple, une femme de la campagne, il fallait comprendre. Et voilà que sa fille, l'intellectuelle de la famille, retrouvait d'instinct les mêmes accents pointus, artificiels, un son à vous scier les oreilles.

Et c'est là, un soir, chez eux, le gamin avait quoi, dans les quatorze, quinze mois, Jacquotte le serrait contre elle, radieuse, épanouie, sous les yeux un rien nostalgiques, envieux, de sa mère, qu'il s'était agité, dégagé de ses bras pour grimper, en traînant sa couette après lui, sur les genoux de... de... Qui c'est ça ? C'est ta bonne-maman... Et qu'il avait niché son petit nez dans son cou avant de se remettre à téter en soupirant d'aise son biberon.

Et Mamour, elle ne s'appelait pas encore comme ça, il lui donnerait ce nom plus tard, et Mamour en retrouvant cette sensation perdue depuis si longtemps, cette chaleur, cette lourdeur, cette odeur de bébé en avait eu la tête tournée. Et puis s'était ressaisie. Et le voyant à moitié endormi, l'avait rendu à sa fille avec un sourire rassurant, attendri : Tiens, va donc le coucher, je crois qu'il est cuit. Sous entendu : Je ne viendrai pas troubler votre dernier tête-à-tête de la journée, le plus précieux, le plus gratifiant pour toi, pour lui, t'inquiète !

Là, maintenant, ils sont pour elle, ces moments privilégiés. C'est chez elle, qu'il vient s'étaler. Pas dans ses bras, à ses pieds. Ou plus exactement aux pieds de leurs fauteuils, ils se font face, le sien et celui de Ric-et-Rac qui a pris tout naturellement la place de feu son maître, le maître de céans. Sur sa couette, un tapis à longs poils blanc cassé qu'elle a commandé à la Redoute exprès pour lui, pour le Petit, comme elle l'appelle malgré son 1,90 mètre. La position assise, les génomes de ce post-ado ne l'ont pas encore intégrée. Elle ne l'a jamais vu que debout ou couché. Même aux heures des repas. Enfin, façon de parler. Il n'y a pas d'heure pour ça. La bête se nourrit quand elle a faim. Ou planté devant le frigo ou vautré devant la télé.

Mamour se fait livrer chaque semaine des aliments pour chiens et pour humains de la dernière génération. Croquettes et pâtés pour l'un. Coca, yogourts, bananes et gâteaux secs pour l'autre. Ils s'entendent très bien, ces deux-là. Ils se flairent à distance. Avant même qu'elle ait entendu le bruit de sa clé dans la serrure, Ric-et-Rac dresse les oreilles et se précipite vers la porte en tremblant d'aboyante allégresse.

Sa clé. Il l'a, lui, Christophe, la clé de son appart à Mamour. Normal, il le squatte. Pas ses filles. Elles l'ont eue, elles l'ont gardée une fois parties. Et puis elles l'ont perdue, égarée : Je ne sais pas ce que j'en ai fait... Et, au lieu de leur en proposer un double, leur mère a haussé les épaules : Pour ce que vous venez, quelle importance ? Vous n'aurez qu'à sonner !

Ce jour-là, il est passé entre deux cours, il termine les Beaux-Arts. Il est entré, il lui a lancé cet « Alors ? », alors, quoi de neuf ? alors, qu'est-ce que tu racontes ? qui leur tient lieu de bonjour. Et il a tout fait valdinguer. Son blouson sur le canapé, ses godasses sous le buffet et sa grande carcasse sur le tapis dont il tresse les poils d'un geste machinal en la regardant par en dessous :

— Tu vois rien ?

— Où ça ?

— Ben, sur moi, où veux-tu !

— Je ne sais pas, moi, j'aurais pu voir un petit bouquet de fleurs que tu aurais discrètement déposé sur la commode ou une boîte de fruits confits ou...

— Je te demande pas de rêver, Mamour, je te demande d'observer. Et de déduire.

— Ne me bousculez pas, mon cher Watson, tout ce que je peux vous dire, c'est que la personne qui vient d'entrer est venue en coup de vent, les mains vides et la tête pleine.

— Vous brûlez, mon cher Sherlock. Pleine de quoi ?

— Alors là ! S'il fallait que je commence à touiller dans ce magma informe, dans cette épaisse bouillie qui te tient lieu de cervelle... Attends ! Attends voir ! Tourne-toi un peu. Montre-moi ta figure... Ah, ben, dis donc ! Si je m'attendais !

— Comment t'as deviné ?

— Pas difficile. Elle a fait son Ric-et-Rac. Elle a pris bien soin de marquer son territoire. Seulement, elle, c'est pas en levant la patte, c'est en posant les lèvres. Tu as du rouge partout.

— Oh, ben, alors, c'est pas drôle. Moi qui espérais clignoter de l'intérieur, pareil qu'un arbre de Noël branché sur le courant force de l'amour fou !

— De ce côté-là, je te rassure tout de suite, tu as le front luisant, le nez qui brille, le bouton qui vermillonne, le...

— Ô mon Dieu ! Quelle horreur ! Tu permets, je vais aller me refaire une beauté en vitesse.

— Pense à tirer la chasse quand tu auras fini.

Il quitte la pièce. Privés d'image, Mamour et Ric-et-Rac se guident au son. Porte des toilettes qu'on ouvre sans la refermer, lunette qu'on lève sans la rebaisser. Et sans appuyer sur le bouton. Bruit de pas dans le couloir direction cuisine. Armoire à provisions pleine à craquer qu'on ouvre... Long silence suivi d'un cri : Il n'y a rien à manger ?

Ric-et-Rac et Mamour échangent un sourire attendri : Décidément il ne changera jamais, ce Petit. Quoique, là, maintenant... Ils n'ont pas besoin de se parler pour se comprendre. Mamour tapote le bras de sa bergère... Touchons du bois ! Et Ric-et-Rac la rassure d'un geste de la patte : Ne t'en fais pas. Tout ira bien !

Le voilà qui revient les mains pleines de Vache qui rit et de chocos BN :

— Fais attention, tu vas mettre des miettes partout. Tiens, ça me fait penser, c'est un remède souverain contre l'acné, ce qui t'arrive là.

— Ce que tu peux être vieux jeu, ma pauvre Mamour, c'est pas possible ! C'est des histoires de bonne femme, ça !

— Tu sais ce qu'elle te dit, la pauvre bonne femme que je suis ?

— Non et je m'en fous. En revanche, ce qui m'intéresserait beaucoup, c'est de savoir ce que tu vas dire aux Parents ?

— Moi ? Rien du tout ! Tu leur diras toi-même.

— Non. Impossible.

— Pourquoi ? Ça t'intimide ? C'est pourtant facile. Tu t'approches d'eux en tortillant une mèche de tes cheveux : Écoutez, faut que je vous fasse un aveu... Je ne suis plus une vraie jeune fille.

— Justement, c'est tout le problème. Zaza n'est pas celle que tu crois...

— Ah ! parce qu'elle s'appelle...

— Élisabeth. Élisabeth Anselle. Rédactrice en chef de *Jolie Madame*. Je vais d'ailleurs y entrer. Au service photo.

— Anselle ? Elle ne serait pas parente d'Étienne, par hasard ?

— Ben, si, quand même un peu. C'est sa fille.

— Eh ben, bravo ! Il paraît que c'étaient des

enfants très durs, très possessifs, elle et son jumeau. Il est mort comment déjà ?

— Accident de moto. Mais elle, tu verras, elle est... elle a... Tout ! Elle est sensationnelle. Évidemment, si tu écoutes Tanbelle...

— Je ne l'écoute pas, je l'entends encore me dire que... Mais, j'y pense, ça lui fait quel âge, là, maintenant ? Plus de 40 ans, non ?

— Non, moins, 37. Pas la peine de te fatiguer à la calculer, la différence. J'ai déjà sorti mon boulier. Je pose 37, je retire 23, reste 14.

— Que tu divises par deux. Ça fait 7, l'âge de raison. Quand tu présenteras tes comptes aux Parents, ne leur montre que le bas. Attends un peu pour enlever le haut !

Ce matin-là, comme tous les matins, René est sorti de la maison, histoire de pas y rester. Mais ce matin-là, contrairement aux autres matins, après deux petits noirs arrosés au zinc, il était quoi, 9 heures et demie, 10 heures ? il a été pris de tournis devant cette longue, cette interminable journée étalée là, devant lui. Les cinés ne sont ouverts que l'après-midi. Les courses, ça commence à bien faire. C'est pas le genre musée, il n'y a jamais mis les pieds. Et il ne va pas traîner dans les rues, à se faire saucer, c'est un jour à giboulées, sous prétexte qu'il n'a nulle part où aller. Alors, bon, tant pis, c'est décidé, il rentre chez lui.

Il monte ses cinq étages à pied, ça lui fera de l'exercice. Il ouvre la porte. Le silence. Le vide. Le ménage fait. Les coussins bien alignés sur le canapé du salon. Rien sur la table à café, pas un magazine de télé, pas un cendrier, pas un signe de vie. Il se sent… Il se sent… Brusquement, ça lui revient, comme ce jour où, gamin, pris d'un malaise à l'école, une grosse fièvre, mal au ventre, on l'avait envoyé à l'infirmerie et, de là, chez lui, en début d'après-midi. Il avait sonné. Sa mère n'était pas là. Il était redescendu demander le double de la clé à la concierge. Et remonté à l'appartement bien briqué, bien rangé, froid, impersonnel, il avait eu l'impression d'être de trop, de ne pas y avoir sa place. Étrangement étranger.

Et voilà que ça le reprend. Il a un frisson, une crampe à l'estomac… Il ne se sent pas bien… Je dois couver quelque chose, genre grippe intestinale. Et vite, retrouvant les gestes de son enfance, il court se réfugier dans la chambre, sans même enlever son manteau, ferme la porte, se déshabille, enfile son pyjama plié sous l'oreiller et s'enfouit, glacé soudain, sous la couette, sans arriver à se réchauffer.

Quand sa mère, pardon Jacquotte, rentrera un peu plus tard, il entendra ses pas dans le couloir… Elle ne sait pas qu'il est là. Elle se dirige vers la cuisine avec ses sacs à provisions, elle ouvre les placards, le frigo, elle vaque à ses occupations. Et au lieu de l'appeler, terré au fond de son lit, il guette, il épie, il découvre ces bruits, ces allées et venues, ces gestes qui l'ignorent, qui l'excluent, qui se déroulent en dehors de lui.

Alors, n'y tenant plus, il se lève, il se montre et elle a un cri : Ho ! ce que tu m'as fait peur ! Je m'attendais pas à… Qu'est-ce qui arrive ? Qu'est-ce que t'as ? La fois d'avant, il n'avait pas eu le temps d'ouvrir la bouche que sa mère, inquiète, lui mettait la main sur le front : Mais t'as de la fièvre, mon chéri, recouche-toi vite, je vais te faire un bouillon et appeler le docteur Hincky…

Cette fois-ci, il n'a pas le temps d'ouvrir la bouche

que Jacquotte, goguenarde : Ça y est, t'es déjà malade ? T'as pas perdu de temps, dis donc, d'habitude chez les retraités, les bobos, ça met au moins trois mois à se déclarer. Où t'as mal, là ? Au ventre ? Ça m'étonne pas. Allez, rhabille-toi pendant que je prépare à déjeuner. Mets le couvert en attendant. Et allume la télé. De la regarder, ça t'évitera de t'écouter !

— Bon, alors, qu'est-ce que tu préfères, Monique ? Fumeur ou non fumeur ?

— Ni l'un ni l'autre. Enfin, Jacquotte, c'est pas le problème !

— C'est quoi, le problème ?

— Tu le sais très bien. Je ne veux pas me lancer dans ce genre d'aventures.

— S'agit pas d'aventure, s'agit de sortir de ton trou, de rencontrer des gens. Maintenant que t'as perdu ta mère, tu vas trouver un mari et c'est le seul moyen, fais-moi confiance. Bon, alors, tu te décides ? Fumeur ou non fumeur ?

— J'en sais rien, moi... Quelle importance ?

— Énorme, apparemment. Ça revient tout le temps dans les annonces : Monsieur, 70 a. ch. dame 65 maxi. aim. sport, voyages... Non, ça, c'est pas pour toi. Qu'est-ce que tu dirais d'un veuf, 78 ans, voiture, pav. banlieue parisienne, tolérant, légèrement handicapé...

— C'est ça que tu veux que je fasse jusqu'à la fin de ma vie, dame de compagnie ? Tu te rends compte un peu, Jacquotte !

— Pas du tout, voyons, chérie ! Mais je crois qu'on fait fausse route, là. C'est pas dans *Notre*

Temps qu'on trouvera ton bonheur. J'ai vu une annonce bien plus prometteuse dans *Télé 7 Jours*, un retraité, cadre, divorcé, sans enfants, bel homme, 1,83 m, veut bâtir un couple basé sur des sentiments véritables avec une femme élégante, loyale, charmante entre 55 et 66 ans. C'est tout toi. J'ai appelé. Je suis tombée sur une agence matrimoniale. On y va.

— Ça, non, jamais !

— Ça, oui. Demain. J'ai déjà pris rendez-vous. C'est près de la gare Saint-Lazare. La conseillère m'a paru très avenante, au téléphone, très gentille.

Gentille, jeune et jolie :

— C'est pour madame ?

— Non, mademoiselle, Mlle Fournier. Mon amie ne s'est jamais mariée. Elle avait sa pauvre maman à s'occuper.

— Et quel âge avez-vous, mademoiselle Fournier ?

— Elle a 57 ans. C'est pas vieux.

— Pour une femme veuve ou divorcée, non, encore pas trop. La jeune fille vieillit plus mal. Elle a tendance à rancir, ça n'a pas l'air d'être votre cas, mademoiselle, mais, dans cette classe d'âge, rares sont nos clients qui tiennent absolument à ce que leur fiancée soit encore vierge. D'ailleurs, dans nos présentations, quand il s'agit d'une célibataire de 50 ans et plus, on précise toujours : Connaissant bien la vie, sinon...

— Oh ! mais tu la connais la vie, hein, Monique. Mignonne comme t'es, sûr qu'on a dû te faire souvent la cour, hein... Ben, réponds ! Pourquoi tu dis rien ? Elle est timide, mais faites-moi confiance, si elle avait été libre de... Bon, alors, comment vous allez me la décrire dans vos fiches ?

— Voyons... Présentation simple et soignée, doux regard bleu, 57 ans, célibataire, connaissant bien la vie, retraitée. Envie d'épeler le verbe aimer au quotidien. N'aspire qu'à... Qu'à quoi ? Spectacles ? Musique ? Découverte de pays lointains ?

— Ah, ça, non, elle déteste, rien que pour l'amener jusqu'ici... Non, elle, c'est plutôt vidéo, vélo, tricot, fricot.

— Bon, alors, n'aspire qu'au bonheur d'être deux. Les balades dans la nature, dîner au restaurant de temps en temps ou, mieux, rester simplement chez soi.

— Oui, bon, mais avec qui ?

— C'est à elle de me le dire. Qui vous verriez, mademoiselle ?

— Moi, ce que je vois pour elle, c'est un veuf sans enfants. Un divorcé, ça risque de lui compliquer la vie.

— Fumeur ou non fumeur ?

— Non fumeur, classe affaires. Enfin je veux dire un monsieur ayant de la classe, dans les affaires ou le commerce, bon salaire, gros revenus, bel homme, très grand, ça, elle y tient beaucoup, tendre, dynamique, cultivé... Enfin, voyez ! Vous avez ça en magasin ?

— Certainement. On va regarder et vous envoyer une première sélection. Mais avant ça, il faut que nous parlions du contrat.

— Oh, ben, ça, séparation de biens ou communauté réduite aux trucs machins, on a le temps de voir.

— Je crois que vous ne m'avez pas bien comprise. Nous vous proposons un contrat de 13 000 F sur un an.

— Un million trois cent mille francs ! Non, mais, ça va pas ! Pour ce prix-là, ailleurs, ils vous font votre thème astral, ils étudient votre graphologie, ils...

— Vous pouvez ne vous abonner que pour six mois, si vous préférez.

— Oui, elle préfère. Et vous lui présenterez...

— Autant de personnes qu'il le faudra jusqu'à ce qu'elle rencontre la bonne. Bon, alors, voilà. Signez là... Très bien. Merci. J'attends votre chèque sous huitaine. Ah ! j'y pense, il faudra aussi nous faire parvenir un extrait d'acte de naissance, une feuille d'impôts ou de revenus et deux photos.

— Seulement deux ? Vous n'en aurez pas assez pour en donner à tous les monsieurs qui...

— Nous ne leur donnerons que les coordonnées de Mlle Fournier. Les photos, elles sont pour nous, pour nos fichiers. Mais n'ayez aucune inquiétude, les gens que nous vous enverrons ne seront pas déçus. Vous non plus, très certainement, mademoiselle. Je vous vois très motivée, très décidée à refaire votre vie...

— Oh, pour ça, oui ! Si je l'écoutais, on serait déjà en train de choisir sa robe de mariée ! Bon, allez, Monique, dis au revoir à la dame. Alors, je compte sur vous, hein, rien que du premier choix !

Pauvre Tanbelle, pauvre chérie, voilà qu'elle a raccourci ! Elle mesurait 1,65 mètre. Deux centimètres de plus que sa cadette. Encore une raison pour se hausser du col ! Et puis, l'autre jour, à propos d'une veste trois-quarts en fausse fourrure que lui enviait Tanbelle — Où tu l'as trouvée ? Tiens, passe-la-moi. Je voudrais l'essayer. Ça devrait m'aller —, Jacquotte lui balance :

— Ça m'étonnerait, t'es trop petite, là, maintenant.

— Comment ça, trop petite ? Je suis plus grande que toi !

— Tu l'étais, tu l'es plus. Tiens, viens voir devant la glace. Enlève tes chaussures… Regarde un peu. Je te dépasse des épaules, de la tête, de…

Exact. Jeune, on grandit. Vieux, on raccourcit. Imperceptiblement, dans les deux cas. Même sans se voûter, sans cesser de se tenir droit, de garder la forme, de rester souple. On rapetisse, voilà tout. Si on parle des petits vieux, des petites vieilles, c'est parce qu'ils le sont, petits, cherchez pas. Et le jour où on s'aperçoit que ça n'arrive pas qu'aux autres, ça fait un drôle de coup.

Normal ! On a des points de repère, censés vous accompagner tout le long de la vie. Nom, prénom, date et lieu de naissance, teint, couleur de cheveux, et même sexe, on peut tricher avec ou en changer si on veut. Mais la taille, une fois atteinte, à grands traits de crayon — Bouge pas la tête, tu vas faire tomber le livre —, barrant la porte de la penderie, on y tient et, à moins d'être une géante, on supporte difficilement d'en perdre un bout. Où ils ont bien pu passer, ces fichus centimètres, enfin, c'est insensé !

On fait une croix dessus, mais ça laisse une marque. Ça fait un bleu. Un bleu à l'âme. Qui tourne au vert et puis s'efface. On oublie.

En attendant, elle en est encore toute cognée, Tanbelle, et elle va demander à Étienne de la consoler. Il suffirait qu'il souffle, dans une caresse, sur son ego endolori : Fini-bobo-parti, pour qu'elle reprenne confiance. Mais il a la tête ailleurs. Sa tête des mauvais jours (pour elle), des bons jours (pour lui). Sa tête d'homme d'affaires débordé, consultant un carnet de rendez-vous surchargé : Écoute, j'ai dix mille trucs à faire, tu me raconteras ça une autre fois. Là, j'ai pas le temps. Mais oui, je t'appelle. Pas ce soir, je rentre tard. Demain, oui, c'est ça. Allez, au revoir, ma grande !

Non, pas grande, justement, petite. Une petite

mamie, comme les appellent, avec une souriante condescendance, ceux, médecins, infirmières, aides-soignantes, assistantes sociales, employés de mairie, qui font métier de s'occuper des vieux. Eh bien, ça, non, jamais ! Enfin, si... Un jour, peut-être ! Ne dis jamais jamais, Tanbelle. Mais pas là, pas maintenant ! Encore un instant, Monsieur le bourreau !

Charmante, le bourreau, en l'occurrence, jolie comme un ange dans sa blouse blanche, une réclame pour les fils d'or qui vont lui servir à ravauder les joues, le front et le cou d'une Tanbelle pleine de trouillarde et brouillonne expectative : Et ça va faire mal ? Et ces plis, là, au coin des lèvres, vous arriverez à les repasser ? Et on peut commencer tout de suite ? Et combien faut compter ?

— Combien de séances ? C'est très variable. Donc payable d'avance, 16 000 F à verser en deux tranches. Pour ce prix-là, je vous recevrai autant de fois qu'il le faudra. De toute façon, vous ne pourrez pas voir les résultats avant deux mois. Tenez, allongez-vous là. Détendez-vous. Je vais commencer par anesthésier toutes les rides à enfiler. Ça va piquer un peu, mais ensuite, mon aiguille, vous ne la sentirez pas passer.

Ça, pour piquer, ça pique ! Pas un peu, beaucoup. Tanbelle tressaille sous les coups répétés de la seringue.

— Aïe ! Hou ! la la ! Ça va laisser des marques ?

— Très légères. Vous serez un peu rouge. Et puis bleue. Et puis verte, mais d'ici la semaine prochaine, quand je vous reverrai, il n'y paraîtra plus.

Exact. Elle a la tête en compote en sortant de là, Tanbelle. Une tête de femme battue qui revient en courant, de mercredi en mercredi, prendre sa raclée hebdomadaire. Bonjour, madame ! Au revoir, madame ! Bonjour, madame ! La fée jeunesse ne sait plus où donner de l'aiguille. Son cabinet ne désemplit pas. Comédiennes cramponnées aux rôles de jeunes premières. Écrivains espérant être invitées à parler de leur prochain bouquin à la télé. Riches oisives en prévision du mariage de leur fille.

Et des Tanbelle en veux-tu, en voilà, des quinqua, des sexa, prises au piège de ce miroir aux alouettes qui prétend leur renvoyer l'image retouchée de la réalité. Passé un certain âge, rares sont celles qui peuvent se vanter d'être et d'avoir été. Prenez un bout de papier bien lisse. Froissez-le. Vous aurez beau tirer dessus, il ne reviendra pas comme avant, inutile de se leurrer. C'est pourtant ce qu'elle fera, Tanbelle, jusqu'au jour où Étienne :

— T'as vu, tu as une bosse, là, sur le menton. Et une ecchymose au-dessus du sourcil. Qui t'a mis dans un état pareil, ma pauvre chérie ?

— C'est rien ! C'est exprès. Ça va passer. Oublie ça et regarde-moi bien. J'ai bonne mine, non ?

— Sale mine, oui ! Ne me dis pas que tu te fais taper sur la gueule, histoire de l'aplanir. Enfin, tu es complètement piquée, ma pauvre chérie !

— Ah ça, oui ! Piquée et surpiquée. Au point machine à coudre.

— Mais enfin, pour quoi faire ?

— Pour te plaire. Et ça me coûte la peau des fesses. Remarque, de ce côté-là, pas de problème, j'en ai à revendre !

Faut la comprendre, Tanbelle. A une époque qui valorise à ce point la beauté, la jeunesse et la santé, comment voulez-vous qu'on accepte de vieillir ?

On l'accepte si peu qu'en couverture de *Notre*

Temps, plus d'un million d'exemplaires, que s'arrache une clientèle très ciblée, celle des retraités, qu'est-ce qu'on voit, mois après mois ? Un couple. Superbe. La petite, toute petite cinquantaine. Lui a les tempes grises, un regard à peine griffé. Elle est exquise. Et le bébé, fils ou petit-fils, allez savoir, qu'ils tiennent dans leurs bras est à croquer. Les chauves, les ridés, faut qu'ils soient riches et célèbres, qu'ils s'appellent Sim ou Cousteau pour qu'on ose les montrer, un, pas plus, par numéro, à l'intérieur du magazine.

Et quand bien même serait-on tenté, flemme, sursaut de dignité, de s'accepter, qu'on nous l'interdirait. A longueur d'articles et de bouquins : Cessez de vieillir ! Facile à dire ! Moi, ça va faire des années que j'essaie. Rien à faire. Je ne sais pas ce qu'il a, mon âge, il arrête pas de me courir après. La gym, les crèmes, les hormones, le régime, tout ça, j'ai beau multiplier les obstacles, il me marque à la culotte. Ou je bute sur ma date de naissance ou je culbute dans un trou de mémoire. Vous me direz : Profites-en pour l'oublier !

Je voudrais bien. Pas lui. Il est d'un collant, vous pouvez pas imaginer. Il me guette dès le réveil dans la glace de la salle de bains et il me lance : Ah, te voilà ! Viens voir un peu à quoi je ressemble ce matin.

Et moi : Pas la peine, je sais, t'as le cou en accordéon et la paupière en casquette.

Et lui : C'est ta faute, aussi ! Si t'avais moins picolé hier soir, on aurait mieux dormi et on aurait pas cette gueule-là aujourd'hui.

Et moi : Ah non ! ça va pas recommencer, les récriminations, les reproches : Pourquoi t'as pris l'ascenseur ? Tu sais très bien que tu dois monter nos cinq étages à pied... Tu vas quand même pas me mettre ce chandail gris ! Habille-moi plutôt en rouge ou en fuchsia, comme ça je me verrai moins.

Et lui : Parfaitement ! Moi, je suis discret, je tiens pas du tout à me faire remarquer. Toi, faut toujours que tu m'affiches : Vous connaissez mon âge ? Non ? Attendez que je vous présente.

Et moi : Et alors ? T'es pas mal, t'as pas à avoir honte.

Et lui : J'ai pas honte, j'ai peur. Peur que les gens ne me rejettent, ne me fuient.

Et moi : Ils peuvent pas fuir leur ombre. C'est pas comme si t'étais black, juif ou arabe. L'âge, personne n'y échappe.

Et lui : Et c'est toi qui me dis ça ! Toi, qui ne sais pas quoi inventer pour me semer.

Et moi : S'agirait de savoir ! Je te planque ou je te déclare ?

Et lui : Les deux. On passe en fraude pour mieux passer en douane : Combien vous avez d'années, là ? Tant que ça ? Il n'y paraît pas.

Bon, allez, assez parlé de toi ! Qu'est-ce que t'attends pour nous raconter comment ils ont réagi, les Parents, quand après dîner — Débarrassez la table et ouvrez vos cahiers — Christophe leur a donné un problème à faire : Étant donné un étudiant de 23 ans, bac + 4, mesurant 1,90 mètre pour 78 kilos, étant donné la Renault 19 qui l'attend à la sortie des Beaux-Arts, étant donné qu'il se fait conduire au 54 de la rue de Gennevilliers chez sa grand-mère de 82 ans, quel est l'âge de la fille au volant ?

S'ils ont séché ? Ils n'ont même pas compris

l'énoncé. Ils sont restés la bouche ouverte : Ça rime à quoi, ça ? Tu crois pas qu'on a assez de problèmes comme ça avec ton pauvre père complètement déboussolé... Tiens, regarde un peu la tête qu'il a...

— Quelle tête ? Non, je suis perplexe, voilà tout. Qu'est-ce que tu essaies de nous dire là, fiston ? Tu veux passer ton permis de conduire ?

— Mais non, papa, je l'ai depuis longtemps.

— Ah, bon, ça m'avait échappé. Tu ne voudrais tout de même pas qu'on t'achète une auto. Attends au moins d'avoir trouvé un emploi.

— Enfin, papa, réfléchis ! Si une fille vient me chercher en bagnole, pourquoi veux-tu que je t'en demande une ?

— Qu'est-ce que tu me demandes alors ?

— Son âge.

— L'âge de la voiture ?

— Ne fais pas l'idiot, René ! C'est d'une fille qu'il s'agit. Qu'est-ce qu'elle a ? Quinze ans ? Même pas ? Quatorze ?

— Voyons, Jacquotte, les mineures n'ont pas le droit de prendre le volant.

— Si tu crois qu'elles demandent la permission ! Et puis, il s'agit peut-être d'une voiture volée. C'est quoi, c'est qui, hein ? Une beurette ? Une enfant trouvée ? Encore une bête perdue sans collier que tu as ramassée dans le ruisseau et que tu veux nous ramener, pareil que Ric-et-Rac ou Polka. Remarque, là, maintenant qu'on est à la retraite, on aurait le temps de s'en occuper, pauvre petit chat. Et puis une gamine, ça salit moins qu'un angora.

— Commence pas à gamberger, maman, c'est pas du tout ça ! C'est même tout le contraire. Elle a pas treize ans, elle en a trente-sept. Et elle voudrait...

— T'adopter ? Toi ? Comme si on était déjà

morts ? Non, mais, c'est elle qui gamberge ! Qu'est-ce que c'est que cette histoire de fous ?

— C'est pas une histoire de fous, c'est une histoire d'amour.

— C'est bien ce que je dis. Enfin, c'est insensé ! Tu es encore très bébé, d'accord, mais de là à vouloir... Au lieu de nous voler le nôtre, elle n'a qu'à s'en faire un. A trente-sept ans, c'est un peu limite, mais bon...

— Tu tombes bien, elle ne pense qu'à ça !

— Alors, où est le problème, fiston ?

— Enfin, papa, tu devrais le savoir, le problème, c'est le papa.

— René ! Tu aurais fait ça ? Je ne peux pas le croire. C'est abominable. A ton âge ! Avec une jeunesse ! Mais tu pourrais être son père.

— Arrête, maman, tu disjonctes complètement ! S'agit pas de papa, s'agit de moi

— De toi ? Tu veux faire ça ? Je refuse de le croire. C'est épouvantable. A ton âge ! Avec une vieille ! Mais elle pourrait être ta mère !

C'est pas tout ça, mais elle est comment, Zaza ? Belle, élégante, friquée. Une célibattante, pareille qu'à la télé. Qui se rassure à l'Elnet. Assure en Rodier. Couve d'un regard énamouré son compagnon, son beau persan, moustache frémissante à l'odeur d'un pâté Ronron. Et plante ses griffes rouge sang dans l'épaule d'un super-mec, torse nu, à sa toilette, qui s'applique à grandes et viriles claques une lotion après rasage. Comme beaucoup de filles de sa génération, elle a tout. Sauf un bébé. Et le père qui va avec.

Ça vous étonne ? C'est pourtant logique. Vous voulez que je vous explique. Bon, alors, allons-y : Jusqu'à 25 ans, pas de problème, à chacun sa chacune. Ils se mettent ensemble, après quoi une fois sur trois, une fois sur deux en Région parisienne, elle le vire ou elle se tire. Un de perdu... Et c'est là que ça déraille. Elle prend le voile, il prend le large. Impossible de remettre la main dessus. Chat échaudé... A lui le foot à la télé, les fringues décontractées, la BMW et les nanas en veux-tu, en voilà. A elle les gosses perturbés, les fins de mois à galérer, la 4 L et les mecs, j'en veux, j'en vois pas.

D'accord, c'est pas le cas de Zaza. Des mecs, elle en voit, mais elle n'en veut pas. Ce qu'elle veut, c'est un papa pour le bébé qu'elle n'a pas. Pas encore. Seulement voilà, l'homme, lui, un enfant, il n'y tient pas tellement. Ou il en a déjà ou s'il n'en a pas, il a tout le temps d'en avoir. Question maman, il n'aura que l'embarras du choix. Et c'est pas Zaza qu'il prendra. Il lui préférera une jeunette. La « career woman », c'est pas qu'il en a peur, il n'en a pas envie. Trop compliquée, trop exigeante, trop pressée. On accepte de lui changer un pneu, elle refuse de vous recoudre un bouton. On lui demande un conseil, elle cherche un réconfort. On l'emmène dans un grand restaurant ça fait nouveau riche, et dans un petit ça fait nouveau pauvre. On lui parle pilule, elle répond ovule. Alors, bon, basta !

La solution ? Celle qu'a retenue Zaza. Comme eux, elle préfère le neuf à l'occasion. Et elle a raison. Le seul moyen d'équilibrer les lois du marché, c'est d'inciter les femmes mûres à croquer des fruits verts.

Monique a rendez-vous sur les marches de l'Opéra avec un prétendant envoyé par l'agence. C'est sa première sélection. Elle a reçu ses coordonnées, nom, prénom, adresse, numéro de téléphone. Sans plus. Pas question de l'appeler. Elle a attendu qu'il se manifeste. Et la voilà, à moitié morte de trac, de timidité et de honte qui guette l'arrivée d'un monsieur, taille moyenne, poivre et sel, costume gris, c'est comme ça qu'il s'est décrit. Tiens, ce gringalet à lunettes, pourvu que ce soit pas...

— Mademoiselle Fournier ? Guy Lecrêpe. Enchanté. J'espère que je ne vous ai pas trop fait attendre. Je suis allé me recueillir sur la tombe de ma femme avant cette rencontre. Je lui devais bien ça. Vous me comprenez, n'est-ce pas ? Qu'est-ce que vous diriez d'aller prendre un verre à la brasserie qui fait le coin du boulevard Haussmann. Et puis, si vous me plaisez, enfin je veux dire, si on se plaît, je vous invite à dîner. Mais, d'abord, faut qu'on fasse connaissance... Tenez, venez, c'est rouge, on peut traverser... Alors, comme ça, mademoiselle... Pas madame ? Vous n'avez pas encore trouvé chaussure à votre pied. Vous êtes pourtant... pas mal... Enfin, à première vue, hein... Des fois, on a une bonne impression, comme ça, et puis... Ou le contraire. Tenez, moi, ma femme, quand je l'ai vue pour la première fois, c'était au mariage d'un de mes cousins. Elle dansait avec son frère. Pas son frère à elle, elle était enfant unique... le frère de Georges, un cousin aussi, par le fait... Nous y voilà. Vous voulez vous asseoir à la terrasse ? Venez plutôt à l'intérieur. Il y a souvent des courants d'air sous ces verrières. Et je suis un peu fragile des bronches... Non, non, rien à voir avec mon âge ! Remarquez, depuis que je suis à la retraite, ça c'est pas arrangé, question aigreurs d'estomac et, question dos, je suis sujet aux lumbagos et j'ai des raideurs dans les genoux. J'étais déjà un enfant fragile. Ma femme arrêtait pas de me répéter : Guy, mets ta laine ou tu vas encore me faire une angine... Eh bien, pour moi, ce sera un quart Vichy, et pour vous, mademoiselle? Je vous conseille un diabolo menthe. Un kir? Vraiment? Bon, alors, garçon, un quart Vichy et un... Où est-ce que j'en étais? Ah oui, quand je l'ai vue danser joue contre joue avec André... André, c'est le frère de Georges... je lui ai trouvé mauvais genre... D'ailleurs, c'est elle qui s'est approchée de moi la première, la cigarette au bec, vous n'auriez pas du feu, qu'elle me fait. Moi, les femmes qui fument, j'ai jamais pu supporter... Vous-même, vous ne...? C'est déjà ça. D'ailleurs, j'avais bien insisté auprès de l'agence : Non fumeur. Eh bien, voyez, il ne faut pas se fier aux apparences. Elle faisait très vamp, comme ça, elle était très belle, très grande, tout le contraire de vous, une brune aux yeux verts... Et un de ces caractères ! Pas mauvais, attention, pas du tout. Du caractère, voilà ce qu'elle a. Jamais il ne me viendrait à l'idée de rentrer une demi-heure en retard sans l'appeler pour pas qu'elle se fâche, qu'elle s'inquiète... Vous avez l'air surprise... Ah ! j'y suis... Le plus souvent, je n'arrive pas, voyez-vous, à parler d'elle au passé tellement elle est présente... D'ailleurs, si un jour vous venez à la maison, vous la verrez partout. Je n'ai touché à rien... Sa coiffeuse dans la chambre avec ses brosses, ses peignes, ses pots de crème, son vaporisateur, sa lime à ongles, ses kleenex, et dans les placards... Vous voulez aller aux toilettes? C'est au fond à droite, derrière le bar. Non, pas par là... Mademoiselle ! Mademoiselle Fournier, vous partez? Mais elle est partie, ma parole ! Non, ce culot. Toutes des salopes, t'avais bien raison, ma pauvre chérie !

Zaza a été inculpée de racolage, viol, outrage à la pudeur et détournement de mineur par le juge d'instruction. Le juge Étienne. Son père, oui. Naturellement elle est en retard et il pianote, impatient, furibard, sur la nappe d'un bistro au Forum des Halles où il l'a convoquée. Il s'est échappé d'un colloque sur les personnes âgées, il est pressé d'y retourner. C'est lui qui préside la session cet après-midi. Et cette conne... Il guette la porte du restaurant. Et soudain détourne la tête, surpris, embarrassé, ravi, ne sachant plus où se mettre. Cette jolie blonde, là, assise près de l'entrée avec deux copines, elle le dévisage, ma parole. Elle doit croire qu'il lui fait de l'œil ! Il risque un regard sous la broussaille de sourcils en bataille : Aucun doute... Même qu'elle l'encourage d'un demi-sourire. Enfin, c'est pas possible, elle pourrait être sa fille.

Oui, mais, justement elle ne l'est pas, parce que sa fille, la voilà :

— Je te demande pardon, chéri, impossible de trouver un taxi. T'es pas fâché, dis ?

— Si, très. Et puis, ne m'appelle pas chéri. Je suis ton père. Pas ton petit ami.

— Pourquoi tu parles si fort ? Ton micro est pas branché et tu veux qu'on t'entende au fond de la salle ?

— Oui, enfin... Non ! Je suis tellement indigné par ta conduite que je ne sais plus où j'en suis. Me faire un coup pareil. A un moment pareil !

— Qu'est-ce que je t'ai fait ?

— Un enfant dans le dos, voilà ce que tu veux me faire. Sans m'en parler, sans me demander si je suis d'accord, sans même...

— Pourquoi, t'en veux pas ?

— Non, sous aucun prétexte. Il n'en est pas question. Entre ton frère et toi, les enfants, j'ai déjà donné. Et c'est pas à mon âge que je vais être traîné, pieds et poings liés, devant monsieur le Maire sous prétexte que mam'zelle Zaza espère un heureux événement.

— Enfin, chéri, je rêve ! Où tu vas, là ? Je t'ai jamais demandé de m'épouser.

— Manquerait plus que ça ! Et encore une fois, ne m'appelle pas chéri, on pourrait croire que c'est moi, le père.

— Enfin, papa, tu perds la tête ou quoi ! Et puis, qu'est-ce que t'as à regarder tout le temps du côté de la porte, t'attends quelqu'un ?

— J'attends des explications. Tu te rends compte un peu dans quelle situation tu me mets ? Il faut que je pense à mon avenir. J'ai ma retraite à construire. Je ne suis pas encore prêt à assumer la responsabilité d'un... Mais, ça, vous vous en foutez bien ! Du jour au lendemain, plus de voyages, plus de loisirs, plus rien ! Je me retrouve acculé au mariage avec un lardon sur les bras.

— Mais qui te parle de mariage ?

— Tanbelle, évidemment ! Elle nous voit déjà en train de jouer au papi et à la mamie.

— A la tatie, pardon !

— Non, à la mamie. Elle n'arrête pas de me répéter maintenant qu'on va avoir un bébé, on peut plus continuer à faire appartement à part. Qu'est-ce que t'attends pour publier les bans ?

— Attends au moins que je l'aie mis en route. J'ai programmé mon four pour mai prochain. D'ici là, j'ai le salon du prêt-à-porter et...

— Oui, ben, ton four, tu l'éteins ! Et la prochaine fois que tu t'aviseras de me servir un rôti de six livres, choisis un autre maître queux ! C'est pourtant pas les hommes qui manquent, bon Dieu ! Ça va faire soixante-quinze ans qu'on n'en a pas perdu un seul à Verdun ! Tu ne vas tout de même pas essayer de me faire croire que tu es obligée de prendre un gamin pour te faire un bébé. Et pas n'importe lequel. Le fils de la sœur de ma... Un inceste. Carrément. Tu sais combien ça peut aller chercher, ça...

— Oui, ben, plus la peine de la chercher des yeux, ta blondasse, et de jouer au jeune homme libre et sans attaches ! Si tu crois que j'ai pas vu ton petit manège ! Elle est partie pendant que tu payais l'addition. Qu'est-ce que t'attends pour lui courir après ? Si c'est moi qui te retiens, faut pas. Moi, non seulement je ne te demande aucune faveur, mais je te donne un conseil. Cette pouf de Tanbelle, tu vas lui dire que cet enfant, tu veux l'avoir tout seul. A la moderne. Si elle insiste, parle-lui d'insémination artificielle. Ajoute : Mon ventre, il est à moi, ce que j'y mets ne te regarde pas ! Et tu conclus : Pour ce qui est de s'en occuper, t'inquiète, j'ai une fille au père !

Et sa fille à Tanbelle, comment elle réagit ? Qu'est-ce qu'elle pense d'Étienne ? Étienne ? Mais elle le connaît à peine, voyons ! Mon Dieu, c'est vrai, j'ai complètement oublié de vous la présenter, Martine. Dite Tartine. Par elle-même. Quand elle était petite. C'était sa façon de prononcer son nom. Il lui était resté. D'ailleurs, ça allait avec sa bonne bouille ronde, ses yeux en boutons de bottine et son petit nez écrasé. Martine aujourd'hui mariée, mère de deux garçons élevés à la Martinique. Ses petits-fils, à Tanbelle. Et qui l'appellent mémé. Alors, là, question coup de vieux ! Et Mamour d'en rajouter :

— Dis voir, chérie, tu es grand-mère, toi aussi ! Qu'est-ce que tu éprouves pour ces petits ? Est-ce que ça te fait pareil qu'avec Martine ?

— J'en sais rien, voyons, maman ! D'abord je les vois jamais. Ensuite, Tartine, c'était il y a une éternité. Comment veux-tu que je m'en souvienne ? J'étais encore toute petite !

Petite, tu parles ! Assez grande en tout cas pour réussir à passer la bague au doigt de son patron, le patron du salon de coiffure où elle était manucure, en lui faisant le coup du bébé : Chéri, faut que je te dise, je vais avoir un... Résultat : la mairie, l'église, la marche nuptiale, les demoiselles d'honneur (ses copines, les deux shampouineuses), le voile blanc et le ventre pointant sous la robe Empire. Le plus beau jour de sa vie, à Tanbelle. Suivi quatre mois plus tard d'un faire-part beaucoup moins réjouissant, mais bon, qui veut la fin veut les moyens : Monsieur et Madame Jean-Michel Picard ont le plaisir de vous faire annoncer la naissance de...

Tartine, cette rigolote, cette boulotte, cette louchonne, cette gosse si ingrate et si moche qu'elle en avait honte, Tanbelle, quand elle allait la chercher à l'école, avec ses lunettes sur le nez et son cartable sur le dos. Elle lui disait : Allez, va, marche devant. Ou alors elle la laissait traîner derrière, nez écrasé sur la vitrine du pâtissier, pour pas qu'on croie qu'il était à elle, ce petit tas mal fagoté quelle que soit la façon dont on l'habillait.

Et de ce petit tas, elle avait vu surgir en quelques mois, sous ses yeux d'abord ravis et très vite inquiets, une jeune fille en fleur, une beauté. Elle était devenue divine, après la puberté, Tartine, Martine, pardon, il n'y avait plus que sa mère pour lui donner ce surnom, un être diaphane, exquis, éclairé de l'intérieur.

Et Jacquotte en toute innocence : Non, mais, t'as

vu un peu ta fille ? Faut qu'elle fasse du cinéma. Garbo, c'est rien à côté. T'aurais dû l'appeler Greta.

Et Mamour en toute perfidie : Arrête d'embêter ta sœur, Jacquotte ! Faut toujours que tu la rabaisses, que tu la...

Et Jacquotte en toute révolte : Alors, là, maman, c'est pas juste ! Je la complimente sur sa fille et tu m'accuses de...

Jamais Tanbelle n'oubliera ces années de souffrance jalouse, honteuse, secrète. Pas question de s'en ouvrir à qui que ce soit, sa mère, sa sœur, son mari. Surtout pas lui qui est là en extase devant sa fille. Et moi et moi ? Tu m'aimes aussi un peu quand même, dis ?

— Mais oui, grande bête, cette question ! Je t'aime d'autant plus que c'est toi qui me l'as donnée, cette merveille. Si on pouvait se douter que notre boule de suif deviendrait... Tiens, regarde-la, en train de se sécher les cheveux... La grâce de ses gestes, la...

Tanbelle détournait la tête. C'est à ce moment-là, pour se rassurer, pour être la seule, l'unique aux yeux d'un autre, qu'elle s'est lancée à cœur, à corps perdu dans cette histoire avec Eugène.

— Dis, Mamour, je comprends pas, qu'est-ce qu'elle a contre moi, ma mère ? Toute petite déjà, elle me repoussait. Et maintenant elle ne m'aime toujours pas... mais elle ne m'aime pas de la même façon qu'avant.

— Tu te fais des idées, ma chérie. Bien sûr qu'elle t'aime. A sa façon. Ta mère, n'y pense plus. T'en as pas, t'en as jamais eu. Tu as eu, tu as une sœur aînée un peu...

— Un peu quoi ?

— Je ne sais pas, moi... Un peu égoïste, un peu narcissique, un peu bébé.

— Une petite sœur alors ?

— Si tu veux. Quand elle t'a eue, tu ressemblais à une poupée patate et c'est pas ce qu'elle voulait. Elle voulait une poupée Barbie. Et maintenant qu'elle l'a, sa poupée Barbie, c'est plus ce qu'elle veut, elle veut une poupée patate. Et comme toi, t'as passé l'âge d'y jouer, à la poupée, tu la laisses bouder seule dans son coin et tu sors t'amuser avec tes copains. Si tu as vraiment besoin d'une maman, je suis là.

— Première nouvelle ! C'est pas pour te faire des reproches, mais tu t'es pas tellement occupée de moi, toi non plus.

— Et grand-papa, tu n'y penses plus ! Toutes ces années de souffrance et de maladie. Qu'est-ce que j'aurais fait de toi dans une infirmerie. C'était ça, ma vie, ici : aide-soignante de jour et de nuit.

— Et maintenant que tu n'as plus mon grand-père, t'as ton petit-fils.

— Qu'est-ce que tu racontes ? Je ne l'ai jamais.

— Allons donc ! Tu l'as et tu l'aimes. Mieux que moi. Moi, personne ne m'a... Et sans tata Jacquotte...

Exact. Jacquotte, en mal d'enfant, ne demandait qu'à prendre sous son aile, qu'à élever ce vilain petit canard. Pas facile. Pas évident. Tanbelle ne supportait pas qu'on touche à ses affaires, même celles qu'elle laissait traîner, dont elle n'avait que faire. Et chaque fois que sa sœur proposait une sortie avec la petite, un MacDo, un film, le mercredi après-midi, l'autre hésitait à lui prêter la gamine : Tu vas encore la gâter. Dans quel état tu vas me la rendre, hein ? Exigeante, capricieuse...

Elle était jalouse, là aussi, là encore. Elle avait peur que la petite ne lui préfère Jacquotte. Ne préfère sa tante à sa mère. Sa tata à sa... A sa quoi ? Elle avait refusé de se faire appeler maman... Tanbelle, c'est tellement plus joli, plus moderne, hein, mon chéri. Elle aura son papa et sa Tanbelle, voilà !

Son papa, elle l'avait eu, mais pas comme elle aurait dû. Un papa qui l'aimait bien, sans plus. Là, maintenant que les garçons la remarquaient, la recherchaient, il en faisait autant, à la fois émoustillé et inquiet à l'idée qu'elle puisse lui échapper. Ça n'avait pas duré longtemps. Et pour une bonne raison. Très vite, c'est pas elle, c'est Tanbelle qu'il a senti s'éloigner, se détacher de lui, au point de l'obliger à lui courir après, délaissant à nouveau sa gamine, si belle, mais pas tant belle que sa Tanbelle.

Martine leur avait tourné le dos. Elle s'était esquivée. Les scènes, les crises d'adolescence, la révolte contre les parents, c'était pas dans sa nature, une nature calme, épanouie malgré l'indifférence distraite qui avait marqué son enfance. Elle était simplement sortie de leur vie sans claquer la porte, sans bruit. Elle s'était mariée très tôt, dix-huit ans à peine, à un jeune énarque en poste à la Martinique, un amour de vacances stimulé par la haine de la rentrée.

Elle donnait de ses nouvelles très brièvement. Une carte de Noël, un faire-part à la naissance de ses deux enfants. Et quand elle venait en métropole, c'était dans sa belle-famille qui l'avait adoptée. Enlevée, disait Tanbelle, amère et tout étonnée : C'est quand même insensé ! Quelle ânerie de penser qu'après leur mariage on garde sa fille, pas son garçon.

Elle est revenue pour l'enterrement de son père. Et deux jours après, elle est repartie. Jolie, sereine, souriante, polie. Pas indifférente, non, mais presque. Son père lui a toujours manqué. Cette absence-là prolongeait l'autre en la rendant irréversible, ce n'était pas autre chose.

Fini le fantasme de son enfance, ce qu'on appelle le roman familial, écrit, récrit, dans le style chansons et contes de fées, à notre insu, par nos petits, celui où grande, enfin indépendante, elle aurait accueilli, recueilli son papa veuf, pauvre, abandonné de tous. Il l'aurait appelée : Ta mère est morte. Un accident. Je n'ai plus que toi au monde. Ouvre-moi ta porte et ton cœur, je t'en prie, je t'en supplie. Et elle se serait jetée dans ses bras en s'écriant : Papa ! Enfin, toi !

Ce fantasme depuis longtemps enterré, c'est précisément la première pelletée de terre dégringolant sur le cercueil devant le cercle de famille en grand deuil qui lui a redonné vie. Il a resurgi, tel qu'elle l'avait enfoui, bande-image, bande-son, à l'identique : Papa ! Enfin... Non, plus jamais. Et elle a basculé dans un chagrin, dans un regret... Éternels regrets... Tant d'amour, tant de tendresse perdus... La perte cruelle que vous venez de subir...

Debout à côté d'elle pour recevoir les condoléances des invités, Tanbelle, la voyant hoqueter, secouée de détresse... Je partage votre peine, chère madame... Tanbelle a posé la main sur son bras. Une main tachée de son, aux ongles longs manucurés de frais et, levant vers elle un visage fait et défait, les yeux, la bouche barbouillés de rimmel et de rouge, elle a rencontré le regard de Martine. Un regard aveugle et soudain lucide. Un regard partagé, oscillant, l'espace d'une seconde, entre la rancune et la pitié. Un regard vite effacé, coup d'éponge sur un tableau noir. Un regard vide. Plus rien à lire, à apprendre, à ânonner : Tar-ti-ne ai-me sa Tan-belle ma-man et l'ai-me-ra tou-jours.

Ça va faire trois mois qu'elle est inscrite à l'agence, Monique, et ça ne fait jamais que le quatrième appartement qu'elle visite. Enfin, je veux dire, le quatrième mec qu'elle inspecte. Après le veuf inconsolable, elle a eu droit à un agriculteur de l'Ariège, brave, mais bon, bouseux. Jacquotte avait poussé les hauts cris : Quoi, comment, mais j'avais bien spécifié : Région parisienne, niveau socioprofessionnel : cadre ou directeur d'une PME. Elles se foutent de moi !

Peut-être, oui, en effet, vu qu'ensuite ça a été le tour d'un vétérinaire lillois : rech. âme sœur pr. communier amour des bêtes. Vous êtes retraitée, mademoiselle Fournier ? Moi, pas. J'ai une très grosse clientèle. Je me suis spécialisé dans le reptile. C'est très à la mode, en ce moment, le python et le boa comme animal d'appartement. C'est propre, facile à nourrir, un lapin vivant toutes les trois semaines, ça dort beaucoup, ça aime sortir, mais bon, suffit de les promener en laisse deux, trois fois par semaine pour qu'ils puissent s'enrouler autour d'un réverbère. Mon assistante ne supportait pas. Curieux, non ? Remarquez, depuis Ève et le serpent... Elle m'a quitté et je n'arrive pas à la remplacer. C'est pour ça que je suis là. Il m'en faut une absolument. Quitte à l'épouser.

Et la voilà en train de repousser les tâtonnantes et distraites avances d'un dragueur assis tout près d'elle sur la banquette d'un bistro à Saint-Germain-des-Prés : Après dîner, je vous aurais bien emmenée en boîte, mais je ne pense pas que ce soit votre tasse de thé. Et quand je dis thé... Vous devez être plutôt tisane, non ? Oh ! Pardon, j'avais posé ma main sur votre genou ? Je me demande où j'avais la tête ! Ce que c'est que l'habitude. Vous, je sais pas, mais, moi, je trouve qu'elles se relâchent les madames de l'agence. Ça fait des années que je me fournis chez elles, quand je passe quelques jours à Paris, entre deux voyages. Au début, c'était bien, très bien, de la jolie fille, jeune, marrante, sexy, un peu portée sur la romance et la relat' durable, par définition, mais bon, le temps d'une soirée, c'est pas pour me gêner, au contraire, les mots tendres, le violoncelle, les bougies, le feu de bois, le clair de lune, tout ça, je peux fournir. Simplement, faut pas que ça se prolonge. Grâce à Dieu, mon répondeur est là pour éponger les appels dégoulinants de tendresse passionnée du lendemain matin. Même en comptant le prix de l'abonnement, qui n'est pas donné, vous êtes d'accord, c'était quand même moins cher et plus sympa que de s'adresser à une professionnelle. Et puis là, depuis quelques mois, elles me traitent par-dessous la jambe, ces connes. Encore si j'avais un petit choix, je pourrais faire le tri au téléphone en me guidant au son de la voix, mais non, quand je suis rentré avant-hier, j'étais parti pour affaires à Francfort, il n'y avait que vous en tout et pour tout dans mon courrier. C'est vraiment n'importe quoi, avouez !

Les clubs, les associations, les visites guidées, les promenades en forêt — R-V - 8 h 45 — gare Saint-Lazare — 280 F —, les loisirs organisés par la mairie à la maison de retraite de son quartier : Peinture sur soie le jeudi matin. Travaux d'aiguilles le lundi et le vendredi après-midi. Améliorez votre mémoire le premier mardi du mois. Domino, le troisième. Gymnastique, départ à 15 heures, arrivée sur les genoux à 17 h 30. Elle connaît son Chaix par cœur, Jacquotte. Depuis que René lui fait la retraite buissonnière, depuis qu'elle s'est mis en tête d'envoyer Monique en voyage de noces, elle a prospecté, enquêté avec sa fougue habituelle. Elle s'est pointée dans des salles de patronage, des foyers qui réunissent trois ou quatre nanas à tout casser autour d'un tapis vert ou d'un tableau noir. Pas un mec. Jamais.

D'ailleurs, elle a beau le supplier, le menacer, il ne veut pas y mettre les pieds, René :

— Pourquoi j'irais ? Personne n'y va !

— Comment ça, personne ? On était près d'une douzaine, l'autre jour, au scrabble.

— Sur dix millions de retraités, même si tu les comptes à la douzaine, ça fait jamais tellement de mémés à vouloir sortir de chez elles pour aligner des lettres ou des mailles le mercredi de 9 heures à midi. Inscris-moi donc à un cours de tricot si tu veux que je me fasse des copines.

— Et si je te dégotais une partie de billard de temps en temps ? Tu devrais aimer. Les hommes adorent. Le scrabble aussi. Ils sont même si forts, qu'il a fallu renoncer aux championnats mixtes. Pareil qu'aux échecs. Faute de quoi la première des nanas n'arrivait jamais que trentième. D'ailleurs on y joue de temps en temps, toi et moi. Même que tu perds à tous les coups.

— Oui, mais toi, je suis habitué, que de me retrouver seul au milieu de toutes ces...

— Tu préfères passer tes journées aux courses et tes nuits au café à reluquer les serveuses et à claquer mes économies ? Les miennes, oui, parfaitement ! Pas la peine de prendre cet air-là, le ministre des Finances, c'est moi. Et d'ici à ce que je te coupe les vivres... Tu sais où ça va te mener, tout ça ? Sous un pont, en haillons, avec une poussette pleine de litrons.

— Au moins là, j'aurai la paix. Je prendrai le soleil, les doigts de pied en éventail, à regarder passer les péniches et à voir du pays, en imagination.

— Bon, allez, assez. Faut toujours que tu répondes. Ce que tu peux m'agacer ! Descends donc m'acheter un litre de lait écrémé et deux yogourts à 0 %, au lieu de lanterner ici à rien faire.

Il y est allé en traînant les pieds, René, bien décidé à les poser — arrêt-buffet — devant le comptoir du Saint-Régis.

— Alors, m'sieur René, qu'est-ce que je vous sers ? Un blanc-cassis, comme d'habitude ?

C'est qu'il a fini par le lui avouer, au père Berthier, qu'il était à la retraite, là maintenant : Eh, oui, ça ne me rajeunit pas, mais tant qu'on a la santé... Et l'autre avait approuvé. D'ailleurs, il y songe lui aussi, la patronne a envie de rentrer au pays.

Voir du pays, les péniches, les paquebots... Ça a fait tilt... Elle a vu ça quelque part, Jacquotte. Où donc, déjà... Dans *Notre temps*, oui, c'est ça. Où est-ce qu'il est passé, le dernier numéro ? Tiens, voilà : Venez goûter aux charmes de nos croisières sous d'autres cieux ! Les Baléares, l'Italie, sept jours de plaisir. Après tout, pourquoi ne pas tenter le coup ? Il veut fuir, René, elle va lui lâcher la bride. Tout en le tenant en laisse. Ça le ramènera à de meilleurs sentiments. Et au retour, elle l'aura à disposition.

Et c'est ainsi qu'ils se sont réveillés six semaines plus tard dans une cabine sans hublot. Un lit bas, un lit supérieur. 6 755 F par personne. Tout compris, c'était marqué dans la brochure sur papier glacé, photos à l'appui : Le charme d'un grand palace, un équipage aux petits soins, les délices d'une bonne table, la vie à plein temps et en pleine liberté. Monique, elle, a opté pour une couchette dans une cabine qui en comporte quatre. Une cabine pour dames.

Ah ! parce qu'elle est du voyage ? Bien sûr. Jacquotte l'a embarquée de force : D'accord, ça s'adresse surtout aux jeunes retraités et ils seront en couples pour la plupart. Mais 1) Ça te sortira de ton trou. 2) Ça t'obligera à voir du monde. 3) T'as vu le dépliant : la ville flottante, les joies de la découverte sans franchir de frontières, sans avoir à faire, à défaire et à refaire tes valises, mer bleue, ciel assorti, Palerme, Naples, Capri... Tu te rends compte un peu ! 4) T'es fraîche, t'es mignonne et s'il y a ne serait-ce qu'une demi-douzaine de veufs ou de divorcés dans le tas, comme ils sont là pour flirter au clair de lune sur le pont, t'as tes chances.

Ils ont embarqué à Toulon la veille au soir, accueillis en fanfare par des monitrices et des hommes d'équipage beaux comme des images, bronzés, lisses et musclés. Moyenne d'âge, vingt ans. Direction Palma de Majorque. Ils se sont réveillés, un peu barbouillés — Ça tangue ou quoi ? — et se sont retrouvés à 8 heures du matin pour le petit déjeuner-buffet, dressé sous une bâche, au bord de la piscine. Vide. Il fait trop froid et il y a trop de vent pour qu'on puisse songer à se baigner. C'est super, dites donc, mais j'ai pas tellement faim... C'est le roulis. Et puis là, maintenant, c'est la pluie.

Bon, allez, Jacquotte rassemble ses troupes : Attendez que je consulte le journal de bord... On a un de ces emplois du temps ! Drôlement chargé. Il y a des trucs toutes les cinq minutes. Nous, on est quoi déjà ? Groupe 7. Deuxième service... J'y suis : 9 h 15, présentation du programme des excursions suivie d'une rencontre avec l'accompagnatrice au salon Scarabeo. 10 h : réservation de la cassette vidéo de votre croisière... Allez, dépêchons, on va être en retard.

Et les voilà partis, trottinant, souris déboussolées le long des couloirs, des coursives. Ils montent, ils redescendent les escaliers, ils rebondissent d'un pont sur l'autre, ils tirent d'autres passagers par la manche : C'est où ?

— On peut pas vous dire où si on sait pas quoi.

Nous, c'est le premier service, c'est une conférence avec diapos et c'est plus haut.

Eux, c'est plus bas, au fond à droite, après la salle de cinéma. Quand ils débarquent enfin dans le salon où sont regroupés, sous des panneaux chiffrés, les deuxième service, René se retient au mur pour pas tomber : Enfin, c'est pas possible, il est pas comme ça, lui, il est pas comme eux, tout blanc, tout gris, tout déformé, tout cassé ! Deux vieux, dix vieux, pris séparément, ça va, ça se digère, mais trente, mais trois cents à avaler d'un coup, c'est un truc à vous donner la nausée. Une vision d'enfer.

Il ressort immédiatement, il file au bar en se guidant au radar : Un whisky, s'il vous plaît, sans glace et sans eau ! Et, au moment où il va remettre ça, arrive un autre client qui lui paraît avoir au moins 98 ans. Il n'est pas bien non plus : Qu'est-ce qu'il a ? Le mal de mer ?

— Non, c'est pas ça.

— C'est quoi ?

— Ben... Euh... Comment vous expliquer... C'est l'environnement. Cette croisière, on s'en faisait une joie, ma femme et moi, on est venus fêter nos noces d'argent...

René ne l'écoute plus. Ses noces d'argent ? C'est au bout de quoi ? Vingt-cinq ans ? Mais, alors, il doit avoir à peu près le même âge que lui, ce mec ! Et pourtant il lui avait semblé en le voyant...

Et l'autre justement :

— Vous m'excuserez de vous dire ça, mais de voir ces cohortes de vieux débris rassemblés là... On n'en connaissait qu'un, mon beau-père. On n'imaginait pas qu'on pouvait ressembler à... Ma femme en est toute retournée. Elle est redescendue se coucher.

Et le barman :

— Vous vous y ferez ! Question d'habitude.

Allez, je vous offre la tournée. Buvons à la santé des aînés.

Ils s'y feront, oui. Normal. C'est quand la vieillesse ? C'est toujours et c'est jamais. Ça commence à la naissance et ça finit à la mort.

On est tous des vieux qui s'ignorent. Et pourtant chacun de nous est le vieux de quelqu'un. Je me rappelle, je devais avoir dans les quarante-cinq ans, la réaction de mon aîné à qui je disais : Tu verras quand tu auras mon âge ! Il s'est mis un doigt en forme de barillet dans la bouche en faisant semblant de tirer : Ah ça, non ! C'est trop horrible. Je pourrais pas vivre ça. Et moi-même, à présent, à la vue d'une personne totalement dépendante, perdue, fermée aux autres, je me rassure : Ça non ! C'est trop terrible. Vivre ça, je pourrais pas !

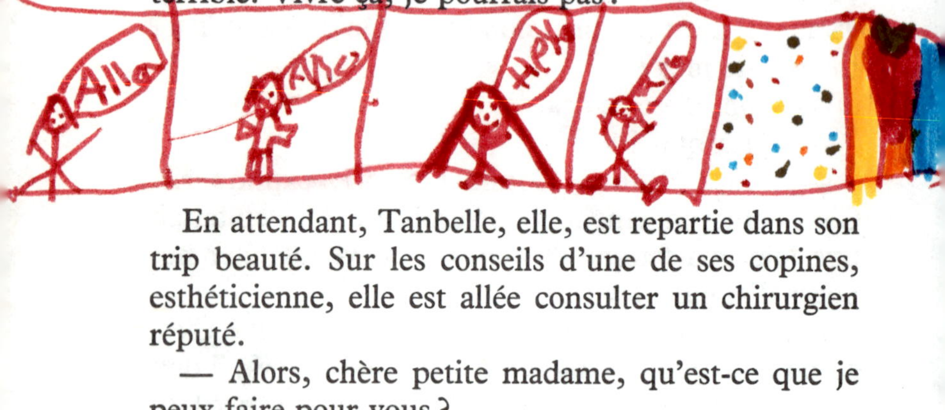

En attendant, Tanbelle, elle, est repartie dans son trip beauté. Sur les conseils d'une de ses copines, esthéticienne, elle est allée consulter un chirurgien réputé.

— Alors, chère petite madame, qu'est-ce que je peux faire pour vous ?

— J'en sais rien, justement, docteur, c'est à vous de voir. Tenez, regardez là, ces poches que j'ai sous les yeux...

— Avant que je vous regarde, je veux que vous regardiez en vous-même. Pourquoi voulez-vous rajeunir ?

— Ça me paraît évident, non ?

— Non. Pas du tout. Vous avez passé les soixante dernières années ensemble, sans problème, votre âge et vous. Quelles raisons avez-vous de vous en séparer ?

— Sans problème, on peut pas dire. Au début, oui, ça allait très bien entre nous. Et là, depuis quelque temps, j'arrête pas de le disputer, de lui envoyer des pots de crème à la gueule, de lui taper dessus à mains nues ou au gant de crin, j'ai même essayé d'en découdre avec lui, mais rien n'y fait. Et, bon, je peux plus le supporter.

— Qu'est-ce qui se passe ? Vous avez quelqu'un d'autre dans votre vie ?

— Oui, j'ai un ami. J'aimerais bien qu'on se marie, mais pour ça, faudrait que je me débarrasse de...

— C'est pas évident, ce que vous me demandez là, chère madame. Je peux effectivement faire disparaître une dizaine d'années au niveau du visage mais, pour le reste, les seins, le ventre, l'intérieur des cuisses, les fesses, les genoux, ça risque de laisser des traces.

— Ah ! parce que vous pourriez vous charger aussi de...

— Oui, certainement. Certains de mes confrères sont plus spécialisés, mais, moi, quand je prends un chantier, je m'occupe de toute la remise à neuf. Simplement il faut savoir qu'on s'engage là dans de gros travaux.

— C'est long ?

— C'est échelonné. On ne peut pas refaire toutes les pièces d'un appartement en même temps.

— C'est peut-être un peu beaucoup. Moi, au départ, je n'envisageais que les paupières, éventuellement le front et peut-être aussi le cou.

— C'est valable, oui. Ça équivaut à la pièce de réception. L'ennui, c'est qu'après ça tout paraît encore plus vétuste, plus défraîchi et qu'on se sent un peu gêné quand il s'agit de faire visiter. Ce qui est votre cas, apparemment.

— Oui, encore qu'il ne remarque pas tellement l'état des lieux, mon ami. Il fait bien une petite remarque par-ci, par-là, du genre : Ils pendouillent, dis donc, les rideaux sous tes bras. Tu devrais les raccrocher avec des haltères.

— Oh ! ça, non, ils ont fait trop d'usage, c'est pas avec des haltères que vous allez pouvoir...

— Et c'est cher ? Ça me reviendrait à combien ?

— Avant de faire un devis, faut que je voie un peu tout ça. Tout dépendra de l'étendue des dégâts. Et faut pas compter être visible avant...

Fermée pour transformations, la basilique très abîmée... Les trois absides aux arcs entrecroisés... Ces colonnes mesurent... Ici, vous avez un très beau bénitier en marbre de... Bas-relief représentant... Quoi, qu'est-ce qu'elle a dit ? Je sais pas, j'ai rien compris, la mort de je ne sais pas qui, le Christ, probable... Un peu plus loin, à votre droite, vous verrez...

Non, il voit plus clair, là, René, il confond tout, les patios, les musées, les églises, les couvents et les archevêchés. Assommé, assoupi par le ronron monocorde de la guide chargée de cornaquer le troupeau — départ excursion Palerme 14 h 15 —, la seule chose qu'il essaie de noter, là maintenant, à chaque arrêt, c'est pas la hauteur du portique ou le poids de la châsse en argent, c'est le numéro de l'autocar : Ne vous trompez pas, le groupe 7 repart dans vingt minutes. Rendez-vous devant le portique est.

— Où tu vas là, René ? Tu vas pas encore te

défiler, tu te rends compte un peu, une cathédrale construite sur une basilique transformée en mosquée...

— Écoute, Jacquotte, même que ce serait une synagogue construite sur un temple grec transformé en MacDo, moi, j'en peux plus... Je sature. Pas la peine qu'elle se fatigue, la guide, j'arrive même plus à distinguer ma droite de ma gauche au point où j'en suis. Tu sais ce que je vais faire, m'enfiler trois, quatre verres de grappa à la terrasse de ce café, là, sur la place, devant le portail. Comme ça, je la verrai, ta cathédrale. Je la verrai même en double !

— Non, Christophe, pas question que je choisisse sur catalogue. Un cercueil, c'est comme un lit. Et pas n'importe lequel. On y dort pour l'éternité. Je veux l'essayer avant de l'acheter.

— Enfin, Mamour, tu t'imagines en train de sauter dedans pour voir si c'est pas trop mou, rapport à ton dos. Remarque, ça risque pas ! Toi qui aimes les sommiers archi-durs, tu vas roupiller comme un loir.

— Oui, à condition de ne pas en prendre un en bois tendre, comme celui-là, tiens, regarde... Non, avant, sur la page de gauche. Et puis ils sont capitonnés. Faut absolument que j'aille voir ça de plus près.

Elle ne pense qu'à ça, là, en ce moment, Mamour, à organiser ses funérailles, pareil que la reine mère d'Angleterre qui a assisté, de nuit, au balcon de Buckingham, à la répétition générale de ses obsèques. Sans aller jusque-là, elle tient à régler elle-même et la facture et les détails de la cérémonie. Elle préfère ne pas laisser ce soin à ses enfants. Au lieu d'aller choisir une belle dalle blanche chez le marbrier, Tanbelle va courir essayer un joli tailleur noir chez Chloé. Et Jacquotte ne regardera qu'à la dépense : On va pas la faire voyager jusqu'au cimetière en première classe, quand même. Ça n'a aucun sens pour un trajet aussi court.

Résultat : escortée de ses deux aides de camp, Sir Christophe et Lord Ric-and-Rac, Sa Majesté Mamour est allée inspecter sur place, au siège des Pompes funèbres générales, les dernières nouveautés en matière de bières, de gerbes et de corbillards. Elle s'attendait à rencontrer un croque-mort tout habillé de noir, plein d'onction, au sourire suavement endeuillé. Pas du tout. Elle a été reçue avec un léger mépris impatient, agacé, par un employé en veston beigeasse, pantalon avachi et cravate dénouée. Faut dire qu'il faisait 30 degrés à l'ombre ce jour-là.

Elle lui parle concession : Celle où repose son mari dans le Nord auprès de ses parents affiche complet. Il lui répond exhumation : On sort la famille, on la tasse, ça fait de la place. Oui, mais bon, c'est un peu triste comme coin, et puis ça fait loin. Déjà que ses filles ne passent pas souvent la voir… On doit quand même pouvoir arriver à se loger à Paris pour pas trop cher, non ? Qu'est-ce qu'il verrait, lui ?

Il voit qu'elle lui fait perdre son temps et le temps c'est ? De l'argent. Bonne réponse collégiale. Il n'est pas là pour vendre des trous. Il est là pour vendre ce qu'on met dedans. Alors, où, le trou ? Il s'en fout. Royalement. Mais bon, puisqu'elle insiste, il va jouer les agents immobiliers.

— A Paris, vous le savez aussi bien que moi, tout dépend du quartier. A Montparnasse, au Père-Lachaise et à Montmartre, comme dans les restaurants trois étoiles, même si c'est complet, on garde toujours deux, trois places, au cas où des clients célèbres et friqués se pointeraient sans avoir retenu. Mais bon, dans votre cas, je ne pense pas que... Auteuil, Grenelle, Passy, c'est hors de prix. A Vaugirard, c'est surtout de l'ancien, des caveaux du XIXe et même d'avant. Du perpétuel. Il y a très peu de mouvement. A Bercy et à Charonne, on peut trouver... A condition d'avoir le bras long. C'est comme pour les appartements réservés aux amis et aux clients de la Mairie de Paris, ça marche au piston. Et ça se calcule pas au mètre carré mais à l'année. Une concession cinquantenaire à la Chapelle, ça revient en gros à 6 900 F. Deux fois plus cher qu'une trentenaire à Pantin.

— Ça veut dire qu'au bout de trente ans...

— Je t'expliquerai, Mamour. De toute façon, on va pas se décider ici et maintenant. Il n'y a pas que le prix et le quartier. Il y a la taille, la durée du bail... Faut savoir si les chiens sont acceptés ou pas. Il y a moi aussi. Je veux pas que tu prennes quelque chose de trop petit.

— Pourquoi, tu penses venir t'installer chez moi ?

— Oui, peut-être, est-ce que je sais ? On a le temps d'y penser. Tu comptes pas emménager tout de suite ?

Certainement pas. C'est bien pour ça qu'elle prend le temps de se renseigner. Donc, si elle a bien compris, le terrain, le caveau, la stèle, ça n'est pas du ressort des pompes funèbres ? Exact. Eux, ça commence à la semelle.

— C'est quoi, ça ?

— La dalle de béton qui servira de base au monument. Ensuite vous avez les soins somatiques.

— Comment vous dites ?

— Un soin de beauté, si vous préférez.

— Oui, oh, ben çà...

— T'en auras peut-être besoin, Mamour. Tu risques d'avoir une très sale mine. Surtout si t'es pas sortie de ton lit depuis des semaines. Un petit coup de blush, un peu de rouge à lèvres, très léger, tu vois, pas de faux cils à l'américaine, très naturel... Après on te parfume au formol et t'es sortable.

— Tu crois ? C'est pas tellement mon genre, mais bon...

— Et puis il y a les frais de manipulation.

— De quoi ? Moi, ce sera fait.

— De la bière. En classe B, c'est la plus demandée, les quatre porteurs, le corbillard, le chauffeur, ça va chercher dans les 7 000 F. Maintenant, si vous préférez un service hippomobile...

— Pardon ?

— Un fourgon attelé... Deux chevaux caparaçonnés, panachés de noir, faut compter au moins 12 000.

— Tu peux pas te refuser ça, Mamour, ça te rappellera ta fameuse promenade en calèche avec grand-papa, pendant votre lune de miel.

— Oui, mais maintenant, Petit, à mon âge, les cahots... Avec mon dos.

— Eh ben, justement, viens voir un peu la literie...

— La literie, comme vous dites, monsieur, c'est plus loin à gauche au fond du couloir. Je vous laisse regarder. Je suis à vous tout de suite.

— Tiens, regarde ce modèle-ci, Mamour, moi, il me plaît bien. Il est simple, sans chichi...

— Non, je préfère le bois verni, c'est plus facile, question entretien. Et celui-là, tiens, il n'est pas mal. Du chêne massif, c'est isolant... Finitions haut de gamme. Drap de taffetas blanc. Ils fournissent même la cuvette. Évidemment 13 429,50 F... Ah ! vous voilà, monsieur ! Je n'arrive pas à me décider. Il y en a un là, à 3 000 F.

— Non, 2 999,87.

— Vous ne croyez pas que ça revient un peu au même ?

— De toute façon, ce n'est pas ce qui vous convient. C'est destiné à être brûlé...

— C'est ça qu'il te faut, Mamour ! Qu'est-ce que tu vas t'emmerder avec un monument, des fleurs, des couronnes, des...

— Nous en avons de très belles en taffetas plastifié...

— Raison de plus ! Fais-toi donc incinérer. On te passe au four, on te verse dans un pot et je te mets sur ma table de chevet. Ou si tu préfères, on te disperse. Non, je t'assure, c'est très dans le vent, là, en ce moment.

— Si vous voulez voir nos urnes...

— Une autre fois. Je suis déjà à moitié morte de chaleur, alors rien qu'à l'idée...

— Ça tombe bien ! On en a une en forme de seau à glace.

— Allez, René, secoue-toi. T'as pas entendu le réveil ?

— Quoi ? Comment ? Mais qu'est-ce qui se passe ?

Il se passe qu'il est minuit moins le quart. Qu'on a un buffet napolitain sur le pont promenade, celui que j'arrive jamais à trouver, et qu'on va être en retard.

— Moi, j'en peux plus, là, Jacquotte, on est sorti de table il y a à peine une heure.

— T'avais qu'à pas te goinfrer.

— C'est toi qui me pousses : Allez reprends-en, quoi ! On a payé d'avance.

— Ben, justement, ce buffet de minuit, tu penses pas qu'on va leur en faire cadeau.

— Cadeau ou pas, moi, c'est pas compliqué, si je le prends, je le vomis aussitôt. T'as pas l'air de te rendre compte, mais on doit faire quinze repas par jours, là.

— Non, rien que sept. C'est pas des masses. Surtout qu'il est nul, le petit déjeuner qu'ils servent en cabine... Beurre, confiture, miel, pains, croissants, brioches, café, chocolat, franchement ça ressemble à quoi ?

— C'est pour ça que tu remets ça à la salle à manger, ni vu ni connu ?

— Je vais me gêner. Allez, viens, si t'as pas faim, tu me laisseras ta part.

— Ma part d'un buffet gargantuesque ! Enfin, Jacquotte, à ce rythme-là, déjà que tu peux plus fermer ton jean sans te coucher par terre, tu vas finir champion de sumo.

Faut dire, c'est fabuleux, ces perpétuelles ripailles, ces menus recto verso, ces tables désertées par les nauséeux où s'étalent, où se dressent des flottilles de plats, des himalayas de victuailles. Et elle en veut pour son argent, Jacquotte. Elle ne laisse rien passer. Elle dévore et elle court et elle galope, du pont foyer au pont Lido, de la chapelle au casino, de la messe à la roulette en passant par la discothèque. Entre l'apéritif avec orchestre de 11 h 15 et celui de 18 h 30, elle se farcit une séance de gym, une conférence, un déjeuner géant, un tournoi de ping-pong, l'invité du jour, une partie de Trivial Pursuit, un cours d'espagnol et, quand elle se précipite enfin dans sa cabine pour se changer, elle tombe, ô stupeur, sur René. Elle ne l'a pas vu de la journée. La veille non plus, d'ailleurs. Ils se sont retranchés, son nouveau pote et lui, dans un petit coin-belote derrière le bar Sorrento, ouvert jour et nuit, avec vue imprenable sur les gambettes de serveuses court-vêtues, et ils tapent le carton en se rinçant l'œil, mine de rien, du matin au soir.

— Tiens, te voilà, où t'étais ? T'as tout raté. Monique aussi, d'ailleurs. Je l'ai perdue en route. On allait pour prendre un cours de tango au salon Scarabeo, je me retourne, elle avait disparu.

— Faut l'attacher, c'est pas habitués à marcher au pied, ces chiens perdus sans collier.

— Elle, si. Elle est bien trop craintive, c'est pas le genre à suivre n'importe qui. Bon, c'est pas tout ça, faut se préparer. On dîne...

— Après le spectacle, on a tout le temps.

— Pas du tout, ils nous ont changés.

— De quoi ? De spectacle ?

— Non, de service. On dîne dans un quart d'heure. Avant le carrousel napolitain. Allez, grouille. Aujourd'hui, c'est pas marqué tenue habillée, c'est marqué tenue vert, blanc et rouge.

— C'est un bal masqué ?

— Non, enfin, oui, presque.

— Mais comment veux-tu que je...

— Rien de plus facile. Tu mets ton polo blanc, je te passe mes collants rouges, ça va te mouler de partout, ce sera craquant, et je vais te faire un nœud de ruban vert.

— Que je me collerai où ? Sur le cul ?

— J'avais pensé dans les cheveux mais si tu préfères...

Et Étienne ? Tu as des nouvelles ? Qu'est-ce qu'il devient ? Il court lui aussi. Où ça ? Autour du pâté de maisons ? Non, entre le bénévolat, les clubs, les associations, les dîners-débats, les colloques, les

randonnées, il n'arrête pas. Il court, il galope, pris d'une véritable boulimie d'activités, d'un formidable désir de jeunesse. Régime de l'homme d'affaires. Pompes. Haltères. Lampe UV. Bronzé hiver comme été. Ventre... pas plat, pas rond, entre les deux. Épaules en forme de portemanteau. Du plastique, hein, pas du bois ! Rides sur la gueule, la nuque, les coudes et les genoux, un point c'est tout. Il fait un peu plus jeune que son âge. Et il le prouve au moins une fois par semaine à l'insatiable Tanbelle. Et il aimerait se le prouver à lui-même en se livrant à une dernière — pourquoi une dernière, d'ailleurs — conquête. Flatteuse, celle-là ! La petite quarantaine. Jolie, fraîche, allurée. Dans le genre de celle qui lui a fait de l'œil le jour où il a déjeuné avec sa fille au Forum des Halles.

S'il va y arriver ? Bien sûr ! Pas de problème. Encore une fois, elles rament souvent seules, les femmes, dans ces eaux-là. Et elles sautent sur toutes les occasions de se faire remorquer un bout de chemin par un monsieur présentant bien, très bonne situation, prévenant, tendre et généreux. Suffit d'y mettre le temps. Et l'argent. Quand on va sur ses soixante-huit ans, si on veut arriver à ses fins, faut des moyens. Remarquez, à défaut d'être riche et célèbre, on peut le paraître : Ma BMW est à la révision, j'ai emprunté la R5 de ma nièce. Auberge de charme avec accueil personnalisé : Votre table habituelle, monsieur Anselle ? Conversation adroitement parsemée de noms connus auxquels on préférera les prénoms : Vous m'excuserez un instant, il faut que j'appelle François à Latche.

Remarquez, dans ces cas-là, la bête se laisse rarement mener par le bout du nez. Elle se méfie. Elle demande à voir. C'est Darwin qui veut ça. C'est la survie de l'espèce. C'est le troupeau des chevrettes attendant bien sagement dans leur coin l'issue du combat entre les deux boucs les plus costauds, qui se disputent le droit de les couvrir. En l'occurrence, le coût de l'opération est inversement proportionnel à la situation du demandeur. Un cadre, c'est tant. Un cadre à la retraite, c'est le double.

Pour Étienne, ça revient cher. Faut compter au moins un déjeuner-brasserie, trois apéritifs suivis de dîners-bistro, un film en exclusivité, et même parfois, alors là, c'est la cata, il a horreur de ça, une assommante, une assourdissante soirée en boîte, et dépenser des trésors de patience et d'imagination avant de pouvoir passer à l'acte. La voilà, chez les humains, la danse nuptiale des vieux mâles attirés par les jeunes femelles.

C'est cher et, des fois, ça lasse. Pourquoi s'emmerder à écouter une pépiante oiselle vous parler de sa mère, et se casser la tête à lui raconter des histoires sur son ex-femme (c'est une très bonne mère, mais pour le reste...) ou sur son ancienne secrétaire (elle serait encore un peu amoureuse de moi que ça ne m'étonnerait pas !), alors qu'on aurait pu rester tranquillement chez soi à se gratter le ventre, étalé devant sa télé, un petit whisky à portée de main. On regarde sa montre, mine de rien. Bientôt 10 heures moins le quart. Avec un peu de chance, en comptant la mi-temps, les arrêts de jeu ou même la prolongation et les coups francs, j'arriverai peut-être à rentrer avant la fin du match.

— A quoi vous pensez, Étienne ? Vous permettez que je vous appelle par votre prénom ? Vous avez l'air ailleurs.

— Moi ? A vous ! A nous ! Je me dis que si j'étais plus jeune et vous moins jolie, on...

— On quoi ?

— Ne m'obligez pas à dire des folies ! Garçon ! L'addition et deux taxis !

La petite Monique, elle, s'est fait écraser par un poids lourd, une grosse, une pétulante rousse, une jeunette de 58 balais qui l'a prise pour confidente de ses amours. Elles occupent les couchettes supérieures d'une cabine où s'entassent les affaires de cette vamp qui en change quatorze fois par jour.

Dès qu'elle a hissé et déversé ses 98 kilos dans son châlit — Ça y est, vous pouvez éteindre —, Georgette se livre à un compte rendu lourdement chuchoté de tous les regards affolés, de tous les sourires extasiés suscités par sa provocante présence. En la voyant passer sur le pont promenade, dans sa robe à volants roses, le commandant s'est retenu à ses jumelles pour ne pas tomber. Pendant le déjeuner, le serveur, complètement tourneboulé, a renversé la carafe de vin qu'elle venait de commander. La veille, quand ils se sont arrêtés pour visiter cette église canadienne, Monreale, oui, c'est ça, ah ! bon, c'est une cathédrale et elle est pas canadienne, qu'est-ce que ça peut faire... elle a demandé au conducteur du car où étaient les toilettes et il a pas pu répondre tellement il était ému. Il les lui a simplement indiquées d'un geste du bras, sans oser la regarder...

— Le pauvre ! Tu te rends compte un peu, Monique ! Oh ! mais je t'ai pas dit le mieux. Après, dans le cloître Saint-Machin-truc... Comment il s'appelle déjà... Tu vois, tu te souviens pas non plus... Enfin, peu importe... Tu devineras jamais qui m'a mis la main aux fesses... Remarque, j'en suis pas certaine, il y avait une telle cohue, mais je crois bien que c'était le mari de ta copine.

— René ? Alors là, c'est pas possible.

— Et pourquoi, on peut savoir ? Sous ses petits

airs de ne pas en avoir l'air, il en pince pour moi, c'est clair.

— Peut-être, mais il a pas pu vous mettre la main aux fesses, vu que le cloître, il y a pas mis les pieds.

— N'empêche, il m'a donné rendez-vous pour demain soir au bal musette dans le fumoir.

— Lui ? Mais il danse pas !

— C'est pas pour danser, qu'est-ce que tu crois !

— Ça alors, j'en reviens pas. Et quand il vous a... ?

— Tout à l'heure, pendant qu'on faisait la queue devant la salle à manger pour le dîner du commandant. Ce qu'il est bel homme ! Et puis alors, cet uniforme blanc ! J'avais beau être à dix tables de lui, j'ai été brûlée toute la soirée par son regard de braise.

— Oui, bon, alors, qu'est-ce qu'il vous a dit, René ?

— A moi, rien. Il a simplement soupiré : C'est pire que le métro aux heures de pointe. Si je pouvais tout envoyer valser !

— Quel rapport avec le bal ?

— Enfin, voyons, ma pauvre petite, la valse musette !

C'est pendant le bal musette précisément, en rade de Naples, qu'à sa stupeur inquiète Jacquotte a été appelée au téléphone par haut-parleur. C'était Tanbelle :

— Allô ! Allô ! Jacquotte ? Tu sais quoi ? Maman est tombée par terre.

— Et c'est pour ça que tu m'appelles ? T'as qu'à la ramasser.

— C'est fait. Christophe est passé lui dire au

revoir avant d'aller en reportage je ne sais plus où. Elle était pas à sa place habituelle. Ric-et-Rac aboyait dans la salle de bains...

— Qu'est-ce que tu dis ? Ça grésille, j'entends rien. Tu me parles de qui, là ? De Mamour ou de son chien ?

— Des deux. Il aboyait, elle gémissait.

— Mais alors, elle s'est...

— Oui, elle s'est cassé...

— En combien de morceaux ?

— Deux. Le col du fémur. On nous a transportées à Cochin. On nous opère demain. Faut que tu rentres immédiatement. Christophe est parti, il pouvait pas faire autrement. C'est lui qui m'a dit de te... Tu peux pas me laisser affronter ça toute seule. Je suis morte de peur. Allô ! Tu m'entends ? Je sais que je ne m'en tirerai pas si t'es pas là.

— Voyons, Tanbelle, c'est pas toi qu'on...

— Non, mais ça va pas ! La salle d'op, que tu sois dedans ou dehors, c'est pareil, c'est l'horreur. Et ensuite faut qu'on aille en réa... Enfin, si on arrive jusque-là... Allô ! Allô ! Jacquotte ? Viens directement à l'hôpital. Dépêche-toi. Je t'attends.

— Non, mais, écoute, Tanbelle... Oh ! elle a raccroché, la garce !

La voilà bien emmerdée, Jacquotte ! Que faire ? Lâcher la croisière, prendre un avion, alors qu'elle a déjà payé son billet de train Toulon-Paris, ça va lui coûter... Oui, mais autrement ça la fera arriver trois jours après l'opération. Et si ça se passe mal ? Elle va se faire un sang d'encre. Faut pas compter sur Tanbelle pour lui donner des nouvelles. Rien que de l'imaginer en train de se dorer au soleil de Capri pendant que... Elle va s'étrangler de colère avec le fil de ce putain de téléphone sans fil. S'il n'y en avait pas eu un à bord, elle n'en serait pas là. C'est bien sa veine !

— Ben, dis quelque chose, René ! Je te cause ! Mais non, c'est comme si je chantais. Où tu te crois, là ? Au spectacle de bienvenue donné par les artistes de l'*Achille-Lauro* — Groupes A.B.C.D.E.F. Premier service — Badges roses — 19 h 30 — Salon Scarabeo ?

— Un peu, oui ! Sauf que n'étant pas prestidigitateur, je peux pas te sortir de solution comme un lapin d'un chapeau. Quand même, moi, à ta place...

— Je voudrais bien t'y voir !

— Ça, c'est tout toi ! Suffit que j'essaie de m'y mettre pour que tu me repousses du pied. Alors, mon avis, je me le garde.

— C'est ça ! Mets-le dans ta poche avec ton mouchoir par-dessus. De toute façon, je le connais : Rentre en vitesse, dégage, que je puisse enfin avoir la paix.

— Alors, pourquoi tu me le demandes ?

— Mais je te demande rien, moi ! C'est pas à toi de me dire ce que je dois faire. Je fais ce qui me dit, figure-toi !

Elles ne sont pas dans le même groupe, Georgette et Monique. Grâce à quoi, quand ils ont débarqué à trois cents — Groupes A.B.C.D.E.F.J. — Badges bleus — Salon Arazzi — Départ excursion Capri — pour être rembarqués dans une trentaine de bétaillères, René a tout naturellement invité Monique à s'asseoir à côté de lui dans le car à la place de Jacquotte. Qui a fini par se décider. Elle est repartie pour Paris. En avion. Et en fureur.

Et Monique, qui aimait prendre ses aises en étalant sa solitude sur deux sièges au fond du car, n'a pas pu faire autrement que d'accepter. Ça n'aurait pas été gentil. Mais elle le connaît à peine. Qu'est-ce qu'ils vont bien pouvoir se dire ? Allez, pas de panique. Tu ne pourras pas en placer une. C'est reparti pour la litanie non stop : Bongiorno-jé-m'appelle-Ornella-et-jé-souis-votre-guida-lé-ruinés-dé-Palazzo-a-Mare-lé-Grecqués-septième-sièclé-après-lé-Christo-lé-panorama-Tibèré...

Et René :

— Elle me casse les oreilles.

Et Monique avec son sourire angélique et son innocence de collégienne, soudain vacharde :

— Et moi les pieds. Ce qui me tue, c'est que ce sont toujours les guides qui ont la meilleure place alors qu'ils se fichent éperdument du paysage. Ils ânonnent leur leçon en suçotant le micro. C'est comme les Noudabord.

— Les qui ?

— Le couple installé en permanence au premier rang derrière le conducteur. Tout leur est dû, à ces deux-là. Faut qu'ils soient les premiers servis à table. Ils ont exigé une cabine extérieure alors qu'ils n'y avaient pas droit, enfin, je vous raconte pas !

— Ah ! si, racontez !

Il est complètement scié, René. Imaginez un gentil petit caniche habitué à trottiner, tête baissée, derrière sa femme, qui se mettrait brusquement à parler, pour dire des choses très pertinentes et très impertinentes sur des gens que lui a croisés sans les voir. Ça, alors ! Il n'en revient pas :

— Vous les connaissez ? Vous leur avez...

— Sûrement pas. Eux, ils ne fraient qu'avec les Onconnaît. C'est le ménage friqué deux rangs derrière nous, sac Vuitton et veste Gucci... Les croisières de *Notre Temps*, les Antilles, les Caraïbes, l'Amazonie, les îles du Paradis, ils les ont toutes faites quatorze fois. Et sur des bateaux autrement chouettes. On peut leur montrer n'importe quoi, l'Annapurna, Rio de Janeiro, les chutes du Niagara, ils font la fine gueule : C'est nul comparé à ce que c'était quand ils y sont allés dans de bien meilleures conditions et en bien meilleure compagnie, il y a dix ans... Bon, c'est pas tout ça, mais regardez donc le paysage, vous ! Superbe, non ?

— Oui, c'est ce qu'ils disent dans le dépliant.

— Eh ben, ils ont raison.

Il est content-mécontent, René. Content de l'avoir découverte. Mécontent de voir qu'elle s'en moque. Pendant la montée à Anacapri, elle lui a tourné le dos, sans un mot, le nez écrasé sur la vitre et ne s'est retournée qu'à l'arrivée, radieuse : Ce que c'est beau, on dirait une carte postale !

Oui, bon, ben, pas la peine d'insister. Entre la carte postale et le dépliant, ça doit être le genre à...

— Vous me trouvez stupide, hein, René ! Vous êtes en train de m'imaginer hésitant entre un presse-papier marqué Capri et une poupée habillée aux couleurs du pays dans la boutique-souvenirs où on va nous enfourner avant de repartir.

— Non, pas du tout ! Et puis, il n'y a pas de honte à ça. Jacquotte...

— Oui, mais vous, c'est pas votre truc. Le mien non plus d'ailleurs. La carte postale, par contre, ce n'est jamais qu'une excellente photo. Alors, je ne vois aucune raison de m'en priver. L'ennui, c'est qu'on en trouve de moins en moins. Et la faute à qui ? A vous autres les appareillés de partout, les MM. Canon, Kodak ou Nikon. Votre seule excuse, c'est de vouloir faire à la fois le paysage et le portrait : Recule un peu, chérie, je veux pas couper le clocher... Et fais pas cette gueule-là ! Allez, souris, sinon tu vas te trouver sinistre et tu voudras pas qu'on la mette dans l'album.

Il la regarde, amusé, à nouveau conquis. Mais où

elle se cachait, cette Monique inattendue, drôle, pointue. Mo-ni-que. Il fait rouler ces trois syllabes dans sa bouche, il les goûte, il les recrache :

— Je trouve que ça ne vous va pas, Monique. Telle que je vous découvre, en tout cas.

— Ah, bon ? Ma mère, pareil. Elle ne m'a jamais appelée comme ça. C'était une idée de papa.

Papa... Maman... Tiens, c'est vrai, elle ne s'est jamais mariée. Il essaie désespérément de se souvenir de ce que lui en a dit Jacquotte. Jacquotte ou Tanbelle ? Oui, oui, c'est ça, c'est cette vieille pute de Tanbelle ! Elle racontait... Qu'est-ce que c'était déjà... Que cette pauvre Monique s'était entièrement sacrifiée à... Sans penser ni à sortir ni à coucher... Quoi d'autre encore ? Ah ! ça lui revient : Il n'y a qu'à la regarder, elle est vierge. Personne n'y a touché. Et elle avait même ajouté : Marrant, d'ailleurs, elle fait davantage jeune fille que vieille fille... Pourtant, à son âge !

Quel âge, au fait ? Elle paraît tellement gamine avec ses petits cols Claudine, ses cheveux très courts et ses grands yeux. Elle ressemble à cette actrice américaine... Comment elle s'appelle, Mia... L'ex-femme de Woody Allen... Il va pour le lui demander. Elle n'est plus à ses côtés. Ils se sont attroupés, tous groupes mêlés, déversés dans le parking au pied du village par des dizaines d'autocars : Quartier libre pendant quarante-cinq minutes. Rassemblement devant votre bus. N'oubliez pas le numéro. Les toilettes publiques sont au bout de la piazza à droite de l'église San Michele, et les boutiques...

De quoi elle parle, là, cette conne d'Ornella-votre-guide ? Quelle église ? Quelles toilettes ? S'agit bien de ça ! Il a trois quarts d'heure devant lui, trois petits quarts d'heure de liberté dans un village de carte postale. De carte postale, parfaitement. Il est à Capri et Capri, c'est fini. Fini, oui, sans elle...

Bon, allez, tant pis, suivons la foule... Si encore il pouvait s'installer à la terrasse d'un de ces cafés, mais il n'y a pas une table de libre. Il fait beau et les touristes, par centaines, prennent le soleil, en manches de chemise, le Rolex en bandoulière et la visière sur la nuque. Il cherche des yeux pour voir... Pour un peu il crierait : Y a quelqu'un ? Et il entend une petite voix derrière son dos !

— Je suis là. Où vous étiez donc passé, René ? Remarquez, je savais que je vous trouverais ici. Venez, on va faire un tour. Prenons par là, c'est ravissant, tenez, regardez ces fleurs sur le balcon et ce linge, là, pendu aux fenêtres... Ah ! non, je vous en prie, soyez gentil, pas de photos, pas tout de suite, ça va nous retarder et il nous reste à peine...

Quarante minutes plus tard ils ont regagné leurs places dans le car comme on rentre en classe après la récré, tout gais encore, tout excités. C'était pas la peine de se dépêcher. Ils vont attendre interminablement. Comme avant chaque départ, la guide a fait et refait le compte de ses têtes de bétail. Il en manque toujours une et c'est toujours la même. Une grosse dondon qui arrive systématiquement la dernière. Au petit trot. Ses gros seins rebondissent sur son ventre tendu de flanelle grise et ses chevilles, énormes, gainées de bas varice noirs débordent de ses baskets blanches. Elle se hisse, essoufflée, sur le marchepied, les lunettes en bataille et, au lieu de s'excuser, elle agresse : Vous n'êtes pas montés dans le bon car. Moi, j'ai noté le numéro, c'est pas celui-là ! Vous vouliez me semer ou quoi ?

Jacquotte erre dans les couloirs de l'hôpital, son sac de voyage à la main. La réa ? C'est plus loin... C'est à gauche... C'est au bout... Curieux, ils ont la même odeur javellisée que ceux de l'*Achille-Lauro*. Soudain, elle s'arrête net. Allongées droit devant lui, reconnaissables à cent mètres, les interminables guibolles et les santiags de Christophe, plongé dans *Libé*, assis sur une chaise devant une porte fermée.

— Comment, tu es là ! Je croyais que...

— Bien sûr que je suis là, voyons, maman, depuis le temps qu'on l'attend, ce foutu col du fémur, j'allais pas le rater !

— Et l'opération ?

— Ça s'est pas trop mal passé. Mais bon, faut qu'elle reste ici pendant deux, trois semaines, après il y a la rééducation. Et ensuite... On verra bien. Le chirurgien doit passer, tu pourras lui parler.

— Et Tanbelle, où elle est ?

— Je l'ai envoyée se coucher. Plus prudent. Elle tenait pas debout. Et deux chutes dans la famille en trois jours, ça faisait un peu beaucoup. Remarque, elle, tôt ou tard, elle va se la ramasser, sa gamelle ! Talons hauts, jupe entravée, c'est ridicule à son âge. Mamour, pareil, avec sa folie des sols lessivés au produit miracle, pas la peine de rincer : bonsoir l'entretien, bonjour la patinoire !

— Paraît que ça n'a rien à voir. C'est freudien.

— Quoi donc ? Les chutes ?

— Parfaitement. La faute à qui ? A la mère. Elle a tremblé quand l'enfant a fait ses premiers pas : Attention, tu vas te cogner le front contre la table à café. Et sa trouille, elle la lui a refilée, pareil qu'une varicelle. L'incubation ça peut prendre jusqu'à trois quarts de siècle, les psys sont formels.

— Oui, ben là, tu tombes mal, elle est morte en couches, la mère de Mamour.

— Oui, c'est vrai, j'avais oublié. Alors, c'est métaphysique. C'est la peur de mourir, de tomber par terre avant qu'on ne l'y mette, en terre.

— Ça peut pas être ça non plus, vu qu'elle a décidé de partir en fumée. Tu crois pas qu'il vaudrait mieux chercher une explication au ras de la moquette et en tapisser sa salle de bains ?

— Si tu veux, oui, mais c'est un peu court, vu que ça ne l'empêchera pas de déraper sur un trottoir chausse-trappe, une voie piétonne mal pavée ou un caniveau glacé. Sans parler des crottes de chien.

— Conclusion, les vieilles dames qui s'étalent, c'est pas psychologique, c'est pas métaphysique, c'est politique. On réduit leur fracture. Ça les diminue. Après ça, reste plus qu'à les pousser, les jours d'élection, dans leurs petites voitures en leur disant pour qui voter.

Ce coup-ci, pas besoin de mettre le réveil pour ne pas rater le souper-buffet. Après dîner, ils se sont promenés sur le pont, Monique et René. Non, pas étoilé, le ciel. Vous n'êtes pas dans un roman de Delly. Nuageux, au contraire. A la pluie. D'ailleurs il bruine un peu : Si on allait manger un morceau ? Oh ! puis non ! Ils n'ont pas faim, ils n'ont pas soif, ils n'ont pas sommeil. Ils sont... Comment dire... Ils sont bien. Bien ensemble. Ils n'ont pas envie de se séparer. Que faire alors ? Où aller ?

— A la discothèque. Je parie que vous n'y avez jamais mis les pieds. Ça n'ouvre qu'à 11 heures du soir. C'est un peu bruyant mais comme il n'y a pas grand monde, je vais demander au barman de mettre la sourdine. Venez, on va prendre un verre.

Ces lumières tamisées, ces fauteuils profonds, ces cuivres et ces velours, ce que ça fait chic ! Elle est aux anges, Monique...

— Qu'est-ce que vous prenez ?

— Ce que je voudrais là, en ce moment, c'est goûter à... Non, j'ose pas... Vous allez vous moquer de moi... Ça doit être horriblement cher... C'est ce qu'ils boivent les gens, à la télé, enfin dans les vieux films américains...

— C'est quoi ?

— Un dry Martini.

— Excellente idée ! Je ne connais pas non plus. Bougez pas, je vous ramène ça...

Il revient vers elle, tout attendri, tout excité : Gin ou vodka ? Vodka, bien sûr. C'est plus... D'accord. Il repart. A peine a-t-il tourné le dos que la Georgette s'abat, énorme et tourbillonnante tornade, sur leur table en renversant un cendrier au passage.

— Eh ben, Monique, où t'étais passée ? Je te cherchais partout. Qu'est-ce que tu fais là ? C'est d'un lugubre, il n'y a pas un chat. Faut que je te raconte... Tu sais, le contorsionniste... Tu l'as pas vu au spectacle ? Tiens ! Pourtant il est passé deux fois depuis le début de la croisière. C'est un Norvégien, pas tout jeune, assez fort, qui arrive à mettre ses 90 kilos dans un tout petit frigo.

— Et alors ?

— Alors, il m'a fait un gringue pas possible chez le coiffeur. Il se teint en blond, figure-toi... Monsieur Dumourier, vous ici ! C'est pour moi, ça, ce que c'est gentil. Qu'est-ce que c'est ? Un dry Martini ? Ah ! bon ! Je vais être ronde comme une pelle, dites donc ! Et vous ? Vous n'allez pas trinquer avec nous ? C'est ça, allez en chercher un autre et revenez vite, vous me manquez déjà... T'as vu un peu le choc qu'il a eu, en me trouvant là ? Il est raide dingue de moi, tu peux pas me dire le contraire, là, maintenant. C'est vrai qu'elle est repartie ce matin, sa femme ? Pourquoi, t'as une idée ? S'ils se sont disputés, cherche pas, c'est à cause de moi... Tais-toi, le voilà !

Alors René :

— Bon, eh bien, à votre santé, Monique, à Capri !... Madame !

— Ah ! non, pas madame ! Moi, c'est Georgette, vous, René, OK ?

— Non, moi Tarzan, vous Sheeta.

Un peu plus tard, de retour dans leur cabine :

— T'as vu, dis donc, Monique, dans quel état je l'ai mis ? Il en poussait des cris en se tapant la poitrine ! Tout juste s'il ne s'est pas balancé au lustre. Pauvre chéri ! A propos, c'est qui Sheeta ? Une star de Hollywood, hein, c'est ça ? Je crois bien avoir vu sa photo dans *Voici*. Elle est belle, cette nana. Pas tant que moi, surtout question nénés, mais bon, c'est plutôt flatteur, non ?

Quelques jours plus tard, Jacquotte rentre chez elle, les bras cassés par ses sacs à provisions. Elle est passée à l'appartement de Mamour prendre une chemise de nuit et une liseuse, elle a couru les lui apporter à l'hôpital. Il y avait la cohue dans le métro. Il fait une chaleur à crever. Elle se sent sale, poisseuse, complètement pompée. Elle peste contre Tanbelle : Pourquoi est-ce que c'est toujours à moi, jamais à elle de... Elle ouvre sa porte. Et s'arrête net. Allongés sur le canapé du salon, qu'est-ce qu'elle voit ? Les interminables guibolles et les charentaises de René, le nez dans *Paris-Turf*, les yeux sur la télé et la tête dans l'oreiller. Oui, il est allé en chercher un dans la chambre à coucher et il se l'est calé sous la nuque.

— Comment, tu es resté là ?

— Ben, oui, tu vois, la croisière m'a fait du bien. Le grand large. L'air marin. Je n'ai plus tellement envie de passer ma journée au bistro.

— C'est pas une raison pour la passer vautré, là, les doigts de pied en éventail, pendant que moi je me tue à...

— A quoi ? Au travail ?

— Oui, parfaitement ! Non, mais, qu'est-ce que tu crois ? D'abord ma pension vaut bien la tienne. Ensuite il n'y a pas de raison que ce soit moi qui m'appuie tout le boulot, les courses, le ménage, la cuisine...

— S'agirait de savoir ce que tu veux ! Tu râles quand je sors, tu râles quand je rentre, tu râles quand je bouge, sous prétexte que je gêne, et tu râles quand je me range.

— Non, mais, ça va pas ! C'est pas un placard, le divan. Moi, de te voir étalé là, je supporte pas ! Ça devient infernal, la vie avec toi. Ou je t'ai dans les jambes ou je t'ai sur les bras. Si encore tu restais à ne rien faire en faisant quelque chose ! Des études, des... Mais non, monsieur est plongé dans les histoires de cul de ses pouliches. Miss Love For Ever a ses chaleurs, Miss Bleu de Chine...

— Comme quoi ?

— Quoi, comme quoi ?

— Tu me dis d'apprendre mes leçons. Je te demande de quoi.

— D'anglais, par exemple.

— Pas la peine ! Tu le sais, toi. C'est quand même pas difficile au point d'être obligé de se mettre à deux pour le parler.

— Bon, ben, de calcul intégral, de sanscrit, de bel canto, de méthodologie, de mémoire, toi qui oublies tout. Il y a des cours pour ça. Pas souvent, c'est vrai, vu que les gens n'ont pas tellement envie de se rappeler leur chienne de vie.

— Tu vois bien !

— Si tu ne veux pas apprendre, tu peux enseigner, voilà ce que tu peux faire !

— Enseigner quoi ?

— A faire boucher dans les pays sous-développés. J'ai vu un retraité, on ne voit que lui à la télé, il leur a appris à découper des entrecôtes et des filets pendant trois mois au Centrafrique. Et il n'y a pas que boucher... Il y a P-DG. Patron de toutes ces petites entreprises qui pourraient se créer si elles bénéficiaient des conseils d'un ancien.

— Enfin, Jacquotte, un peu de jugeote ! Patron, si j'avais pu, si j'avais su, je ne serais pas resté employé !

— Bon, très bien, OK. Employé, t'as pu, t'as su, t'as qu'à enseigner ça.

— Et je ferais un tabac : Où tu vas, là, Ginette ? A la fac, suivre un cours de René Dumourier, rapport à la formation continue. Comment laisser sécher son vernis à ongles en tapotant sur un clavier.

— Enseigne à faire le papier du tiercé ou le mandarin-citron, enseigne n'importe quoi, mais rends-toi utile. Enfin, c'est pas possible ! Tu vas pas passer le reste de ta vie cloué là. Remue-toi, bon Dieu ! Même ma mère après son opération...

— Ta mère, elle a pas mon âge !

— Allons, allons, papi, un peu de courage, un petit effort... On va aller bien gentiment au fauteuil. Et après on ira faire quelques pas dans le couloir pendant que je passe la serpillière et que je retape le lit. On n'a pas besoin du pistolet ou du bassin, au moins ? Non, parce que faut le dire, ça, à la dame, papi. La dame, elle veut pas qu'on fasse pipi-caca dans son pyjama, compris, hein, papi !

La danse, elle adore ça, Tanbelle. Et elle y excelle. La valse musette, elle est encore capable de vous la tourner, montée en neige, sur une assiette. Elle y avait renoncé. A cause d'Étienne. Il n'aime pas. Et puis là, elle remet ça. Encore une idée de Jacquotte : Allez, secoue-toi. Tu vas pas passer ta vie à l'attendre, ce con-là. Sors, fais des choses, vois des gens... Où ça ? Je vais te le dire, moi. Dans un thé dansant. La Cinquième Avenue, ça s'appelle. A l'Étoile, oui. Emmène ton ancienne copine du salon, celle qui a quitté pour faire secrétaire, comment elle s'appelle déjà... Et va te remettre en jambes.

Assise dans la pénombre avec son amie Colette devant une flûte de champagne, elle chuchote à tue-tête, l'orchestre fait un de ces boucans, en guettant le chaland : T'as des nouvelles de ton ex ?

— Oui, par Nicolas. Il y a passé le week-end. Paraît qu'elle est plutôt sympa, sa nouvelle nana.

— Quel âge ?

— Quoi ?

— Quel âge elle a ?

— Le sien.

— Tiens, ça lui ressemble pas. Je croyais qu'il n'aimait que les petites jeunes.

— Ben, oui. Elle a vingt ans, pareil que Nico...

Elle écoute pas, elle écoute plus, Tanbelle. Les hommes passent et repassent devant l'étalage en soupesant ce qui s'offre à l'invite de la danse et, qui sait, de la drague. Et puis s'arrêtent. Et puis, d'un simple signe de tête, indiquent leur choix. La dame se lève, suivie du coin de l'œil par une Tanbelle qui s'agace, qui s'angoisse de voir qu'on lui préfère un tas, une grosse toupie à bajoues ou un échalas, une grande bringue à lunettes…

— Quel âge tu lui donnes ?

— Ben, je viens de te le dire.

— Mais, non, à la bonne femme avec le corsage rouge, là, tiens, regarde.

— De dos, la quarantaine.

— Combien ?

— Quarante balais.

— Oui, ben, de face, elle en fait le double.

— Tu crois ? Allez, viens, c'est un cha-cha… Viens, on va aller regarder ça de plus près.

Mais elles ne verront rien. Ni personne. Elles vont être emportées, déportées, écartées, jetées l'une contre l'autre, attentives l'une à l'autre, habitées l'une et l'autre. Quel pied ! Elles enchaînent sur un tango. Tiens, les voilà qui reviennent, qui s'écroulent essoufflées, ravies, sur leurs poufs, mes deux copines. Et qui se désignent du doigt un vieux monsieur longiligne, ondulant tout seul en bordure de piste. Un habitué. Lui, son truc, c'est la danse en solo. La danse d'un seul pas, toujours le même. Il tricote de la gambette, un point à l'envers, un point à l'endroit, sans jamais se laisser distraire par une rupture de rythme ou une annonce au micro : On demande Mlle Ginette au vestiaire… Et maintenant, place au roi de l'accordéon… On l'applaudit bien fort…

Colette a été invitée à danser. Et Tanbelle se retrouve seule, vexée comme le pou auquel on compare les laides, les vilaines, les pareilles qu'elle. Non, mais, c'est pas vrai ! Qu'est-ce qu'ils attendent pour… Justement en voilà un… Pas mal, pas mal du tout. Il va se décider, oui ?… Non, penses-tu !… Il t'a regardée sans te voir, poursuivant sa ronde autour du cercle de lumière en tentant de dénicher, tapie dans l'ombre, celle qui… Non, pas celle-là ! Enfin, c'est pas possible, qu'est-ce qui se passe aujourd'hui ? Il n'y en a que pour les boules de suif et les binoclardes.

Alors là, je vais te dire, Tanbelle, à partir d'un certain âge, d'un âge certain en l'occurrence, les lunettes, la plupart des femmes font avec. Bien obligées. Quant aux grosses, même un peu faisandées, bien mamelues, bien fessues, les mecs n'aiment rien tant que de se rouler dessus avant de s'enfoncer dedans. C'est doux, c'est chaud, c'est abondant, ça t'enveloppe de partout.

Oui, ben, si c'est pour jouer les édredons, merci bien, mais non merci !... Je regrette, monsieur, je peux pas, je garde le sac de ma copine. Elle a refusé de suivre le pot à tabac ventripotent qui vient de lui présenter son crâne chauve en s'inclinant devant sa table, Tanbelle. Et elle s'est levée, très digne, pour aller aux toilettes. Perché sur un tabouret un jeune homme, d'une beauté à tomber par terre, bavarde avec le barman en sirotant son jus de tomate. Épinglé sur le revers de son veston, un badge : « Taxi Boy ».

Et si elle se l'offrait ? Elle s'approche : C'est combien ?

— Cinq francs. Faut prendre un ticket au vestiaire. Ou un carnet de dix.

C'est vraiment pas cher. Oui, mais c'est gênant pour une jeune fille, comme disait sa grand-mère. Elle aurait l'air de quoi à danser avec un partenaire visiblement payé pour. D'une superbe nana, jeune, belle, moulée de cuir noir qui lui passe sous le nez : Vous êtes libre, Tony ? On y va ? Non, il est pris, il attend une cliente. Elle l'a réservé pour 17 h 30. Tiens, la voilà, justement ! Arrive une vieille dame, quinze ans de plus que Tanbelle, facile : Alors, mon petit, en forme ? Je vous préviens, j'ai pris deux carnets, vous en avez pour une bonne heure, là. Ça va valser ! Du nerf, hein ! La semaine dernière, c'était pas ça ! Vous aviez la tête ailleurs.

Je sais pas où il l'avait, la tête, Tony. Sûrement pas à une partie de jambes en l'air avec Mme Destouches, qui n'a pourtant pas les pieds sur terre tellement elle est souple et légère sur une piste, cette Ginger Rogers octogénaire. Il n'est pas là pour draguer, lui, il est là pour bosser et pour gagner de quoi payer le loyer de sa petite piaule d'étudiant. Il a fait vendeur dans un grand magasin pendant quelques mois, mais ça lui plaisait moins que danseur mondain, comme on disait autrefois.

Tanbelle retourne à sa place, toute chamboulée. Et si elle essayait ? Question dignité, c'est quand même mieux que d'être exposée comme une bête à l'étal de toutes les convoitises. Et question plaisir, ça peut pas se comparer avec ces vieux chevaux de manège grisonnant sous le harnais. Combien il a dit que c'était, déjà, le carnet ?

Et Colette :

— Ben, où t'étais ? Je t'ai cherchée partout. Je suis même allée voir aux toilettes.

— Je faisais du lèche-vitrines. Dis donc, ils ont des partenaires en location drôlement intéressants. Grands, pas chers. Franchement, c'est une affaire.

— Tu veux qu'on s'en partage un ?

— Pourquoi partager ? On a encore les moyens de faire cavalier seul, non.

Il ne sait vraiment plus où se mettre, là, René. Le café, plus question. Pas question non plus de bouger de chez lui des fois qu'elle appellerait, Monique. Quand ils se sont quittés gare de Lyon, retour de

Toulon — A bientôt, n'est-ce pas ? —, il n'a pas osé lui demander son numéro de téléphone. Il ne connaissait même pas son nom. Du coup, il a pris son air le plus désinvolte et il a lancé à Jacquotte :

— Et la petite Monique... Comment elle s'appelle déjà...

— Fournier. Pourquoi ?

— Pour rien, simplement pour savoir comment elle va. Je crois qu'elle a été plutôt secouée pendant la dernière traversée.

— Tiens ! Tu m'étonnes, elle avait un patch très efficace contre le mal de mer.

— Ah bon ! Mais, elle t'a donné de ses nouvelles ?

— Elle en a pris des miennes, oui, après ce qui m'est arrivé avec Mamour ! On doit déjeuner ensemble dès que j'y verrai un peu plus clair. Parce que là, pour le moment, entre les heures de visites à Cochin et tout le tremblement...

Monique Fournier. Si encore elle habitait Paris, il pourrait essayer de la retrouver dans l'annuaire à Fournier M. Mais non, elle est en banlieue. Laquelle ? Une de celles que dessert le RER, ça il le sait, elle lui en a parlé. Et il y en a des tapées ! Impossible d'en faire le tour. Le moyen d'obtenir son adresse de Jacquotte ? Il cherche, il trouve pas. Alors, il attend. Il attend interminablement que Monique se manifeste encore : Allô ! C'est René ? Jacquotte n'est pas là ?... Elle rentre quand ? C'était simplement pour savoir comment elle allait... Et vous, ça va ?

Elle l'a fait. Mais ça ne s'est pas passé comme ça :

— Allô ! Allô, Jacquotte ? Alors, ta mère ?...

— Ça va, ça va... Mais ce sera long... Normal, le col du fémur... Remarque, on a eu de la chance. Ils disaient tout à l'heure à la radio qu'il y en a 45 % qui en meurent.

— La pauvre ! Et René, ça va ?

— Ne m'en parle pas ! Je peux plus le supporter. Il traîne là toute la sainte journée. Alors je l'ai envoyé, à grands coups de pied dans le cul, me chercher un bac pour mes géraniums, tu sais une de ces jardinières en promo que j'ai vues en bas de chez toi. Au moins là, avec le trajet et tout, j'en suis débarrassé depuis le début de l'après-midi... Tiens, ben, justement, je l'entends qui rentre. Allez, je te laisse... Ah ! te voilà, toi, t'en as mis du temps, dis donc ! C'était Monique.

Tiens, elle est à Paris, là, Martine. Elle est revenue pour les fêtes. Les fêtes de Noël, oui. C'est dans un mois, mais cette année, elle a décidé d'avancer son retour de quelques semaines. Son mari la rejoindra pour le réveillon. Les gamins sont encore petits. A quatre et deux ans à peine, ils peuvent sécher la maternelle sans problème. Autant en profiter. Elle a l'intention de les confier à sa mère pour faire du lèche-vitrines et courir les boutiques.

Elle est descendue chez Tanbelle, oui. Et elle va y rester jusqu'à...

— Jusqu'à quand tu comptes rester, ma chérie ? Jusqu'à la semaine prochaine ?

— Non. Jusqu'au nouvel an.

— Et tes beaux-parents ?

— Si tu avais lu ma lettre...

— Mais je l'ai lue, qu'est-ce que tu crois !

— Ben, tu saurais que belle-maman a eu une attaque. Qu'on va y faire un saut avec Jacques avant la Saint-Sylvestre. Rien que deux, trois jours pour pas les fatiguer. Et qu'on réveillonne avec vous. Contente, non ? Kévin, demande à mémé, si...

— Tu crois vraiment qu'il faut qu'ils m'appellent mémé ?

— C'est comme ça que je dis quand je leur parle de toi. Déjà qu'ils te voient jamais... Faut bien qu'ils sachent qui tu es. Et mamie, ça t'a peut-être échappé, mais c'est pris depuis la naissance de Kévin. Et même bien avant. Dès que je suis sortie de la salle de bains avec mon test positif, belle-maman... Je me rappelle, elle a couru l'annoncer à beau-papa et elle lui a dit : Tu sais quoi, papi, Martine attend un bébé.

— Oui, ben ça, papi... C'est plus le problème. Mais, mémé, franchement, Tartine... Je préférerais Tanbelle... Qu'est-ce que tu veux, mon petit ?

— On peut ouvrir la télé, dis, mémé, il y a la tortue Ninja...

— Pas mémé, Stéphane, Tanbelle.

— Pas Stéphane, mémé, Kévin.

— Comment tu les as élevés, dis donc, Tartine, ces enfants ? Ils répondent, ma parole !

— Non, ils rectifient. Tu les prends l'un pour l'autre. Il faut absolument que vous fassiez connaissance. Kévin, je te présente ta grand-mère...

— Non, mais tu es malade ! Me présenter, moi, à un mioche de...

— Oh, pardon ! Maman, je veux dire, Tanbelle, est-ce que tu permets que je te présente Kévin et Stéphane, son petit frère. Stéphane, Kévin, votre grand-mère, Tanbelle.

— Elle est pas si tant belle que toi, mémé, dis donc, maman ! Et mamie, quand on va aller chez elle ?

— Bientôt. D'abord on va aller voir Mamour qui s'est fait bobo à la jambe. Et Ric-et-Rac et...

— Ah ! parce que Mamour, ils savent qui c'est, alors que moi...

— Mais si, on sait, mémé, t'es sa maman, à Mamour !

Ça y est, il l'a retrouvée, sa Monique, René. Quand, comment ? Là, chez lui. Mamour venait d'entrer en maison de rééducation. Il a entendu Jacquotte inviter Monique à l'y accompagner au téléphone : Ça te sortira. Et qui sait, tu vas peut-être croiser un kinési veuf ou divorcé sans enfants dans le couloir, c'est des choses qui arrivent... Si, si, je t'assure. Allez, secoue-toi ! Tu passes me prendre après-demain vers midi, compris ! A midi pile, il était là aussi, René, et il a proposé de les y conduire. Stupeur de Jacquotte : Tiens, qu'est-ce qui t'arrive ? C'est le jour de ta BA ? Eh ben, tant mieux. Profitons-en !

C'est lui qui a profité de l'heure des soins pour quitter la chambre avec Monique. Au revoir, Mamour, à bientôt ! Jacquotte, on t'attend au café qui fait le coin. Te bouscule pas. On est pas pressés. Et là, sagement assis devant un quart Vichy, il a commencé à lui parler chevaux, sa passion, histoire de l'inviter, depuis le temps qu'il y pensait, à aller aux courses avec lui. Il avait écarté le cinéma et le restaurant. Jacquotte n'aurait pas compris. Monique, si. Et justement, ça, il ne le voulait pas. Il préférait laisser le temps au temps, comme disait je ne sais plus qui !

Elle a dit oui, ravie. Elle va faire son petit tiercé tous les dimanches matin et l'arrivée, elle ne l'a jamais vue qu'à la télé. Là-dessus Jacquotte les rejoint. Et lui :

— Tu sais quoi ? J'ai proposé à Monique de l'emmener à Auteuil jeudi et elle est d'accord.

— Moi pas. Enfin, Monique, où tu as la tête ? Tu sais combien ils font, les jockeys ? Pas plus d'un mètre cinquante et tu n'aimes que les hommes grands.

— C'est vrai, Monique ? Grand comment ?

— Comme toi, va, René. Ah ! ça, il en est pas peu fier de sa taille ! Tu le verrais se mesurer à son fils et tricher en se mettant sur la pointe des pieds pour pas être dépassé...

— N'importe quoi ! Il mesure trois centimètres de moins que moi, tu le sais très bien !

— De toute façon, Jacquotte, il n'y a pas que les jockeys, il y a les chevaux, il y a...

— Ah ! bon, parce que c'est ça que tu cherches, un étalon ? Pourquoi tu me l'as pas dit plus tôt ? Suffisait de passer une annonce dans *Rustica* pour trouver fer à ton pied ! Bon, c'est pas tout ça, je suis venue vous dire de ne pas m'attendre. Faut que je remonte voir Mamour. On vient de lui verser dans le lit à côté une vieille dame en bouillie écrasée par le motard qui lui a volé son sac. Et elle en est malade ! Si je les tenais, moi, tous ces petits salopards, ils seraient pas près de recommencer, croyez-moi !

Et c'est ce jour-là, le jour où René a retrouvé Monique, que Jacquotte a trouvé un sens à sa vie. Chez le coiffeur. Au salon, toujours fréquenté par Tanbelle, qui avait appartenu à son mari. Elles s'y étaient donné rendez-vous en fin d'après-midi :

— Ce que tu peux faire négligé, Jacquotte, c'est pas possible. Allez, on va chez Yvette, et tu vas me laisser le plaisir de t'offrir une teinture, une coupe, et une manucure.

— La coupe, bon, OK. Le reste, même avec tes 50 % de réduction, tu peux en faire l'économie. C'est pas pour te vexer, mais tu me vois en blonde oxygénée avec des ongles rose saumon ?

Quand elle est arrivée, elle a trouvé sa sœur en peignoir, plongée dans *Femme actuelle* en attendant de passer au bac.

— Qu'est-ce que tu lis ?

— Un article sur la chirurgie esthétique. Je sais pas si tu te rends compte, mais les enfants de Tartine, des vrais petits voyous, me prennent pour leur arrière-arrière-grand-mère ! Alors, il serait peut-être temps de...

— Et tu crois qu'un lifting...

— Justement, j'hésite. Je le fais ou je le fais pas ? Qu'est-ce que tu me conseilles ? J'arrive pas à me décider. Ils doivent décoller la peau, la tirer, la recoudre et brûler au troisième degré toutes ces ridules, là, tu vois, autour de la bouche. J'en ai pour au moins deux mois à ne pouvoir sortir que voilée.

— Remarque, ce serait déjà un progrès !

— Merci ! L'ennui, c'est qu'Étienne risque d'en profiter pour...

— Aller voir ailleurs ce que tu ne peux pas lui montrer ? Tu veux que je te dise, chérie, j'ai l'impression que c'est déjà fait. Il veut du neuf, là, en ce moment, pas de l'ancien. Même rénové. Moi, à ta place, je me fatiguerais pas à me retaper, j'attendrais tranquillement qu'il en revienne. A moins d'avoir une vue vraiment superbe, ça a ses limites, le moderne, ça fait plus cheap, c'est... Tiens, vas-y, elle t'appelle, la shampouineuse. Tu me passes le journal ?

Elle l'a feuilleté distraitement... Et puis là, au détour d'une page, elle est tombée dessus. Sur un appel à tous les plus de 55, 60 ans qui veulent s'assumer, se prendre en main. Tous ceux, toutes celles qui en ont assez de se faire jeter, agresser. Apprenez à vous défendre et rejoignez notre combat, celui que livrent les Panthères grises pour permettre aux anciens non pas de mourir, mais de vivre dans la dignité.

Il fait un temps radieux. Assorti au sourire de Monique, un sourire ombragé par un joli canotier blanc.

— Je croyais qu'il fallait mettre un chapeau pour aller au pesage et comme j'ai un col marin...

— Non, seulement les jours de grands prix, mais ça vous va tellement bien.... Venez.

Et, la prenant par le coude, tout fier, tout content, René l'emmène devant le rond de présentation :

— Regardez ce qu'ils sont beaux !

Pouvoir regarder ceux qu'on voit sur le papier — Qui tu vois, toi, dans la troisième ? —, c'est la joie. Et Monique en est inondée.

— Dites, René, moi j'avais pensé au 6, mais là, je me demande si l'as... Comment il s'appelle déjà ?

— Didi Didam. D'après le journal, il est sérieux, il est confiant. Et il aime le terrain lourd. Il présente bien, non ?

— Il est à combien ?

— Il est pas très joué. 25 contre 1. Qu'est-ce qu'on fait ? On lui donne sa chance ?

— D'accord. Mais au guichet à 10 F. S'agit pas de faire des folies.

Ils l'ont joué trois fois gagnant. Malheureusement, vu des tribunes, Didi Didam qui tire la langue en queue de peloton a nettement moins belle allure... Monique le pousse, Monique le houspille. A tue-tête... Allez ! Allez ! Tu vas te magner le train, oui ?

Non.

Bon, tant pis. Rebelote dans la quatrième, un steeple-chase pour les 5 ans et plus. Ce coup-là, ils se renseignent auprès de leur voisin qui vient de toucher à 6 contre 1. Casquette, jumelles, jaquette, carnet, crayon… Monique pouffe et souffle à l'oreille de René : Il s'est acheté la panoplie du parfait petit turfiste !

— Magic Price, vous croyez ? Nous on avait pensé à… monté par… Ah ! bon, ben, si vous le dites… Va pour Magic Price. 400 balles ? Carrément ? Gagnant, placé ou à cheval ?

Monique le tire par la manche :

— Ne l'écoutez pas, je le sens pas, moi, Magic Price. On s'en tient à Troll du Camp. A cheval. C'est plus prudent. 150 et 150 ? Tant que ça ? Si vous croyez vraiment…

Bullfinch… Oxer… Il est parti très mal, Magic Price. Il a rendu vingt-cinq mètres. Troll du Camp, lui, il est nulle part. Rivière des Tribunes… Il remonte, Magic Price, il vient septième à la corde. René en est malade. Monique aussi. Il mène, là, ça y est, son jockey vient de lui déboucher les oreilles… Oxer… Tiens, le leur, le 9, revient très vite en dehors… Vas-y ! Vas-y !… Rivière du Huit… Ça va, c'est bon… Bullfinch… Il va… il va… il va se flanquer par terre, Magic Price, il s'étale, en envoyant valdinguer son jockey. Monique se cramponne au bras du René, dans un état d'excitation, je vous raconte pas. Vas-y donc ! Il y va, Troll du Camp, il place sa pointe de vitesse et il arrive… second.

— Oh ! la la ! quel bonheur ! Combien on va gagner, là ?

— De quoi arroser ça !

— Non, non, pas tout de suite. C'est trop grisant, on continue.

— Oui, mais moi, les émotions ça me creuse. Et cette odeur de frites... On en prend un cornet avec une saucisse et...

Ils s'en lèchent les doigts. Ils se barbouillent de ketchup. Ils ont quoi, à peine dix ans, là. Qu'est-ce qu'on s'amuse, hein ?

René la dévore des yeux, la bouche pleine :

— Oui, grâce à vous. Heureusement que vous étiez là, sinon, on ne passait pas une seule fois à la caisse.

Une heure et deux courses plus tard, dont une disputée par Kadalko qui les écraserait tous, s'il n'était pas écrasé sous dix kilos de fonte. Et qui va s'écraser au poteau en se laissant coiffer d'une œillère. Forcément, il était beaucoup trop chargé. Quels salauds, ces handicapeurs ! Ils ont été battus à la photo et ça l'a complètement désarçonnée, Monique. Elle en pleurerait. De la voir toute déconfite, il s'attendrit :

— Allez, venez, on va le noyer au champagne, ce grand chagrin !

— Mais on a tout perdu, là, non ? Non ! Ah ! ben, tant mieux, parce que, voyez-vous, René, moi, les courses, j'aime bien, j'aime même beaucoup, mais à une condition : gagner. Perdre, ça, non, je supporte pas.

— Moi, j'aime. Et vous savez pourquoi ? Parce que malheureux au jeu, heureux en...

— Chut ! Ne dites rien.

— Si. Des riens. Des bêtises comme... Vous êtes adorable. Comme... Je ne me suis jamais senti aussi bien. Comme... Une coupe et des olives. De toute façon, entre vous et moi, je suis sûr que ça n'en serait pas une.

— Une quoi ?

— Une bêtise, grosse bête !

— Qu'est-ce que c'est que ce plan, Mamour, tu crois pas que tu fais un peu fort, là ? Aller en maison de retraite, non, mais, c'est pas vrai ! Qui a bien pu vous mettre une idée pareille dans la tête ?

— On a besoin de personne, mon petit bonhomme, on est assez grand pour savoir ce qu'on veut, pas vrai, Ric-et-Rac ?

— Alors, là, toi, Ric-et-Rac, tu la boucles ! T'as rien à voir là-dedans. Vu que justement des comme toi, ils en veulent pas, ces gens-là.

— Qu'est-ce que tu racontes, Petit ? Et quels gens d'abord ?

— Les tauliers d'hospice. Il y a pas plus racistes, c'est bien connu. Ils n'acceptent ni les blacks, ni les clébards. Je suis même pas sûr qu'ils prennent les juifs.

— Les juifs, les Noirs, je peux vivre sans. J'ai rien contre, remarque. Les chiens non plus d'ailleurs, la preuve, mon meilleur ami en est un. Et je me suis renseignée, en ce qui le concerne, pas de problème. Ils nous donnent une chambre à un lit et...

— Et tu vas quitter ton appart pour aller t'enterrer dans une...

— Pas si vite, Petit ! Je ne suis pas morte. Je suis infirme. Nuance. Et comme précisément je ne veux pas crever toute seule, étalée dans ma cuisine, après avoir appelé au secours pendant huit jours...

— Faut pas dramatiser ! C'est pas parce que tu te cramponnes à ton déambulateur, là, maintenant, que t'es... Le kinési vient encore de me dire à l'instant que c'est fini, ça, terminé, t'en as plus besoin. D'ici demain, il veut te voir marcher avec une canne.

— Moi, ce que je veux, c'est pas qu'on me voie

marcher, c'est qu'on me voie tomber. Alors, où faut-il que j'aille ?

— Chez toi, avec moi, je demanderais pas mieux, mais t'as pas la place. Et chez moi, enfin chez Zaza, là, avec la future chambre d'enfant, il n'y en a pas non plus. Pourquoi tu vas pas chez maman ?

— Ah ! Parce que tu as encore ta mère ? Tiens, comme c'est curieux. J'ai pourtant bien l'impression d'avoir vu l'annonce de sa disparition prématurée dans le carnet du *Figaro*. J'ai dû me tromper de nom.

— Ça veut dire quoi, ça ? Elle venait souvent au début, non ? Là, il y a longtemps que tu l'as pas vue ?

— Une éternité, oui. Je te dis, je la croyais décédée.

— Non, elle est simplement débordée. Maintenant qu'elle milite en faveur des vieux...

— Elle a plus le temps de s'occuper d'eux. Logique. De ce côté-là, il n'y a donc rien à espérer.

— Et du côté de Tanbelle ?

— Alors, là, c'est niet. D'abord, elle a Martine et ses deux loupiots... Déjà qu'elle ne peut pas les souffrir. Curieux, tu ne peux pas savoir ce qu'ils sont mignons. Ils nous ont apporté un os en caoutchouc, un coussin brodé et tout plein de dessins.

— Bon, mais ils repartent en janvier. Après quoi...

— Moi, à la rigueur, elle me prendrait peut-être deux, trois jours, histoire de dépanner. Mais Ric-et-Rac, pas question. Depuis qu'il a déchiré le pantalon de son vieux beau, elle l'a dans le nez. Du reste, c'est réciproque. Elle lui a flanqué une calotte et ça... Enfin, tu te rends compte un peu ! Qu'est-ce qu'il lui a fait, à ce type ?

— Il lui a planté ses crocs dans le mollet, voilà ce qu'il lui a fait. Encore une chance que ce pauvre Étienne n'ait pas exigé qu'on le pique.

— Ça, c'est un peu fort ! Si on te punit de mort

chaque fois que tu ne sautes pas dans les bras de quelqu'un.

— Tu m'excuseras, mais entre sauter dans les bras et sauter aux...

— Que veux-tu, il a un caractère entier, Ric-et-Rac. Avec toi, c'est tout l'un ou tout l'autre, hein, mon corniaud ! Bon, alors, pour en revenir à mon problème, j'ai trouvé la solution. La Résidence Bon Séjour, elle s'appelle. En grande banlieue.

— Enfin, Mamour, c'est de la folie !

— Non, Petit, c'est la raison même. De toute façon, c'est fait. On s'est inscrit, il y a trois mois, tout de suite après mon accident. Il y avait une longue liste d'attente. Et puis, tu sais ce que c'est, ça s'est libéré plus vite que prévu et on emménage vendredi.

— Comme ça, directement, sans repasser par chez toi ?

— Surtout pas ! Je ne veux pas y remettre les pieds, des fois que ça me donnerait des regrets. D'ailleurs j'ai l'intention de sous-louer. Ce qui serait gentil, c'est que tu y ailles faire ma valise... Tu n'oublies pas de prendre les photos autour de la glace sur la cheminée. Puis tu reviens ici et on y va ensemble. Pourquoi tu fais cette tête-là ? Ça t'embête ? T'as pas le temps ? C'est un peu loin, mais pas tellement... Petit... Mon Petit... Tu vas pas te mettre à pleurer ! Un grand garçon comme toi. Bientôt papa !

— Tu comprends rien ou quoi ? Je m'en fous, moi, de ce bébé. Zaza en veut un à toutes forces, à tous cris, alors, bon, j'ai pas dit non... Mais, moi, mon truc, c'est toi, c'est vous, c'est ma couette, c'est... Oh ! Mamour...

— T'arrêtes pas de les perdre, tes trucs, voyons, mon chéri, et tu finis toujours par les retrouver. Cela dit, je ne te le répéterai jamais assez, les trucs, faut pas trop s'y attacher, des fois que...

— Ce que ça peut être con, ça, Mamour !

— Tu la veux, ta claque ?

— Pas la peine. Je viens de la recevoir. En pleine poire.

— Ah ! C'est donc pour ça que tu as les larmes aux yeux. C'est pas parce que tu es triste, c'est parce que je t'ai donné une gifle !

Ça y est, c'est décidé. Jacquotte s'est inscrite aux Panthères grises. Comme on s'engage à la Légion étrangère. Prête à tout quitter, à tout oublier, parents, amis, enfants, passé, pour réduire en bouillie l'innombrable, l'immonde armée ennemie des moins de cinquante ans. A partir de quarante-neuf ans et plus, les ménagères, en particulier, ne présentent aucun intérêt pour les annonceurs. Lessives, petits pots, eaux de toilette, cœurs croisés, bagnoles, électroménager... On consomme moins, donc on n'existe plus. On s'efface. On disparaît. On nous zappe. A la trappe. Place à Mme Skip et à M. Propre.

Elle enfonce d'une épaule impatiente la porte toujours entrouverte du centre de recrutement, un minuscule rez-de-chaussée dans le XVe arrondissement de Paris. Braque son regard-revolver sur le dos d'une femme, debout, nez au mur. Et hurle : Me voilà ! Où je signe ? Sur quoi je tire ?

L'autre fait volte-face, téléphone au poing. Un sourire malicieux se reflète dans les verres de lunettes assorties à son chemisier. Et son joli visage lisse, rond, rose et blond accuse une petite, toute petite cinquantaine. Accuse ! Verbe révélateur, soit dit en passant !

Les Panthères grises, c'est elle. En France. En Allemagne c'est une député au Bundestag, élue sur la liste des Verts. Et aux États-Unis, c'est Maggie Kuhn, figure légendaire, l'ancêtre, la mère fondatrice d'un mouvement très inspiré, lui aussi, par Simone de Beauvoir. Là, s'agit pas du *Deuxième Sexe,* mais d'un autre de ses livres, une réflexion sur la vieillesse. Un mouvement calqué en douceur, pattes de velours, griffes rentrées, sur celui des Panthères noires de redoutable mémoire. Grises ou noires, les Panthères ont milité pour...

Pour l'égalité des droits, oui, on sait ! Tu nous l'as déjà expliqué cent quatorze fois : racisme, sexisme, âgisme, même combat. Tes slogans, on connaît. Tu peux ranger tes banderoles. Déjà que ça donne pas vraiment envie de rentrer dedans, le sujet de ce bouquin, si c'est pour tomber en plein meeting, merci bien ! Cette dame, tu nous la présentes et basta !

C'est Renate Gossard. Infirmière. Et pédicure. En maison de retraite. Elle bosse à Reims, milite à Paris et dirige d'une main souple et ferme son organisation. Remarquez, organisées, elles ne le sont pas tellement, ses militantes de base. Pas très nombreuses non plus : une petite vingtaine. Elles appellent un numéro marqué sur le journal. Elles viennent. Elles s'inscrivent. Elles s'accrochent. Elles discutent. Elles faxent. Elles se réunissent. Elles timbrent. Après quoi, le plus souvent, une grippe, un voyage organisé, les enfants qui téléphonent rapport au petit — tu pourrais pas nous le garder mercredi —, elles décrochent. Elles disparaissent. Et parfois, pas souvent, refont surface pour se remettre au service de la cause.

Du coup, la tumultueuse, la belliqueuse adhésion

de Jacquotte — Bougez pas ! J'enlève mon manteau. Je pose mon sac. Je sors mon arme et je braque —, Renate ne la prendra pas très au sérieux. D'autant que la nouvelle recrue va se mettre à farfouiller dans son fourre-tout : Où il est encore passé, bon Dieu... Je ne m'en sépare pourtant jamais, des fois qu'un voyou viendrait m'embêter dans le métro... Non, c'est pas ça... Pas ça non plus... Suffit que je le cherche pour pas le trouver, ce foutu canif... Ah ! le voilà ! Reste plus qu'à l'ouvrir. Aïe, je me suis encore cassé un ongle. C'est d'un dur ces couteaux suisses ! N'empêche, ils perdent rien pour attendre les sales cons !

Cette fois, c'est sérieux. Étienne est amoureux. La nouvelle femme de sa vie, il l'a rencontrée à l'occasion d'une balade en forêt. Musclée, mince, bronzée, en short, tee-shirt et baskets, des petits seins solidement accrochés sous les aisselles, sac au dos, cheveux courts, coupe caserne. Visage lavé au savon de Marseille. C'était elle, la responsable de cette sortie organisée par le Gymnase Club où elle est chargée des cours de fonte. Non, ils ne s'y étaient jamais croisés. Elle est de congé le jeudi et c'est ce jour-là qu'il y va, lui.

De toute façon, la fonte, ça fait travailler les fesses, les hanches, l'intérieur des cuisses et ça n'intéresse que les nanas. Ils ont marché côte à côte, au même pas. Elle s'est présentée : Marie-José Jost. Professeur d'éducation physique. Divorcée. Deux gamins, onze et treize ans. Elle lui a parlé d'eux. De son métier. Un bon métier. Sauf qu'après un certain âge, faut en changer et qu'elle...

— Vous avez bien le temps d'y penser.

— Non, détrompez-vous, je vais avoir quarante ans.

— Comme ma fille. Mais vous paraissez plus jeune.

— Question d'entretien. Vous-même vous êtes assez en forme pour votre...

— Quel âge vous me donnez ?

— Dans les soixante-dix ans, bien conservés.

— Pas tout à fait. Mais pas loin. Soixante-sept, bientôt soixante-huit. Pourtant je ne me prive de rien. Moi, mon hobby, c'est la cuisine. Faire le marché. Choisir mes fruits, mes légumes un à un. J'ai une recette de pintade aux choux...

Et c'est là, d'entrée de jeu, qu'il y a eu droit pour la première fois : On est ce qu'on mange et ce qu'on fait. Régime, exercices, sommeil. Moins on s'alimente, mieux on se porte. Témoin ce professeur américain octogénaire. Il n'a pas dépassé huit cents calories par jour depuis un quart de siècle et...

Étienne ne l'écoute pas, il connaît la chanson. Il la regarde. Et ce qu'il voit lui plaît. Ce côté, lisse, ferme, dur. Un peu trop maigre. Bientôt desséchée peut-être, mais furieusement appétissante, là, pour le moment. Bien plus que cette grosse poire blette de Tanbelle.

Je vous entends d'ici : Non, mais où tu vas, là ? Ça tient pas debout, ces folles passions entre croulants, ces couples qui se font et se défont ! Le sexe après soixante ans, oui, bon, très bien, on n'a rien contre, mais t'as beau dire, c'est l'exception. L'amour à deux, passé un certain âge, c'est pas ça ! C'est

Philémon et Baucis, c'est un quart, un demi-siècle de vie commune, c'est la tendresse, l'habitude, la complicité. C'est parler de l'autre comme de sa moitié. C'est savoir ce qu'elle va dire, avant même qu'elle ne le formule. C'est ne pas pouvoir se glisser hors du lit sans qu'il se réveille.

C'est les enfants, les petits-enfants, les souvenirs : Tu te rappelles cette nuit à l'hôtel, on remonte après dîner, le gamin avait fait pipi dans la corbeille à papier... C'est les agacements : Éteins derrière toi, tu veux, c'est pas possible, cette manie de tout laisser allumé... C'est les remarques : T'as une miette de croissant au coin des lèvres.

C'est les angoisses : Il y a au moins un quart d'heure qu'il est parti chercher le journal, qu'est-ce qui se passe ?... C'est les bisbilles : Ne me dis pas qu'elle te laissait de bois, t'étais là, à frétiller... C'est les attendrissements : Regarde comme tu étais mignonne sur cette photo... C'est les compliments : Tu as réussi à réparer le volet du premier ? Ce que tu es habile de tes mains !

C'est les silences, pas le genre gouffre, où basculent, où s'abîment deux solitudes au coude à coude : A quoi tu penses ? A rien ! Le genre cathédrale, où communie, où s'épanouit la plénitude d'impressions, de sentiments, d'idées, de réactions inexprimés parce que déjà partagés : J'étais en train de me dire que... Oui, je sais, mais faut pas t'inquiéter...

C'est aussi ça, vieillir ensemble, c'est vrai. Et c'est ça, sans doute, le bonheur, le vrai.

Alors, pourquoi t'en parles pas ? Ben, justement, j'en parle, là. Je voudrais simplement vous faire remarquer qu'à moins d'un double suicide, on ne peut pas vivre, la main dans la main, jusqu'au bout. On meurt dans le désordre. Il y a rarement, trop rarement photo au finish. On se laisse distancer. Et le terrain paraît bien lourd, soudain, et, si courte soit-elle, bien longue, la fin du parcours. Même à quatre-vingts ans passés, celui qui reste seul se sent abandonné, trahi. La vieillesse pour lui, c'est pas hier, c'est demain. Et demain commence aujourd'hui.

Photo ou chromo, l'image si souvent trompeuse, retouchée, de ces vieux couples auréolés d'un amour adouci, patiné, enrichi par le temps ? Noces de fer, d'argent, d'or et de vermeil... Chromo ou cliché ? Cliché de cuivre, cliché de zinc, cliché de plomb, couvercle posé sur une marmite de rancœurs, de regrets cuits et recuits. Ça réduit toujours un peu, forcément. Pas trop. Et c'est tellement bon, servi froid avec un soupçon d'aigreur et une pointe de fiel.

Quand on les regarde comme ça, si attachés l'un à l'autre, on se dit qu'ils ne pourront pas survivre l'un sans l'autre. D'ailleurs, ils en sont l'un et l'autre convaincus. Tu parles ! Ils s'épanouissent, au contraire, ils respirent, ils se libèrent, tout étonnés d'avoir joué, à leur insu, à qui perd gagne.

Et puis, quoi, les gens heureux n'ont pas d'histoire. Et moi, je suis là pour vous en raconter, des histoires, ces histoires qu'on se raconte, en espérant que les histoires, ça n'arrive pas qu'aux autres. Les autres vieux, ces nouveaux vieux, jeunes après l'âge.

Quel âge d'ailleurs ? Désir, chagrin, plaisir d'amour, il n'y a pas d'âge pour ça. Question de tempérament, de goût, d'entraînement, d'appétit. Gros ou petit. Ça se développe ou ça s'atrophie. Mettez-vous au régime, au bout d'un certain temps votre estomac aura rétréci et vous n'aurez plus faim. Faites un bon repas, et deux heures plus tard vous aurez envie de bonbons ou de chocolats.

Le cerveau, pareil. Faut l'entretenir, c'est essentiel, parce que avec le temps, tout passe... Par là !

Son canapé-lit, sa télé, ses deux fauteuils, la couette du Petit... Et voilà Mamour installée à l'identique, en plus réduit, au Bon Séjour. Elle y a déjà sa place attitrée, de toutes la plus convoitée : dans le couloir, une rangée de chaises alignées devant la porte de la salle à manger. Ouverture à midi et à 18 heures pile. On s'y retrouve en attendant le moment béni de passer à table : Il est quelle heure, là ? Moins le quart.

Ses deux voisines, Mme Madeleine et Mme Louise, elles les a surnommées Mad-et-Lou, vu qu'elles ne se quittent pas d'une semelle. Elles sont veuves. Elles sont payses, toutes deux natives de Pors Éven dans les Côtes-d'Armor. Toujours à se débiner l'une l'autre. Lou a le feu au cul, Mad est près de ses sous. Toujours à se plaindre. D'abord l'une de l'autre. Ensuite de leur santé. De leurs enfants. De la directrice. Des menus. Des pensionnaires. De l'aide-soignante.

Elles auraient tout pour s'entendre. Seulement voilà, elles ne peuvent pas. Elles sont dures d'oreille, du moins elles le prétendent. En réalité, le son, elles le mettent ou le coupent à volonté. Et elles ne veulent pas. Surtout pas ! Elles préfèrent, et de loin, se chipoter, s'engueuler, se faire enrager et se déshériter, ça c'est la grande spécialité de Mme Mad. C'est bien plus marrant, bien plus stimulant et bien plus résistant à l'usage. Des tue-l'amitié, il y en a des tas. Des tue-l'inimitié, je n'en vois pas. Si, le temps. Et ça, elles n'en ont plus tellement, pas assez en tout cas pour venir à bout des affres et des délices d'une attentive et chaude hostilité. Elles ne se désignent d'ailleurs jamais par leur nom. C'est ou Toi-là ou l'Autre-là.

Exemple :

— On va manger dans vingt-cinq minutes. Je suis descendue depuis un bon quart d'heure. Et pas trace de l'Autre-là. Bizarre, vous ne trouvez pas, madame Mamour ?

— Mme Lou ? Je l'ai vue sortir ce matin. Elle n'est peut-être pas encore rentrée.

— Sortir ? Sans me le dire ? Ça alors ! Pour aller où ? Pour faire quoi ? Ce culot ! Elle me le paiera. Plus question de lui léguer mon... Non, je regrette, cette chaise n'est pas libre, madame. Vous devriez le savoir depuis le temps, que c'est celle de l'Autre-là. Même si elle n'est pas là, oui, parfaitement ! Où elle a encore bien pu aller traîner l'Autre-là ? T'as une idée, toi, Ric-et-Rac ? Vous avez vu un peu, madame Mamour, cette façon qu'il a de me regarder ?

— Ric-et-Rac, arrête de faire du gringue à Mme Mad, tu veux ?

— Ah ! que non ! Il veut pas, hein, Ric-et-Rac ? C'est qu'il l'aime, sa Mme Madeleine ! Toujours plus que l'Autre-là. Elle a essayé de l'attirer chez elle en lui proposant une biscotte beurrée quand il est passé devant sa porte, ce matin, cette traînée. Et elle a été drôlement vexée en le voyant préférer un bon susucre trempé dans le café de sa Mme Madeleine, à lui. Pas vrai, mon chien ?

— Enfin, Ric-et-Rac, faire le couloir ? A ton âge ! T'as pas honte, vieux débauché ?

— Tiens, ça me fait penser, elle serait allée à Unico s'acheter des dessous un peu sexy, l'Autre-là, que ça ne m'étonnerait pas.

— Mme Lou ? Des dessous sexy !

— Parfaitement ! Et vous savez rapport à qui ?... Ah, te voilà, Toi-là ! je commençais à me demander à qui j'allais laisser mon...

— Bonjour, quand même ! Bonjour, madame

Mamour. Ça va, Ric-et-Rac ? Dis donc, Toi-là, qu'est-ce qu'il vient faire sur ma chaise, ton sac ?

— Ça, c'est un peu raide ! La prochaine fois, compte pas sur moi pour te la garder, ta fichue chaise.

— Tu sais ce que tu peux en faire de ma fichue chaise ?

— Quoi ? Qu'est-ce que tu dis, Toi-là ? Répète un peu, j'entends rien.

— Ma chaise. Tu sais ce que tu peux en...

— Tiens, bonne idée ! Je m'en vais la louer, tous les jours en fin de matinée et en fin d'après-midi, pareil qu'à Pors Éven pendant la saison des touristes l'été. A des Allemands, de préférence. Ou à des Suisses. C'est plus propre, ça rouscaille moins. Et ça casse pour ainsi dire rien.

— Et ça t'obligeait à loger chez ton fils qui peut pas te sentir.

— D'abord c'est pas lui, c'est ma garce de belle-fille. Et si elle peut pas me sentir, c'est parce que je ne m'asperge pas d'eau de Cologne comme certaines qui sont pas propres sur elles, hein, Miss Toi-là ! Ah ! ça y est, ils ouvrent. Pourvu qu'il y ait des patates aujourd'hui, dites donc, madame Mamour !

— Oui, un poulet-frites, ce serait bien. Nous aussi, c'est ce qu'on préfère, hein, Ric-et-Rac, les frites et la purée.

— C'est pas des patates, ça, madame Mamour !

— Comment ça ?

— Enfin, madame Mamour, des patates, c'est des pommes de terre.

— Ben, justement !

— Justement pas ! La pomme de terre, c'est de la Duc ou de la Fin de siècle cuite à l'eau et servie en robe des champs avec du lait Ribot. Pas vrai, Toi-là ?

— Quoi ? Qu'est-ce que tu dis ? Que les patates,

faut les éplucher pareil que les frites ? N'importe quoi ! Enfin, vaut mieux entendre ça que d'être sourd !

Ça ne va pas, entre Christophe et Zaza. Ce bébé voulu, planifié, prévu depuis des années — quand j'aurai une bonne situation et de quoi me payer une employée de maison — n'est encore qu'une lueur excédée dans les yeux de son futur père. A peine la courbe de température accrochée au-dessus de leur lit commence-t-elle à grimper, que Zaza le pousse du coude sous la couverture : Qu'est-ce que tu attends ? Allez, c'est le moment ! Hier, tu t'es endormi. Demain j'ai un dîner, je vais rentrer crevée et après, ce sera trop tard.

Ça fait des mois ou plutôt des cycles que ça dure. Espoir au début, désespoir au bout et, entre les deux, appels à SOS-Dépannage, sous forme de consultations dans le service d'un gynéco en renom.

— Alors, jolie petite madame, toujours rien ? Voyons voir !

Et il plonge avec délices, la tête la première, une belle tête, aux tempes argentées bronzée hiver comme été, entre ses jambes largement écartées. Elle ne déteste pas, au contraire, ça la rassure, ça la flatte. Mais, bon, ce n'est pas pour le plaisir qu'elle est là. C'est pour obtenir un résultat. Prises de sang, échographie, scanner... On peut se demander s'il n'y aurait pas là... Regardez sur cette radio... Une petite obstruction... Pas grand-chose... Rien de grave. Je voudrais tout de même examiner le sperme de votre... ami, c'est ça ? Vous n'êtes pas mariée, je crois. Il faudrait nous en apporter un échantillon immédiatement après un rapport.

Je vous raconte pas la scène ! Vite, vite ! Appelle un taxi pendant que je remets ma culotte et mes collants. Dis-leur que c'est urgent. Bientôt suivie d'une autre scène encore plus débectante : Écoute, chéri, c'est pas probant. La prochaine fois, faudra qu'on aille faire ça ensemble à l'hôpital. Toi dans une éprouvette, moi avec une seringue. Le professeur Tiraubut dit que c'est le seul moyen.

— De te donner le ballon ? Ben, qu'il ne compte pas sur moi !

Il est plutôt gentil, Christophe, il refuse rarement de rendre service aux gens, mais là, non, rien à faire. Bon bougre et beau garçon. Couvert de filles : Poussez-vous, laissez-moi passer. S'il leur a préféré Zaza, plus délurée, plus rigolote, plus nature, s'il a accédé à son désir d'enfant, sans trop se rendre compte de ce que ça représentait, il refuse ce rôle de vieux mari prêt à tout pour effacer des années d'humiliante, de frustrante stérilité.

— Enfin, Zaza, tu peux pas laisser faire la nature, non ? C'est d'un ridicule cette mode de la... Comment ça s'appelle déjà, la P je ne sais plus quoi...

— La PMA, la procréation médicalement assistée. Toutes mes copines ont recours à ça. C'est moderne, c'est efficace. Je ne vois pas pourquoi on se priverait des progrès de la technique au nom de l'amour à la papa.

— Oui, ben, à la papa ou autrement, très peu pour moi. J'en ai marre. J'ai horreur qu'on me bouscule.

— Eh ben, tant pis pour toi ! J'ai dans l'idée que mon gynéco ne demanderait pas mieux, lui.

— Se bousculer à ton portillon et le franchir en l'enjambant ? Tiens, comme c'est curieux ! Je croyais que dans les pâtisseries, les vendeuses les plus gourmandes, écœurées par ces étalages de choux à la crème, ne touchaient jamais à rien.

— Oui, mais lui, toucher, c'est son métier. Normal qu'il aime ça.

— Tu ferais bien d'en profiter. Moi, je joue en amateur. Je ne tiens pas du tout à passer dans la catégorie des pros. Je fais ça pour le plaisir. Et là où il y a de la gêne... !

— Tu crois pas que tu serais de trop, si jamais je suivais tes conseils ? Non, c'est vrai, j'aurais plus aucune raison de te garder.

— Allons donc ! On n'abandonne pas un père en bas âge sous prétexte qu'il ne fait pas ses besoins à heures fixes !

Pendant que la présidente des Panthères s'attache à des détails sans importance : organiser un colloque, donner une conférence de presse, attraper un député par la manche et l'obliger à se pencher sur un de ces lits dits de longue durée où se prolonge interminablement la vie soit végétative, soit agitée de vieillards à la lourde charge des familles, arracher au gouvernement une allocation-dépendance, Jacquotte, elle, va à l'essentiel. Et joue les profs d'histoire-géo, en brossant un tableau épique de la future guerre des générations au bistro, le point d'eau des Panthères. Elles viennent s'y abreuver entre deux permanences.

— Ouvrez votre Sécurel page 30. Et sortez vos cahiers de notes. Je prends cette soucoupe. Je la pose sur la tranche. Là, c'est un cercle, mais si c'était un triangle vous verriez la pointe de la pyramide des âges passer d'ici en haut... Attendez que je renverse l'assiette... à là en bas. C'est en 2000... je ne sais plus combien... Retenez bien cette date, que le baby boom tournera au papy boom. Et là, il faudra trois actifs pour entretenir un inactif à ne rien foutre. D'où l'absurdité de la retraite obligatoire. Fini, ça, aux États-Unis. Si on en fait pas autant ici, de toute évidence...

De toute évidence, les élèves ne suivent pas. Ça bavarde au fond de la classe où vient de se glisser, dans un long chuchotement excité, une retardataire... Alors, raconte !

— C'est bien ça ! On a alerté la police. Un parent martyr. Un pépé battu ! Le pauvre, si vous l'aviez vu ! Un squelette. Rien qu'une plaie ouverte. Des bleus partout. Ils le laissaient moisir dans un placard et ils ne le sortaient — Tiens, va chercher le cendrier — que pour écraser leurs cigarettes.

Et Jacquotte, agacée :

— Qu'est-ce que c'est que ces bavardages ? De quoi s'agit-il, mademoiselle Taupin ?

— C'est mes voisins. Ils séquestraient leur vieux. Ils le bourraient de coups et de Valium le matin avant de partir au boulot et ils doublaient la dose le soir en rentrant pour avoir la paix.

— Je ne comprends pas. Personne ne les obligeait à le garder chez eux.

— Et la pension, qu'est-ce que vous en faites ? Là, ils la piquent au passage. Mais le plus fort, c'est pas ça. C'est eux qu'on plaignait dans le quartier. Ils en disaient pis que pendre de leur père : Il avait plus sa tête. Il se servait de son caca pour dessiner sur les murs. Il leur crachait sa bouillie à la figure... Rien que des menteries.

Et Jacquotte, indignée :

— Dire que c'est pour ces chiens qu'on milite, nous, ici, pour les aider à faire face à la grande dépendance de parents négligés. On ferait mieux de descendre dans la rue, pareil que ces vieux au Danemark, en brandissant des pancartes : Nos enfants, aux chiottes ! Ils nous laissent dans la crotte !

Mamour est logée au troisième étage, chambre 32. Et voilà bientôt huit jours que la 30 est inoccupée. Elles se sont dit bonne nuit, un soir, sur le palier, Mamour et sa voisine. Et le lendemain la place à table de Mme Fumaroli est restée vide. A Mamour qui s'en étonnait, Solange, l'aide-soignante, un bel oiseau des îles au doux parler chantant, au pas chaloupé, nonchalant, oppose un front serein :

— Mme Fumaroli ? Elle a eu un petit malaise. Rien de grave, mais bon, elle sera mieux suivie au rez-de-chaussée. Non, n'y allez pas, madame Mamour, vous risqueriez de la fatiguer. Attendez donc qu'elle remonte de l'infirmerie... Ça ne saurait tarder... Elle va très bien. Alors Ric-et-Rac, qu'est-ce qu'on attend pour emmener sa maîtresse faire le tour du pâté de maisons ? Ça lui changera les idées.

Mamour n'a pas insisté. Ce sont des choses dont il vaut mieux ne pas parler. Les gens s'en viennent et puis s'en vont sans faire de bruit. On commence par les parquer dans le quartier réservé. Réservé aux alités. A ceux, à celles, qui ne peuvent plus se « débrouiller » tout seuls. Court séjour avant le long séjour à l'hôpital. Et en cas de pépin inattendu, de gros pépin, on les glisse sur une civière, derrière le dos des pensionnaires, sur le coup de midi. Histoire d'assourdir le pas des brancardiers, de le recouvrir par le brouhaha, le cliquetis des assiettes et des couverts. Si jamais quelqu'un s'inquiétait de cette absence prolongée, on s'empresserait de le rassurer :

— Mme Fumaroli ? Comment, vous ne saviez pas ? Ses enfants l'ont ramenée au pays. Elle allait beaucoup mieux, mais ils ont préféré l'avoir avec eux. Non, ça s'est décidé à l'improviste et, bon, elle n'a pas eu le temps de prendre congé... D'ailleurs, vous allez avoir une nouvelle voisine de chambre dès demain, madame Mamour. Il paraît que c'est une personne charmante...

Demain, c'est aujourd'hui. Flanquée de Mad-et-Lou, Mamour s'est installée dans son fauteuil préféré, aux premières loges du hall d'entrée, face au bureau d'accueil. Prise de bec, encore une, entre les deux Autres-là. Mme Madeleine attaque, bille en tête :

— Tiens, je t'ai apporté des comprimés à la chlorophylle. C'est contre les odeurs. Tu vas m'en prendre deux à chaque repas pendant tes chaleurs au lieu d'agiter ce qui te reste de feu au cul sous le nez de...

Distraite, Mamour a raté l'arrivée de la nouvelle. Elle est là devant elle. Une pauvre petite marchande d'allumettes, toute menue, toute fluette. Un fichu sur ses cheveux blancs. Des larmes plein les yeux. Et dans la valise en carton bouilli posée à ses pieds, tout ce qui reste de toute une vie. Non, pas tout. Il y en a encore un peu dans le grand sac plastique qu'elle tient à la main.

Un monsieur l'accompagne. Et s'éloigne avec la directrice. Des papiers à remplir, à signer. Et la sème là, cette frêle plante d'appartement qu'on a dépotée, arrachée au coin lit-cuisine-télé où elle avait pris racine.

Mamour va pour la consoler, la rassurer, mais Ric-et-Rac l'a devancée. Ému, lui aussi, il lui frétille autour en signe de bienvenue. Et elle, si fragile, recule, craintive, effarouchée. Et se reprend, faut pas être malpoli avec les gens. Et lui tend, Mamour, ça la fait fondre, une main tremblante qu'il lèche affectueusement...

Alors Mme Lou :

— Voyons, Ric-et-Rac, un peu de tenue, je t'en prie, un peu de cœur. Tu fais peur à la dame, et Mme Mad, tu la rends malade. Tiens, regarde-la, elle est verte de jalousie. On dirait un de ses cachets à la chlorophylle.

Soulevée par son idée de manif — La-vieil-lesse-ne-passera-pas ! Nos-enf-ants-sont-des-rats ! — Jacquotte a largué les Panthères, très réticentes. Elles renâclaient, elles discutaient, elles pinaillaient, elles prétextaient... Bref, elles répondaient. Et ça, pour une ancienne maîtresse d'école, c'est pas supportable. Surtout sur ce ton. Le ton sec et sans appel du code pénal : Obligation alimentaire, responsabilité financière des enfants, petits-enfants, neveux, nièces et le reste.

Le ton sec et terre à terre du quotidien : Des enfants qui sacrifient des années de leur vie, les femmes surtout, en gardant chez eux une belle-maman, un vieux papa totalement dépendants, dont il faut s'occuper jour et nuit. Les couches, les caprices, les bouillies. Des enfants déjà retraités, eux-mêmes parents d'une fille au chômage ou d'un vieil ado interminablement dépendants, dont il faut assurer l'avenir.

Jacquotte a quitté les Panthères grises pour fonder son propre mouvement : SOS Agisme. Siège social : son petit appartement transformé en QG. Membres fondateurs et militants de base, recrutés de force : Monique et René.

Remarquez, ils sont plutôt contents d'être là ensemble. Ensemble et séparés. Sans se l'avouer, ils cherchent l'un et l'autre tout ce qui peut les rapprocher et les écarter encore l'un de l'autre.

— René ! Le téléphone ! Tu réponds ou quoi ?

— Je ne peux pas, je suis occupé à photocopier tes tracts.

— On peut vraiment dire que je suis aidée, moi !... Allô ! Ici SOS Agisme. Oui, monsieur, absolument. Notre permanence est ouverte du lundi au vendredi, entre 9 et 18 heures. Demain après-midi ? Pas de problème, il y aura quelqu'un... C'est ça. Au revoir, monsieur... Monique, je compte sur toi. Moi, demain, je dois aller à cette émission de radio sur la sexualité après soixante ans.

— Attends, Jacquotte, demain, c'est quoi ? C'est mercredi ? Impossible, j'ai mon cours de self-défense pour les personnes âgées. Déjà que tu me l'as fait manquer la semaine dernière, faut absolument que...

— Ben, ben, René, t'as intérêt à être là, toi.

— Mais je comptais l'accompagner.

— Pourquoi ? T'as peur qu'on t'arrache ton sac à main ? Tiens, Monique, depuis le temps que tu les prends, ces leçons, tu dois pouvoir lui montrer comment faut faire pour se défendre. Mets-toi là. Et toi, René, approche-toi par-derrière à pas de loup et ceinture-la. Plus haut les bras. Pas autour de la taille, voyons !

— Où ça, alors ?

— Au niveau de la poitrine. Qu'est-ce que tu vas faire, là, Monique ?

— Je vais pousser un cri.

— Ben, alors, pousse-le, qu'est-ce que tu attends ? C'est pas un cri, ça, c'est un miaulement. Je veux un cri sorti des tripes, un cri à rameuter tous les commissariats du quartier... Voi-là ! Et ensuite ?

— Ben...

— Tu lèves le talon et tu lui donnes un bon coup de pied dans les parties. Vas-y !

— Non, quand même !

— Pousse-toi de là, et laisse-moi faire ! Je vais lui apprendre, moi, ce qu'il en coûte de s'attaquer à des pauvres femmes sans défense, à cette espèce de vieux satyre !

— Et Mme Madeleine ? Vous ne lui avez pas dit, madame Louise, qu'on prenait l'apéritif chez moi ?

— Bien sûr que si, madame Mamour, mais elle est en train de déshériter et ça va lui prendre au moins jusqu'au dîner.

— Elle déshérite qui, là, aujourd'hui ?

— Ce matin, c'était Josyane, sa belle-fille. Elle avait décidé de lui laisser son rang de perles de culture, voyez celui que je veux dire ?

— Non, je ne vois pas...

— Mais si, ce ras de cou minable que sa belle-mère lui a donné à la naissance de son fils. Il paraît que ç'a été affreux, il s'est présenté par le...

— Oui, oui, on sait, elle a accouché d'un siège. Et pourquoi elle veut pas le lui laisser ?

— Le collier ? Rapport à sa petite-fille. Une vraie punk. Tout en cuir noir. Cheveux verts. Avec des épingles à nourrice et des clous partout. Même dans le nez.

— Qu'est-ce qu'elle en sait ? Elle ne l'a jamais vue.

— Si, toute gamine. Une vraie poupée, à l'époque. J'ai vu des photos. Blonde avec des nattes. Jolie petite robe d'organdi à volants. Mais paraît qu'elle a mal tourné. C'est ça, les jeunes d'aujourd'hui. Ils ne sont plus élevés. Les parents font leurs quatre volontés. Alors bon, c'est vrai, si la petite en héritait, ça irait chez ma tante et...

— Attendez, madame Lou, je n'y suis plus, là. Elle comptait le léguer à qui, son ras de cou ? A votre tante ? A sa petite-fille ou à sa...

— A sa belle-fille. Et puis elle a réfléchi et elle s'est dit que quand elle mourra...

— Qui, Mme Mad ?

— Non, Josyane. Après sa mort, il ira à la petite et la petite n'aura rien de plus pressé que de le vendre ou de le mettre en gage. Là, elle se fait des illusions. Ça vaut trois francs six sous. Mais bon, faut qu'elle refasse son testament encore un coup.

— En faveur de qui ? De vous ?

— Ça m'étonnerait ! Elle passe sa vie à me coucher dessus, rien que pour le plaisir de me rayer. Hier encore j'ai eu droit, ça faisait jamais que la trente-troisième fois, à l'affreux tableau au-dessus de son lit, Adam, Ève, la pomme et le serpent. Mais là, l'angoisse de son ras de cou l'étrangle au point qu'elle n'a même pas pensé à me le reprendre...

— Ah ! tiens... Quand on parle du loup... C'est gentil, madame Madeleine, d'être venue quand même. Je vous sers quelque chose à boire... Alors, il paraît que vous avez des problèmes de succession ?

— Je ne retrouve plus mon emprunt russe. Je l'avais caché... Enfin, bon, peu importe. Je te l'avais bien dit, Toi-là, que ce serait remboursé maintenant qu'ils ont tout chamboulé là-bas. La preuve, on me l'a piqué ! Ça ne peut être que cette petite souillon de Solange. Elle a une façon de fouiner quand elle vient pour les soins, de farfouiller dans le cabinet de toilette, de fourrer son nez...

— Ah ! parce que c'est là que tu le caches, ton emprunt russe ? Dans ton pot de crème Nivéa ?

— J'ai pas dit ça. N'empêche, moi qui voulais lui faire un beau cadeau pour Noël en la couchant sur mon... Elle peut toujours attendre ! Enfin, c'est quand même insensé ! Dévaliser des pauvres vieillards dans les hospices... Où va-t-on ? Paraît qu'en Autriche, c'est Mme Mademoiselle qui m'a raconté ça, on les pique, les pensionnaires, histoire de rafler leurs petites économies. Même qu'une infirmière a été accusée de je ne sais combien de meurtres. Soi-disant pour abréger nos souffrances. Alors voyez ce qui m'attend.

— Voyons, madame Madeleine, faut pas vous mettre dans des états pareils. Vous le retrouverez, votre emprunt russe.

— C'est comme tes malheureux louis d'or. T'arrêtes pas de les changer de cachette et après tu oublies où tu les as planqués. T'as pensé à regarder sous le papier gaufré au fond de ta boîte à biscuits ? Tu sais, la nouvelle, blanc et bleu avec les petits personnages bretons ?

— Comment tu le sais d'abord, Toi-là, que j'aurais pu le mettre là, mon emprunt ? Tu m'espionnes, hein, c'est ça ?

— Jamais de la vie ! C'est Solange qui me l'a dit. Tu l'en as sorti pour le lui montrer. Même qu'elle a ajouté : Elle a parlé de me le léguer, Mme Madeleine, comme si ça avait encore de la valeur, ce vieux machin. J'aurais préféré un petit pourboire.

— Oui, ben, elle peut toujours se brosser. Je vais quand même aller vérifier, madame Mamour, je reviens de suite. Soyez gentille, surveillez mon verre de porto. L'Autre-là serait capable de le siffler derrière mon dos.

— Daniel, ça va être à toi !

— On y va... Bonjour ! Ici Radio Vérité, 108 FM. Autour de moi cette semaine, Mme Jacquotte Dumourier, présidente de SOS Agisme, Miss Pamela Jones, membre des Gay Grannies et Mme Ciare Turqua, veuve, retraitée. Comme vous le savez, nous évoquons ici tous les samedis à 22 heures un aspect insolite, dérangeant de la sexualité. Il n'est pas question, bien sûr, des minorités sexuelles, genre sado-maso, fétichiste ou nécrophage, mais d'hommes, de femmes et d'enfants dont la sexualité pose problème. Nous avons déjà soulevé celui des schizophrènes, des ballets bleus et des grands handicapés moteurs. Il s'agit d'aborder maintenant celui, beaucoup plus délicat, beaucoup plus incongru, des plus de soixante ans. Souvenez-vous, dans les années 80, une compagnie d'assurances scandinave avait axé sa publicité sur un couple de vieillards, ridés, décharnés, à moitié nus, entre deux draps. Le scandale a été tel qu'il a fallu retirer les affiches. Ce qui ne doit pas vous empêcher, mesdames, d'être parfaitement claires, franches et précises. D'autant plus que pour nos auditeurs, des jeunes de mon âge, en règle générale, vous faites figure d'extra-terrestres... Madame Dumourier ?

— Eh bien, croyez-moi si vous voulez, ces petits hommes gris sont dotés d'organes génitaux curieusement semblables à ceux des humains. Le mâle peut se reproduire jusqu'à sa mort et, grâce aux formidables avancées techniques observées sur Mars, la femelle est encore capable de mettre bas passé la soixantaine.

— Madame Turqua ? Je rappelle que vous êtes veuve. Votre mari est mort depuis longtemps ?

— Ça va faire douze ans. J'en ai soixante-quatorze. Et je dois reconnaître que je me sens bien seule, bien privée, tout ça...

— Mais encore ?

— Je ne voudrais pas entrer dans les détails.

— Si, si, au contraire.

— Disons que j'aimerais pouvoir refaire ma vie, tout ça...

— Votre vie... Votre vie amoureuse ?

— Oui, pourquoi pas ? L'amour est éternel.

— Et le désir ? Madame Dumourier ?

— Pareil. J'ai là les résultats d'un sondage réalisé aux États-Unis par l'institut Gallup. 37 % des couples de plus de soixante ans ont des rapports sexuels au moins une fois par semaine. 27 % déshabillent encore leur partenaire. Et 20 % pratiquent le plein air... Suffit de se maintenir en forme et d'avoir toujours été porté sur la chose. Qui a bu boira.

— Madame Turqua ?

— Moi, ça me manque, c'est vrai. La passion, la tendresse, s'endormir dans les bras d'un homme après l'amour, tout ça...

— Ou dans les bras d'une femme !

— Oui, Miss Jones. Vous êtes américaine. Vous représentez les Gay Grannies, les grand-mères lesbiennes, et vous vous posez en championne de l'homosexualité chez les personnes âgées.

— Absolutely. C'est le bon, le only, le seul solution. Vieux femmes trouvent personne. Les hommes préfèrent les jeunes. So... Alors...

— Alors, c'est contre cette injustice fondamentale que nous nous élevons à SOS Agisme. En distribuant des tracts à la sortie des maisons de retraite, des clubs du troisième âge et des églises. Tenez, le voici : Toutes unies contre la discrimination sexuelle ! Sortons du ghetto où nous enferment ces vieux cochons âgistes ! Aux armes, citoyennes ! Formez vos bataillons ! Marchons, Marchons ! Qu'un sperme amer abreuve nos girons !

— No, no ! Unissons-nous pour chasser hommes de nos vies. Les vieux sont pas beaucoup. Les vieilles sont beaucoup. Jeunes ou vieilles, les femmes du Woman's Lib ont prouvé lui égales des hommes. Si un femme égale une homme, il peut très bien remplacer lui dans nos désertés lits.

— Pas d'accord !

— Allez-y, madame Dumourier !

— Miss Jones se trompe d'adversaire. Les vieux avec nous ! A bas les jeunes. Ce sont eux, ce sont elles, qui nous piquent nos boulots, nos maris, notre fric. La donation, oui... Il y aurait beaucoup de choses à dire là-dessus.

— Peut-être, mais ce n'est pas l'objet de ce débat. Pour en revenir aux grand-mères pour grand-mères de Miss Jones... Madame Turqua ?

— Et celles qui ne le sont pas, grand-mères, tout ça, c'est mon cas, comment elles font ?

— Vous pouvez suivre advice... conseil Nancy Reagan et adopter petits enfants.

— Et puis quoi encore ? SOS Agisme réclame exactement le contraire. L'adoption de parents abandonnés par des couples sans parents.

— Aussi homosexual couples ?

— Éventuellement, oui... Encore que ça risque de les perturber, de les gêner. C'est très conformiste à cet âge-là. Et puis il y a tout de même un risque : le sida. A ce propos, je voudrais profiter de cette émission pour m'élever avec force contre la publicité pour les préservatifs entièrement ciblée sur les jeunes. C'est inadmissible.

— Si je vous comprends bien, madame Dumourier, vous pensez que les vieillards ne sont pas à l'abri de...

— Évidemment ! Le fait même de poser la question témoigne d'un âgisme révoltant. Les jeunes femmes infectent les hommes vieux qui, à leur tour, contaminent les vieilles femmes et...

— Raison plus pour faire amour avec old dames et pas old monsieurs sales...

— Mme Toutça, pardon, Mme Turqua n'a pas l'air de cet avis.

— Absolument pas ! La vieille dame, merci bien ! Le préservatif, non merci. Ça me rappelle ma jeunesse... Tout ça. A l'époque, pessaire ou capote, on ne sortait jamais sans son caoutchouc.

— Madame Dumourier ?

— Justement ! Autrefois le vieil homme disait à l'enfant : Regarde voir... Regarde comment on ferre un cheval. Aujourd'hui, c'est : Montre voir... Montre comment ça marche, ce magnétoscope. Qu'est-ce qu'on attend pour orchestrer une campagne anti-sida explicite, efficace, autour d'un couple de personnes âgées qui enfileraient leur gant d'une main experte. Bonne occasion, enfin une, de mettre le savoir et la mémoire des anciens au service des gamins.

Vous êtes surpris, là, hein ! La sexualité après soixante ans, elle n'a aucune idée de ce que ça peut être, Jacquotte. Exact. Mais elle s'est tuyautée auprès de Tanbelle. Une Tanbelle très déprimée. Elle réagit pareil que Mme Toutça. Pour elle, perdre son amant, c'est perdre sa féminité. C'est basculer dans la vieillesse, la tête la première, et ça elle refuse. Elle n'en a plus pour longtemps à jouer le rôle de fille. Il ne lui restera bientôt que ceux de mère et de grand-mère. Et c'est pas son emploi. Il ne va quand même pas lui enlever celui de jeune première, son metteur en scène. Elle le houspille :

— Étienne, je t'en supplie, dis-le-moi.

— Te dire quoi ?

— Me dire que tu n'as personne.

— Qu'est-ce que ça veut dire ?

— Avoir quelqu'un, tu ne sais pas ce que ça veut dire ? Ça veut dire aimer.

— Avoir ou aimer ? S'agirait de savoir !

— Justement, je voudrais bien. Tu ne me touches plus. Tu me cherches des poux, tu me fais des histoires pour tout, pour rien, c'est bien la preuve que tu en as une, non ?

— Avoir ou faire ? Arrête de jouer sur les mots, tu veux !

— Oui, si tu me dis non, je veux dire oui.

— Oui ou non, est-ce que tu vas me fiche la paix ! Tu m'embêtes avec tes : Tu m'aimes ? Rien que moi ? Grand comment ? de gamine attardée. Enfin, Tanbelle, tu vois pas que c'est grotesque à ton âge.

— Enfin, Marie-Jo, ce serait grotesque à mon âge !

— A l'amende, Étienne ! Les mots de trois lettres sont interdits entre nous. En particulier celui qui commence par A. Et se termine par un E. Chaque fois que vous le prononcerez ce sera 10 F. Moi, pareil. On fera une cagnotte et, d'ici six mois, on ira la manger au restaurant végétarien dont je vous ai parlé. A la Bastille. C'est très bon, vous verrez. Bon aussi pour ce que vous avez.

— Qu'est-ce que j'ai ?

— Un peu de ventre. Pas étonnant. Vous vous nourrissez mal. Trop de viande, trop d'alcool, trop de plats en sauce.

— Des bons petits plats, avouez. Je les réussis bien, non, les sardines à l'escabèche. Tenez, servez-vous mieux que ça !

— Je les préfère grillées... Non, pas de vin, merci. Un peu de Perrier. Rappelez-vous ce que disait Coco Chanel : Trois secondes dans la bouche. Trois heures dans l'estomac. Et trois mois sur les hanches. Mais vous n'aimez que la cuisine à l'ancienne.

— Raison de plus pour ne pas faire le jeune homme en jean délavé et blouson assorti.

— Ne soyez pas contrariant, mon chéri. Ça vous irait très bien. Beaucoup mieux que ce costume trois-pièces. C'est comme votre sac à main...

— Qu'est-ce qu'il a ?

— Il fait un peu ridicule... Je vous ai vexé ? Voyons, Étienne, faut pas. C'est plutôt gentil de ma part de vouloir changer votre look, votre allure si vous préférez. Coiffé, habillé autrement, vous paraîtriez vingt ans de moins que votre... Non, non ! Là, je vous arrête, je ne l'ai pas dit.

— Ça, c'est trop facile. Vous serez pénalisée quand même. Et puis cessez de vouloir me faire jouer le rôle de grand frère de vos fils. C'est ridicule, ça aussi. Ils seraient les premiers à vous le dire.

— Tiens, justement, ils m'ont parlé de vous tout à l'heure. Ils ont de ces questions ! Ils m'ont demandé si c'était avec ce monsieur... là... que je sortais... ce...

— Eh bien, oui, je vous ai invité à dîner chez moi. Qu'est-ce qu'elle a de tellement extraordinaire cette question ?

— Enfin, Étienne, vous devriez le savoir. Pour eux, sortir, ça veut dire avoir.

— Avoir quoi ?
— Avoir rien. Avoir quelqu'un.
— Avoir ou aimer ?
— Quelle différence ? On se fait toujours avoir quand on aime. Regardez ce qui m'est arrivé avec le père des garçons. Ah ! le salaud ! Quand j'y repense...
— N'y pensez plus. Et reprenez un peu de ma moussaka. Elle manque de moelleux, mais c'est de votre faute aussi... Je n'ai pas osé forcer sur l'huile. Résultat...
— Non, non, ça va très bien. Simplement, je n'ai plus très faim. Et puis il est tard, là...
— Tard ? Il est à peine 10 heures moins le quart !
— Oui, mais après tout ce que j'ai mangé, faut absolument que je fasse quatre fois le tour de mon pâté de maisons au petit trot, sinon je ne pourrai pas dormir.
— Du jogging ? En pleine nuit ! Enfin, c'est de la folie ! Vous allez vous faire agresser.
— Moi ? Alors là, c'est pas demain la veille. Je ne sais pas si je vous l'ai dit, mais en plus du Gymnase Club, je travaille avec les Panthères grises, SOS Agisme et le MLF. Je donne deux fois par semaine, dans mon living, des cours de self-défense à des vieilles mamies, histoire de leur redonner confiance. Ou à des jeunes femmes qui ne veulent pas se laisser marcher sur les pieds.
— Et c'est payant ?
— Tu parles ! 600 F pour quatre leçons.
— Non, je veux dire, si on les approche de trop près, elles sauront se...
— Plutôt, oui ! Essayez donc un peu pour voir. Je suis sûre que je vous envoie au tapis.
— Chiche ! Qu'est-ce que vous diriez de ma descente de lit ?

— Alors, maman, tu te plais ici ? Moi, ça me fait penser à un hôpital, le lino, les meubles en formica, les murs ripolinés et l'odeur de javel de la salle à manger, des couloirs et du coin télé. Ta chambre, j'aime déjà mieux... Mais bon, ça fait quand même très riquiqui comparé à... Et là, tu as quoi ? Un cabinet de toilette ? Minuscule, non ? Attends que je sorte mon carnet de notes. C'est pour une enquête. On nous a signalé à SOS Agisme des maisons de retraite pire que les hospices à l'ancienne. Une horreur ! Tiens, il n'y a pas de baignoire ? Ah bon ! à l'étage... Montre voir... Dis donc, question propreté, franchement ce gant de toilette qui traîne, ce vieux bout de savon bavant dans sa soucoupe...

— Allons donc, Jacquotte, c'est parfaitement propre ! Allez, viens, referme la porte. Ah ! Mad-et-Lou... Vous connaissez ma fille ? Ah ! non, c'est vrai, c'est la première fois qu'elle... Mme Madeleine et Mme Louise, mes voisines de table... Jacquotte, ma cadette. Elle est venue voir comment j'étais installée.

— Six semaines après ! Ce que c'est gentil ! C'est pas comme tes enfants, hein, Toi-là ! Ils sont venus au bout de combien de temps ? Remarque, ils connaissaient, c'est eux qui t'ont placée ici...

— Oui, ben, ton fils et ta belle-fille, on les voit pas souvent non plus, que le Petit à Mme Mamour...

— Eh ben, justement, voilà sa maman.

— Toutes mes félicitations, madame Jacquotte. Il n'y a pas plus mignon. Votre petite-fille, madame Mamour, Martine, elle s'appelle, hein, c'est ça, et ses gamins vous les voyez encore assez souvent aussi. On dirait jamais à vous voir si coquette, si jolie que vous êtes arrière-grand-mère. L'Autre-là pareil, mais regardez la différence.

— Oui, bon, ça va, laisse ces dames tranquilles, Toi-là. Pour une fois qu'elle vient, la fille à Mme Mamour, elles doivent avoir des tas de choses à se dire.

— Non, non, pas du tout. Je suis là pour inspecter les lieux et je serais ravie de bavarder un peu avec vous. Tu permets, maman ? Il y a combien de temps que vous êtes là, madame Madeleine ?

— Ça va faire cinq ans, bientôt six. L'Autre-là, un peu moins. Il a fallu qu'elle me suive jusqu'ici. Et attendez, elle tenait absolument à ce qu'on prenne une chambre à deux lits.

— C'est vrai, ça, madame Louise ?

— Moi ? Jamais de la vie !

— Oh ! ce toupet ! Moi, j'ai refusé, vous pensez bien ! Déjà que je suis un peu patraque, si je devais partager l'armoire à pharmacie qui lui sert de chambre à coucher, je serais toujours à m'écouter et comme j'entends pas bien...

— Justement, j'allais vous poser la question : vous êtes bien suivies du point de vue médical ?

— Ça, vaut mieux ne pas en parler. Elle est d'un mollasson, Solange, l'aide-soignante. Remarquez, normal, c'est une Antillaise. Une traîne-savates. Il lui faut une heure pour...

— Mollassonne ! Non, mais, je rêve ! Elle est brusque, oui, carrément brutale. Même que t'as crié, Toi-là, quand elle t'a arraché la poupée que t'avais au doigt : Montrez voir, ce gros bobo... C'est rien du tout ! Faut le laisser à l'air. Moi, hier, je lui demande de me passer mon châle et vous savez ce qu'elle me répond : Allez donc le prendre vous-même. Faut vous remuer, madame Louise, au lieu de tirer votre flemme sous prétexte que vous avez mal au dos, au genou, au ventre, bref partout.

— Ça, franchement, Toi-là, elle a pas tort. Tu lui donnes un de ces boulots. D'autant qu'elles sont pas assez nombreuses. Deux infirmières et cinq aides-soignantes à se relayer pour quatre-vingt-dix pensionnaires…

— Seulement ! Au prix de la journée ! Ça nous revient à plus de 10 000 F par mois. Mais c'est insensé ! Tu m'avais pas dit ça, maman. Ah ! Ils vont m'entendre…

— Qu'est-ce que tu racontes ? Tu dis n'importe quoi… Bonjour, madame la directrice. Permettez que je vous présente ma fille, la mère de Christophe, mon Petit… Elle étudie. La gérontologie. A l'université du troisième âge. Elle a séché le cours sur les maisons de retraite et maintenant elle veut que je l'aide à faire son devoir. Alors, je la corrigeais : ici, c'est pas comme ailleurs, on est bien traitées, bien soignées, carrément gâtées, c'est un vrai petit coin de paradis.

— Ah bon ! Je préfère ! Il m'avait semblé comprendre… Ce chien doit être tenu en laisse, madame Mamour, combien de fois faudra-t-il vous le répéter ?

Elle tient à marquer ses distances, Mme Lassalle. Pas facile de diriger un pensionnat de jeunes filles, pardon, de vieilles dames, encore que ça revienne à peu près au même. A plus forte raison quand il s'agit d'un établissement mixte où les hommes sont dix fois moins nombreux que les femmes.

Et puis elle est beaucoup plus jeune qu'eux, plus jeune aussi que la plupart de leurs enfants, avec ses 37-38 ans de grosse brune épanouie transformée en petite blonde efflanquée. Le pouvoir d'imposer sa volonté, elle connaît. Elle l'exerce sur elle-même avec autant d'énergie et de constance que sur les autres.

Maquillée, manucurée, coiffée, habillée façon gravure de mode découpée dans le catalogue des Trois Suisses, elle agace — Non, mais, regarde cette minijupe, Toi-là, c'est à peine si elle dépasse de la veste de son tailleur ! — en cherchant à se détacher de la grisaille morne, fatiguée, défraîchie, parfois même un peu bancale de la plupart de ses ouailles.

Elle les traite en gamines attardées. Leur parle de haut. A tendance à ignorer leurs plaintes, et leurs bobos : Allons, allons, madame Louise, pas de caprices, je vous en prie ! Cherche à affirmer en toute occasion son autorité et ne redoute que celle de son conseil d'administration. Gère cette maison en hôtelière rusée plutôt qu'en animatrice inspirée.

Et quand je dis rusée... Roublarde... Indélicate, voilà le mot. Indélicate sur tous les plans. Argent : Par ici les dessous-de-table empochés d'une main preste et discrète. Et gens : Alors, madame Madeleine, contente ? Elle va pas tarder à arriver votre pension. Votre fils sur les talons !

Étienne et Marie-Jo sont partis en week-end. Elle a exigé une nuit de noces et une lune de miel. Pas question de lui céder comme ça, au débotté, un soir plutôt qu'un autre. Luxe, calme et... volupté, ça non. Le mot ne fait pas partie de son vocabulaire. Luxe, calme, et activités. Sportives. Elle préfère. Cadre tout désigné : le château du domaine de

Clairis dans l'Yonne. Golfe, piscine, équitation, tennis.

Ils sont arrivés le vendredi en fin d'après-midi après trois heures de bouchon sur l'autoroute. Elle a défait son sac de voyage. Lui, sa Samsonite à roulettes.

— Vous vous baladez encore avec des valises ?

— Oui, pourquoi ? Vous êtes contre ? Ça froisse moins et ça se transporte plus facilement.

— Peut-être, mais c'est d'un... Enfin, bon, passons. Si on allait à la piscine. Ensuite le sauna. Après quoi on remonte. On se change. On va prendre un jus de tomate au bar. Et la fête commence.

— Bonne idée ! Attendez que je sorte mon maillot de bain. Où est-ce qu'il est passé... Ah ! le voilà !

— Qu'est-ce que c'est que ça ?

— Enfin, chérie, vous voyez bien, c'est un...

— C'est un slip.

— Comment ça ?

— Vous n'allez tout de même pas vous montrer nu, blanc comme un ver, en slip, à la piscine du Domaine. Vous vous prenez pour qui ? Pour le plagiste du Majestic ?

— Je vous en prie, Marie-José, ne soyez pas inutilement blessante. Mon sac, ma valise, mon maillot, il faut toujours que vous me preniez en défaut.

— Mais non, chéri, pas du tout. Simplement je pensais qu'à votre... Enfin, je vous voyais plutôt en caleçon de bain, genre bermuda.

— S'agirait de savoir ! Quand je vous ai parlé d'emmener un short pour faire du jogging, vous me l'avez interdit absolument. Ni short ni chemisette. Pantalon de toile ou survêt. Vous préféreriez peut-être que je me jette à l'eau tout habillé avec un passe-montagne sur la tête ? Si vous avez honte d'être vue avec moi, autant me le dire tout de suite.

Non, elle ne le lui dira pas. Pas la peine. Il le sait. Et c'est bien pour ça qu'il est là. Prisonnier de ce culte partagé pour la jeunesse. Si elle l'aime... Même pas, si elle l'accepte... Même pas, si elle le supporte, quel pied de nez à la vieillesse ! Va te faire voir, salope ! C'est pas demain la veille que tu réussiras à me rattraper.

— Enfin, madame Mad, vous n'êtes vraiment pas à la page ! On n'écrit plus son testament à notre époque.

— Qu'est-ce qu'il dit, votre Petit, madame Mamour ? Qui écrit quoi ?

— Parle plus fort, Christophe. Elles sont d'une humeur de chien, pardon Ric-et-Rac, aujourd'hui Mad-et-Lou. Elles se sont débranchées depuis ce matin, histoire de s'obliger à hurler. Moi, qui ne suis pas dure d'oreille, ça me les casse. Alors fais court, je t'en supplie !

— Attends un peu, elle va être tout ouïe, tu vas voir... C'est minable, madame Mad, ces testaments à l'ancienne griffonnés sur un bout de papier, c'est nul.

— Pourquoi nul ?

— Parce que là, maintenant, un testament, ça s'enregistre sur cassette vidéo. Sous prétexte de leur signifier vos dernières volontés, c'est l'occasion rêvée de balancer leurs quatre vérités à vos parents, vos amis.

— Qu'est-ce qu'il dit, Toi-là ?

— T'as parfaitement entendu, alors boucle-la. Moi, ça m'intéresse. Explique-moi un peu ça, Petit.

— Vous y allez de vos remarques devant la

caméra. Vous gardez la cassette. Et vous marquez dessus : A glisser dans le magnétoscope au retour du cimetière. Avant de passer à table pour se taper la cloche et se soûler à ma santé.

— Tu rigoles ou quoi ? Si je les insulte, ils auront vite fait d'appuyer sur le bouton et de m'effacer à jamais. Non, vaut mieux les obliger à regarder la bande chez le notaire.

— Pas la peine. Ça marche à tous les coups. Vous connaissez les gens. Ils sont rapaces, cancaniers. Et tellement curieux de savoir quelles bontés on aura eues pour eux et quelles méchancetés on réserve aux autres, qu'ils se bousculent devant le poste.

— Vraiment ? Ça me plairait bien, dis donc ! Comment faut s'y prendre ?

— Faut éviter la volée de bois vert brutale et globale. Ne pas abattre ses cartes d'entrée de jeu : Vous êtes tous des salauds et vous n'aurez pas un rond. Faut régler ses comptes avec une perfidie bien sournoise et bien vicelarde, histoire d'entretenir le suspense. Vous ferez ça très bien. Si vous voulez vous perfectionner, j'ai vu une petite annonce dans un journal. C'était un truc du genre : Nous sommes tous mortels. Pensez à vos proches. Tirez-leur votre révérence sur le petit écran. Pour tous renseignements, téléphonez... Je vous retrouverai ça. En attendant, exercez-vous devant la glace. Vous allez vous amuser comme une folle.

— J'y vais de suite. Soyez mignonne, madame Mamour, empêchez l'Autre-là de me suivre. Je vais la gâter, cette marie-salope. Et je veux lui faire la surprise.

Trop tard ! Mme Lou s'élance sur les talons de Mme Mad en gueulant comme un âne : Répète ça un peu pour voir, si tu oses, Toi-là ! C'est pas tombé dans l'oreille d'un sourd, crois-moi !

Jacquotte s'en veut à mort. Pour que sa pauvre mère soit à quatre pattes, écrasée de peur, devant cette pimbêche de directrice, faut que ce soit vrai tout ce qu'on raconte sur ces vieillards sanglés dans leur lit, attachés à longueur de journée sur des chaises percées, les narines bouchées par la purée qu'on leur enfourne d'un geste impatient et distrait.

C'est sa faute aussi. Comment a-t-elle pu rester si longtemps sans aller vérifier sur place ? Elle n'aurait jamais dû se fier aux réponses évasives de Mamour chaque fois qu'elle l'appelait :

— Ça va ? Tu es contente ? Tu t'es fait des petites copines ? Faut absolument que je passe te voir, mais là, en ce moment... Peut-être pendant le week-end.

— Oui, oui, je vais très bien... Non, non, ne te dérange pas... Je vais avoir du monde. Le Petit doit venir. Martine aussi. Avec les gamins. Elle a loué une voiture. Et elle m'amène souvent Tanbelle. Ce qui ne va pas sans problème... Alors, c'est pas la peine.

Pas la peine ! Oh ! que si ! Maintenant, elle y va au moins une fois par semaine pour passer l'inspection. Qu'est-ce qu'« on » attend pour remplacer le vieux paillasson élimé devant la porte, un truc à faire atterrir en piqué tous les pensionnaires dans le hall d'entrée. Et le gant de toilette de Mme Lou, disparu au lavage, est-ce qu'« on » l'a seulement retrouvé ? Un gant marqué à son nom, enfin, c'est insensé ! Remarquez, pas étonnant quand on voit les montagnes de linge sale qui s'empilent au sous-sol.

Et ce cirque, le jour où elle a surpris Solange en train de verser d'un trait un tiers du compte-gouttes dans la tisane de Mamour :

— Non, mais, vous êtes complètement folle ! La valériane, il lui en faut six gouttes. Pas une de plus. Pas une de moins.

— Eh bien, oui, ça fait à peu près ça. Depuis le temps que j'en distribue, j'ai l'habitude.

— Enfin, Jacquotte, laisse-la tranquille, cette petite ! Elle a pas que moi à s'occuper et elle est gentille, dévouée. A force de la houspiller, de l'engueuler, tu vas finir par la...

— Par l'indisposer, c'est ça ? Ne me dis pas que tu as peur aussi de l'aide-soignante ! C'est pas une maison de retraite, c'est un camp de concentration, ma parole ! Tiens, à propos, est-ce qu'ils l'ont réparée, la douche, au premier ? Et le poste de télé du salon ?

— Aucune idée. Tu sais, la télé, on la regarde chacun chez soi, dans sa chambre. Il n'y a que Mad-et-Lou pour rester en bas, le soir, histoire de s'engueuler devant le poste : Je veux voir ci ! Moi ça ! Et comme là, maintenant, Mme Mad remonte tout de suite dans sa chambre faire du courrier...

— Tiens, justement ! Elle se plaint, elle dit qu'il n'est pas distribué.

— Allons donc ! Elle s'est mis en tête de retrouver le vieux notaire qui s'est occupé de la succession de ses beaux-parents, une bicoque, à Saint-Quet. Il doit être mort depuis longtemps, mais elle s'obstine à lui écrire pour lui demander conseil rapport à son testament. Et elle s'étonne de ne pas avoir de réponse !

— Eh ben, justement ! C'est pas normal que les lettres se perdent. Je vais aller lui dire ce que j'en pense, moi, à la Schlague, à la chienne de Buchenwald !

— Je t'en prie,. Jacquotte, arrête de l'appeler comme ça, c'est...

— Je vais me gêner ! Tu sais ce que je lui ai sorti,

le jour où on vous a servi des poires pas mûres : Vous faites collection de dentiers ou quoi ? Vous espérez qu'ils resteront plantés dedans, c'est ça ?

Ça fait des années qu'elle joue à Vivement-le-jour-où-je-pourrai-lâcher-la-rampe, cette gourmande et flemmarde coquette de Tanbelle. Avant de rencontrer Étienne, chaque fois qu'elle se privait de dessert, elle se consolait en fantasmant : Allez, patience, ma grande ! Tu imagines un peu ce pied quand tu auras rangé tes soixante balais dans une chouette maison de retraite où tu pourras flirter et t'empiffrer jusqu'à en crever. Les yogourts à 0 %, l'huile de régime et les sucrettes, fini, terminé ! Par ici les babas, les éclairs au chocolat et les regards énamourés de tes partenaires à la canasta. Question chose du machin, ça n'allait jamais plus loin, attention ! A la seule idée qu'à un âge aussi avancé on puisse encore... Elle se serait évanouie d'horreur.

Là-dessus, il a débarqué dans sa vie et elle s'est empressée de sacrifier son heure de déjeuner à une heure de gym, une heure de torture, de souffrances abominables, d'où elle sortait brisée, trempée, bonne à passer à la douche brûlante puis glacée. Et s'est essoufflée à pédaler derrière lui le samedi après-midi sur des kilomètres de fausses montées, c'est les pires, près de sa maison à Courtenay. Chaque fois qu'elle changeait de braquet, elle se consolait en gambergeant : Allez, courage, ma grande ! Tu imagines un peu ce pied quand tu auras remisé tes soixante-quinze berges dans une chouette maison de...

Vieille, elle ? Allons donc ! Jeune, si jeune ! Elle retrouvait ses complexes d'adolescente. A l'époque elle avait des boutons sur le menton. Là, c'était des plis sous les fesses. Ses craintes aussi. Avant, elle angoissait : Et si je n'allais pas trouver l'amour ! Après, elle paniquait : Et cet amour, si j'allais le perdre !

Et voilà que demain, c'est aujourd'hui. Étienne lui échappe. Et aujourd'hui comme hier elle refuse de lâcher prise. La rampe, c'est pas qu'elle s'y accroche, elle s'y cramponne. Et cette chouette maison de retraite, elle y va sans y être. Elle continue à jouer avec. Jacquotte est scandalisée :

— Enfin, Tanbelle, c'est la honte ! En être réduite à faire la sortie des hospices ! Est-ce que tu te rends compte un peu ! Tout ça dans l'espoir que ça te ramènera Étienne ! Tu l'imagines t'invitant à prendre un verre au Plazza. Alors, toi : Demain ? Je regrette, je peux pas. Je préside le goûter d'anniversaire de mon fiancé au Bon Séjour. Il va fêter son centenaire. En présence de l'adjoint au maire. C'est quelqu'un de très bien. Il était dans les affaires. Lui, ses jumeaux sont morts et enterrés. Tous les deux. Et il m'aime. Pour la vie !

Tiens, à propos, c'est marrant ce foin qu'on fait autour des centenaires, ce culte des records dans un pays où on n'arrête pas de se casser la gueule au pied des podiums, de se ramasser sur les terrains de foot et sur les courts. Le Mundial, même quand on n'y accède pas, après tout, on s'en fout, on joue entre nous. On se passionne pour le match du siècle Annecy-Sète, pour la victoire triomphale de Courbevoie-sur-Viry en ping-pong. Et l'écrasante défaite de Saint-Lô devant Charenton en basket.

Normal, notez. On a beau se disputer à coups de millions les stars du ballon rond, on ne fait rien pour promouvoir le sport à l'école et à l'université comme aux États-Unis où un entraîneur de base-ball gagne quatre fois plus qu'un prof de science-éco. Pareil pour les vieux, les exclus, les laissés-pour-compte d'une société entièrement indexée sur le marché du travail. Dès que vous n'y avez plus cours, vous êtes tout juste bon à jeter, à mettre au rebut avec tous ces croulants de la cinquantaine, nuque ployée sous le tranchant de la retraite couperet, bientôt marqués de l'étoile vermeille, destinés à disparaître de la circulation, dans l'indifférence générale.

Et puis voilà qu'un flash tombe dans les salles de rédaction : Dis donc, coco, tu sais cette nana près d'Arles, la centenaire, elle a réussi à tirer encore un an. Elle était en compétition avec une mémé américaine, elle l'a battue de six semaines. Faut m'envoyer une équipe immédiatement pour lui demander comment elle s'entraîne, si elle suit un régime spécial et quelles sont ses chances de battre son propre record l'année prochaine.

Moi, je comprends pas. Qu'est-ce qu'ils attendent, les clubs du troisième âge, pour s'arracher, à prix d'or, les champions de la longévité, les super-vainqueurs de la course contre la mort ? Ça redorerait leur blason. Et ça pourrait même renflouer les caisses de l'État. Comment ça ? Simple : le Loto vieillesse. Calqué sur le Loto sportif.

Il est 8 heures du matin. Zaza est passée chez son père sans prévenir. C'est le seul moyen de mettre la main dessus. Il est toujours pris. Rendez-vous, voyages d'affaires (on se demande bien lesquelles !), croisières, monsieur joue les filles de l'air. Sous prétexte qu'elle a besoin du livret de famille, elle a décidé de prendre son petit déjeuner avec lui. Elle entre avec sa clé et... Papa, tu dors ? Pas de réponse. Elle passe la tête par la porte entrebâillée de la cuisine... T'es là ? Non, rien, personne.

Pas une tasse dans l'évier, pas un sachet de thé dans une soucoupe, pas une miette de biscotte, pas un reste de beurre sur une assiette. Remarque, il est peut-être parti de très bonne heure et il a rangé derrière lui. Un coup d'œil dans la chambre à coucher. Vide. Le lit même pas défait. Elle fonce vers le placard où sont rangées les valises. Son grand sac de voyage tout neuf n'y est pas. Et sur la table basse du living, un dépliant : Trois jours de neige à La Clusaz. Départ le... C'était hier.

Ça, alors ! Elle fourrage, curieuse, furieuse, dans le tiroir où il cache son argent liquide sous une pile de vieilles lettres. Pas un sou. Il est parti comme un voleur et pour aller où ? Aux sports d'hiver. Lui qui n'a jamais fait de ski de sa vie ! Elle se jette sur le téléphone :

— Allô, Martine ? C'est Zaza.

Elles sont devenues copines, ces deux-là. Elles s'estiment. Elles sont snobées par ce qu'elles représentent l'une et l'autre. L'image de la « career woman », élégante, jolie, friquée, indépendante, qui assure. L'image de la femme au foyer, ravissante, fertile, un mari fou d'amour à ses pieds, deux adorables bambins à ses genoux, une Ford Fiesta, un panier de pique-nique et un gros chien à sa porte.

Deux images ? Deux clichés véhiculés par la pub télé qui vont se brouiller, là, sous nos yeux :

— Ta mère est là ?... Non, je ne veux pas lui parler. Surtout ne la réveille pas. Écoute, mon père a cambriolé chez lui. Il a tout pris, son fric, son sac, il a vidé ses placards et il a foutu le camp tu ne devineras jamais où... A la neige.

— Ça, alors ! Seul ?

— Je n'en sais rien et c'est bien pour ça que je t'appelle. Je me demandais si ça n'était pas avec Tanbelle, mais...

— Voyons, Zaza, tu imagines Tanbelle sur une paire de skis avec ses talons aiguilles et ses bibis à voilette ! De toute façon elle n'a pas bougé d'ici. On a passé la soirée ensemble à se morfondre. Elle craque, seule, sans lui. Même qu'elle a décidé d'aller se faire tirer les cartes. Elle cherche une Madame Irma.

— Bon, puisque tu me dis qu'elle a un alibi, je vais perquisitionner... Ah ! dis donc, pas besoin de chercher bien loin. Elle était là, sous mon nez, cachée par l'annuaire du... Une photo. C'est un garçon. Enfin, non, pas vraiment. Inès de La Fressange remodelée par Jane Fonda. En plus petit. En plus cheap. En plus toc. Body rose bonbon. Bracelets de fonte aux chevilles et aux poignets. Elle a l'air de sortir de *Biba*. Perdez votre ventre, musclez votre dos. Voir page tant. Attends, il y a quelque chose de marqué derrière... Marie-Jo. 14 octobre 92. Ça a été pris il y a...

— Ah ! ben, c'est ça ! Je m'en doutais. Ton père, on ne l'a pratiquement pas vu depuis que je suis là. Quel âge elle a d'après toi ?

— Dans les 30, 35 ans.

— Question gamin va falloir te grouiller, dis donc, elle risque de lui en faire un avant toi.

— Ça a l'air de te réjouir.

— Plutôt, oui. Qu'Étienne puisse plaquer une femme qui m'a refusée, tout bébé, pour se pencher, attendri, sur un berceau, le bras passé autour de la taille d'une fille de mon âge, c'est terrible à dire, mais ça m'enchante.

— Tu lui en veux tant que ça ?

— Par moments, oui. Quand je repense à mon père, à mon enfance. Quand je la revois à travers Kévin et Stéphane, quand…

— Oui, eh ben, moi, avoir un petit frère de l'âge de ma fille, merci bien !

— Ah ! parce que tu veux une fille ?

— Garçon ou fille, la question n'est pas là.

— Tu sais, les familles en kit, les paternités tardives, ça se fait beaucoup, c'est très dans le vent. Regarde Yves Montand…

— Justement. La veuve et l'orphelin, je n'ai pas de créneau pour ça. Toi, oui, apparemment.

— Comment ça ?

— Les veuves, on en aura une chacune. Et la tienne, c'est pour tout de suite. Ça va la rendre folle, Tanbelle. Elle va te faire une de ces déprimes ! Alcool, tranquillisants, tentatives de suicide… Tu ne pourras pas la quitter d'une semelle. Démence sénile… T'es pas sortie des couches-culottes, ma pauvre chérie. T'as vraiment tous les courages.

— Non, pas celui-là. Mais je ne vois vraiment pas ce que je peux y faire.

— Moi, si. Il faut absolument les rabibocher.

— Enfin, Zaza, je ne comprends pas. Leur histoire, tu étais contre. A fond. Tanbelle me l'a dit cent fois. Tu étais toujours après ton père pour qu'il se range des voitures et qu'il te fasse la donation.

— Oui, ben, avec cette Marie-couche-toi-là, envolée, la donation. Terminé. Remarque, je m'en fous ! C'est à lui que je pense, à son bonheur, à sa santé. Elle va le pomper, le crever, le…

— Ou l'épanouir, au contraire, le combler, lui redonner… Tu sais quoi ? Tu es jalouse. Avec ma mère, pas de problème. C'est une femme de son âge, vieille, ridée. Pas une rivale. La jeunesse, la beauté, pour lui, c'était toi. Tu étais sa fierté. Et tu ne supportes pas de le perdre.

— Peut-être, oui, en effet. Mais tu as tout intérêt à ce qu'on se le garde, Tanbelle et moi. Parce qu'à moi seule, je n'arriverai jamais à le décoller de ce tube de super-glu.

— Qu'est-ce qu'elle peut y faire, là, maintenant, Tanbelle ? C'est trop tard.

— Non. J'ai mon idée. A vieux maux, vieux remèdes. Tu veux que je t'explique ce qu'il faut lui conseiller à ta mère ?

— Surtout pas. Quand elle me parle de lui, rarement d'ailleurs, ça la gêne à cause de papa, je réponds à peine, j'essaie de détourner la conversation. Ce n'est pas une amie. C'est...

— C'est quoi ? Quelqu'un à qui tu vas en vouloir toute ta vie ? Tu ne crois pas qu'il serait temps d'oublier et de passer l'éponge ? Malgré tous les torts qu'elle a eus, le jour où elle mourra, t'auras plein de remords, crois-moi ! Tu devrais profiter de cette occasion pour te rapprocher d'elle. Je suis sûre qu'elle ne demande pas mieux. Tiens, vas la chercher et passe-la-moi.

— Qu'est-ce que tu vas lui dire ?

— Que si elle cherche une diseuse de bonne aventure, j'ai ce qu'il lui faut. Une bonne femme absolument géniale, qui fait les tarots, les lignes de la main, tout ça.

— C'est vrai ?

— Absolument. Je lui ai laissé espérer un papier dans mon journal et elle ne peut rien me refuser. D'autant moins qu'elle n'aura pas besoin de se fouler. Je vais la lui éclairer, moi, sa boule de cristal !

Craintive, furtive, c'est à peine si la nouvelle venue, Mamour l'a surnommée Mme Souris, ose montrer le bout de son nez. Elle ne sort de son trou que pour venir grignoter au repas de midi, sans desserrer autrement les dents, et remonte se terrer dans sa chambre avec sa pomme et son bout de gruyère. Elle s'est enfermée, c'est souvent le cas, dans un silence plus épais que des murs de prison.

Avec pour gardienne, raide comme un passe-lacet, la redoutable Mme Mademoiselle, sa voisine de table. C'est ainsi qu'on l'appelle vu que chaque fois qu'on lui donne du madame, elle rectifie, hautaine : Non, mademoiselle ! Sorti de là, elle n'adresse la parole à personne. Et fronce un sourcil excédé, carrément choqué, chaque fois, faut dire ça n'arrive pas souvent, que quelqu'un a le front d'émettre un son en sa présence. Terrifiée, Mme Souris ne pipe pas mot et mastique à petits bruits.

A la table voisine, M. Paul l'observe du coin de l'œil. Il est superbe, M. Paul. Chauve à trente ans, toujours aussi maigre, les joues à peine griffées par le temps, un demi-siècle lui est passé sur le corps sans laisser d'autres traces que les cicatrices d'une vieille blessure de guerre et d'un pacemaker. Veuf de bonne heure, sans enfants, ce lieutenant-colonel à la retraite s'est toujours imposé une discipline de fer.

6 heures : Radio-réveil branché sur France-Info.

6 h 30 : Lever.

6 h 33 : Lit au carré.

6 h 44 : Ouvrir robinet d'eau froide et brancher bouilloire électrique.

6 h 45 : S'asperger la figure à l'eau glacée.

6 h 46 : Ouvrir robinet d'eau chaude, laisser couler et se raser.

6 h 55 : Mettre son couvert devant la télé du matin. Nescafé, tasse, soucoupe, sucre et cuiller.

6 h 59 : Ouvrir la télé.

7 heures : Boire son café à petites gorgées. Dix gorgées. Une toutes les trois minutes.

7 h 30 : Vider sa tasse et fermer la télé.

7 h 31 : Laver sa tasse et ses dents.

7 h 35 : Repousser les meubles de sa chambre pour libérer un coin gymnastique et sortir ses haltères de l'armoire. Et lâcher un tonitruant Putain-de-bordel-de-merde, parce qu'il a perdu quatre secondes à faire tourner la clé dans la serrure rouillée.

7 h 50... Oui, bon, je vous fais grâce de la suite. Sachez seulement qu'à 8 h 40 pétantes, M. Paul frappe à la porte de Mamour, la première inscrite sur la liste de ce qu'il appelle la tournée de ces dames. Il vient leur proposer ses services : Je vais en ville. Besoin de quelque chose ?

Ric-et-Rac n'est pas le seul à japper, oui, et à s'élancer, fou d'impatience et de joie, sur ses talons. Les commandes varient selon les jours de la semaine. Le lundi, c'est *Femme actuelle*. Elles l'achètent à tour de rôle. Le mercredi, *Télé-Z*, chacune le sien. Le vendredi, Mme Lou lui demande de passer à la pharmacie des fois qu'elle serait fermée le samedi. Et le samedi, Mme Mad l'envoie à la poste s'assurer que le mandat de 38,50 F qu'elle attend depuis huit jours n'est pas arrivé : Pendant que vous y êtes, monsieur Paul, prenez-moi donc *Le Figaro*, rapport au cours de mes napoléons.

Arrivé devant la chambre 33 où il avait l'habitude de s'arrêter au temps de Mme Lefaucheur, ce vieux maniaque pile dans ses marques. Et frappe. Pas de réponse. Est-ce que par hasard, elle ne serait pas... Putain-de-bordel-de... Pardon, il a promis à Mamour de ne plus jurer qu'en sigle P-de-B-de-M ! Il va pour cogner plus fort... et se souvient : Ah, oui, Mme Souris. Il ne l'importunera plus.

Un jour, pourtant, alors qu'il passait devant sa

porte, elle a ouvert celle de la salle de bains, un peu plus loin dans le couloir, et s'est retrouvée devant lui, peignoir entrouvert sur une vieille chemise de nuit en pilou, savonnette à la main.

D'abord, il ne l'a pas reconnue. Ses cheveux blancs, mouillés, avaient viré au gris et ses yeux d'un bleu pâli par l'âge le fuyaient, affolés. Être vue, dans cette tenue, par un étranger ! Enfin, comment avait-elle pu en arriver là, tomber aussi bas ? Il était passé sans la regarder, sans la saluer, touché par ce désarroi.

Et, plus tard, à table, la 9 qui leur est réservée, à Mamour, à Mad, à Lou et à lui, il avait évoqué cette rencontre en termes raides, maladroits, un tir de mitraillette : Pas d'étoffe, pas de tenue, la 33. P-de-B-de-M ! File un mauvais coton. Vont pas tarder à la transférer au quartier des CAM.

C'est comme ça qu'il désigne le rez-de-chaussée, M. Paul, le quartier des condamnés à mort.

Et cette grippe-sou gloutonne de Mme Mad :

— Moi, de voir tout ce qu'elle laisse dans son assiette, ça me rend malade. On devrait demander une table de six et la prendre avec nous. Qu'est-ce que vous en dites, madame Mamour ?

— C'est ça ! Pour que tu puisses lui voler le pain de la bouche, à cette pauvre femme ! T'as pas honte, Toi-là ?

Mamour est pour. Et M. Paul n'est pas contre. A condition d'y convier aussi son vieux complice, M. Vincent. Un ancien comptable, petit, sec, un peu courbé, mais très bien conservé. Comme un cornichon dans son bocal. Un cornichon imbibé d'alcool bu en cachette, sans qu'il y paraisse jamais rien. Il a le vin digne, M. Vincent.

Ils se retrouvent tous les après-midi, lui et M. Paul, pour faire en silence une promenade dans le quartier, acheter en passant un paquet de cigarettes et en griller une, là, au comptoir. M. Paul devant un quart Vichy. Et M. Vincent devant un petit blanc.

— T'es pas logique, Paul ! Tu bois pas, mais tu fumes.

— Jamais plus de cinq cigarettes par jour, putain de bordel de merde ! Et j'arrête à deux centimètres du filtre. Aucun danger pour la santé.

— Si tu vas par là, moi, pareil. Jamais plus de quatre bouteilles par jour. Et j'arrête à trois millimètres du fond. Aucun danger pour la sobriété.

Mme Lou est ravie. Depuis le temps qu'elle le guigne, M. Vincent, derrière ses petites lunettes cerclées d'acier ! Sans résultat. Il en tomberait raide, pour une fois, si on lui disait ça. Va pour M. Vincent. Il boit, il ne mange pas et Mme Mad y voit une seconde chance de rab. Et devant l'intérêt témoigné par M. Paul pour cette pauvre Souris, Mamour acquiesce aussi. Si seulement elle pouvait les rapprocher, ces deux-là... Elle l'aime beaucoup, M. Paul. Elle aime qu'il l'admire, ça se sent. Apprécie sa droiture, sa rigueur. S'amuse de ses jurons. Et s'incline devant ses manies, il appelle ça des règles de vie, qui le maintiennent droit comme un i et l'empêchent de se laisser aller, de se laisser partir. A la dérive.

— A la croque-au-sel ! C'est comme ça que ça se mange, les radis, pas autrement. Quelle idée d'en servir à des gens au régime ! Ils le font exprès ou quoi ? Déjà que ça n'a plus aucun goût !

Mme Mad brandit un gros radis gonflé d'eau sous le nez de la fille de salle, c'est une nouvelle, venue ramasser leurs assiettes avant de puiser dans l'énorme marmite posée sur son chariot la louche de blanquette qu'elle destine à chacun d'eux.

— De la blanquette ! Encore ! Ah ! moi, ça, je ne supporte pas. Ça me rappelle le pensionnat... Quand j'étais chez les sœurs. Rien que cette odeur de béchamel !

— Voyons, madame Mamour, ça n'a pas d'odeur, la béchamel. Vous inquiétez pas, si vous en laissez...

— Tu l'aideras à finir, hein, Toi-là ! Elle pourrait pas avoir autre chose, Mme Mamour, dites, mademoiselle ? Une tranche de jambon, un reste de poulet froid. Vous devez en avoir, hier, c'était dimanche. Non, parce que si l'Autre-là lui dévore sa part...

La fille traîne les pieds. Il lui reste quatre tables à servir et elle n'a aucune envie d'aller se faire rabrouer en cuisine. Elle préfère prendre les devants :

— Alors, mamie, on fait des caprices ! En voilà des façons ! C'est très bon la blanquette, quand on a des mauvaises dents.

— Mais j'ai des très bonnes...

— Tenez ! Je vous en ai pas mis beaucoup. Et vous allez me faire le plaisir de tout manger. Faut finir ce qu'on a dans son assiette. Là, sage. Sinon, on sera privé de dessert.

Alors, M. Paul, il éructe de colère :

— Intolérable ! Non, ce ton ! Madame n'est pas un bébé. Ou un toutou. P-de-B-de-M ! On ne parle pas sur... Plaindre à la direction... Scandale !

La fille le regarde, effarée. Elle appelle sa collègue à la rescousse :

— Dany, viens voir ! Je comprends pas ! J'ai dit à la petite mamie, là, de me finir sa blanquette et voilà que le papi pique sa crise.

— Quelle mamie ? Quel... Oh ! pardon, madame Mamour ! Faut l'excuser, m'sieur Paul. Là où elle était on... Enfin, on avait pas les mêmes consignes qu'ici, rapport à comment traiter les pensionnaires... Moi, ça m'a fait pareil à mes débuts. Faut dire, avec leurs nouvelles théories, l'enfant est une personne, tout ça, on s'y perd.

Et Mamour :

— Vous avez raison. Si le petit enfant est une personne, la grande personne est un enfant !

Le marc de café a fait son effet. Inspirée par Zaza, la pythie d'Aubervilliers s'est surpassée :

— Je vois une rencontre... Ou plutôt des retrouvailles... Quelqu'un que vous connaissez... Cheveux blancs... Très distingué... Veuf... Non, divorcé... Je vois... Attendez, c'est pas net... Deux enfants. Une fille. Un garçon. Le garçon est brouillé...

— Ah ! ça, c'est extraordinaire. C'était des jumeaux. Le petit est mort dans un accident de moto.

— C'est bien ce que je disais... Vous étiez proches, très proches l'un de l'autre... Là, vos chemins s'écartent... Tirez une carte... Dame de pique.

— Une autre femme, hein, c'est ça ?

— L'ombre d'une femme... Trois de carreau... Elle ne compte pas... Roi de cœur... Ses sentiments pour vous n'ont pas changé. C'est un homme fatigué qui a besoin qu'on l'admire, qu'on le rassure, qu'on le cajole sans l'accaparer. Si vous voulez qu'il vous revienne...

Du coup, Tanbelle, toute requinquée, va enfiler les bottes de John Wayne pour essayer d'arracher la bête à cette voleuse de bétail sans scrupule et la ramener au bercail. Au lasso. Mais en douceur, attention, en souplesse. Deux pas en avant, un pas en arrière. Faut prendre son temps. Et ne pas trop tirer sur la corde si on veut la lui repasser au cou. Résultat ? Le voici :

— Allô, Étienne, c'est moi, Tanbelle. Ça ne peut

pas continuer comme ça ! Ça fait des jours que je suis sans nouvelles. Faut que je te voie. Tu m'écoutes, Étienne ? Je suis sûre que tu es là. Tu as branché ton répondeur pour pas que je vienne t'embêter, hein, c'est ça ? Réponds ou je me jette. Je te préviens, je suis montée sur le bord de la fenêtre. Martine et les enfants sont à Euro-Disney. Je suis seule et si je saute...

Étienne se dirige vers l'appareil à petits pas entravés par son pantalon baissé. Il était aux toilettes. Assis sur la lunette pour mieux vider sa vessie. Ça va faire plusieurs mois déjà qu'il a tout le temps envie de pisser. Il a fini par aller consulter et... la prostate, oui. Faudrait opérer, c'est rien, là, maintenant, un coup de laser, mais il ne veut pas en entendre parler. En pleine romance avec Marie-Jo, ça ressemblerait à quoi ? D'ailleurs, il ne lui en a pas soufflé mot. Ça l'oblige à trouver des prétextes divers pour aller à la salle de bains et tirer la chasse d'eau du style : Je me suis curé les oreilles et j'ai jeté le coton dans la cuvette. C'est la barbe, mais faut ce qu'il faut !

— Allô, oui, c'est moi, qu'est-ce que tu veux ?

— Où tu étais ?

— Au cabinet.

— Encore ? Quand est-ce que tu vas te décider à...

— Ah ! je t'en prie, Tanbelle. Ma prostate, ça peut attendre. Ton suicide, peut-être pas.

— Ça veut dire quoi, ça ? Que tu as quelqu'un ?

— ...

— Eh ben, dis-le !

— Oui, là !

— Et tu me dis ça comme ça ! Au téléphone ! Monsieur rompt une liaison de bientôt quinze ans sur un simple coup de fil ! Tu veux que je m'attache les mains et les pieds avec, avant de plonger du cinquième étage, c'est ça ?

— Arrête ton cirque, tu veux.

Oui, elle veut. Elle ne demande pas mieux. Zaza a peut-être raison. Elle devrait arriver à le rattraper au tournant, son vieux matou. A condition de pouvoir lui parler, le voir, le toucher. Non, pas à la sauvette, dans la journée. Un soir. N'importe quel soir. Chez lui. Ça, non. Il refuse absolulent. Chez lui, ce n'est plus chez elle, c'est chez l'autre. Il propose le restaurant. Une brasserie, place de la Bourse. A 20 heures. Le surlendemain.

Quand elle arrive avec un retard calculé de dix minutes, passées à faire le pied de grue à l'arrêt où l'a déposée l'autobus, lui, si ponctuel d'habitude, un vrai maniaque, il n'est pas là. Elle est vexée comme un pou.

— J'ai rendez-vous avec M. Lancel.

— Permettez... Non, je n'ai rien de retenu à ce nom. Mais il me reste des tables de libres au premier étage. Si vous voulez monter ?

Non, plutôt mourir ! Elle ne va pas rester assise seule à l'attendre. Ça aurait l'air de quoi ? Elle va en profiter pour aller aux toilettes vérifier son rouge à lèvres, son fard à joues, son brushing un peu raplapla vu de profil, se laver les mains... Quelqu'un s'impatiente derrière la porte, en agitant la poignée. Elle remballe sa trousse de maquillage. Monte jeter un coup d'œil dans la salle à manger au premier. Il n'y est pas. Elle redescend, furieuse. Il ne va quand même pas lui poser un lapin, ce cochon...

Tiens, le voilà, il sort des toilettes, lui aussi. Mais non, ça ne peut pas être lui. Si, pourtant. Un vieux petit garçon tout ridé, tout flétri, lui fait signe. Sous son blouson en jean, une chemise à carreaux genre cow-boy et une cravate en lacet de bottine. Elle le regarde, stupéfaite :

— Où tu vas, là, Étienne, à un bal masqué ? Mon Dieu, mais qu'est-ce qui t'arrive ? Tu as fondu, tu as perdu au moins...

— Sept kilos. Pas de viande, pas de féculents. Pamplemousse et thé sans sucre le matin. Poisson bouilli et légumes cuits à l'eau arrosés d'une larme d'huile d'olive vierge première pression, midi et soir. Formidable, non ? Je me sens rajeuni de vingt ans.

— Vieilli de vingt ans, oui. Je ne t'aurais pas reconnu. Tu plisses, tu poches, tu pendouilles de partout. Il ne te reste plus qu'à te faire lifter. Je parie que tu y as pensé !

— Ben, justement, je me demandais si tu ne pourrais pas me donner l'adresse d'un bon...

— Non, mais, je rêve ? Ce serait d'un grotesque ! Enfin, Étienne, un homme comme toi ! Bon vivant, avec un solide coup de fourchette ! T'as perdu la tête ! Pour qui ? Pour une jeunesse ? Alors là, mon pauvre chéri, t'auras beau lui courir après, tu la rattraperas jamais. Tu veux que je te dise à quoi tu...

— Non, ne dis rien. Sinon, je m'en vais.

— Pas question. Allez, viens, pour une fois qu'on se voit, on va se faire une petite fête. C'est moi qui t'invite. Garçon, deux Kir royal et la carte, s'il vous plaît.

— Non, pour moi, un quart Perrier.

— Alors, mon chéri, qu'est-ce que tu dirais d'un pâté de canard, d'un petit salé aux lentilles et d'un bon bordeaux ? Tu adores ça !

— Surtout pas. C'est d'un lourd ! Non, je me contenterai d'une salade de tomates et d'un riz nature. Tiens, commande pendant que je vais aux...

— Encore !

Quand il est revenu s'asseoir devant ses trois tranches d'une tomate anémique et sans saveur, elle croquait à pleines dents un toast recouvert d'un merveilleux pâté fondant sur la mie chaude.

— Les rôles se sont inversés, dis donc ! Moi qui me privais de tout, rapport à ma ligne, maintenant que je ne t'ai plus je m'en donne à cœur joie. Ce que c'est bon ! Tu ne sais pas ce que tu manques ! Alors, raconte. Quel âge elle a ? Elle fait quoi dans la vie ? Infirmière ? Spécialisée dans la gérontologie ? Et comment elle est au lit ? Telle que je l'imagine, elle doit te sortir des trucs du genre : Va te laver, ta quéquette a un goût !

— Un peu de décence, je t'en prie ! De toute façon, c'est pas le problème. C'est pas une obsédée sexuelle comme toi, ma pauvre Tanbelle. Elle a d'autres valeurs, d'autres priorités. Elle est tellement plus... Tellement moins...

— C'est bien ce que je pensais. Ça ne doit pas être jojo au dodo ! Allez, fais pas cette gueule-là ! Bois donc un coup, ça te remontera le moral. Rien qu'une goutte, avec une lichette de pâté. Voi-là !

Une heure plus tard, il avait vidé la moitié de la bouteille et dévoré tout ce qu'elle avait dans son assiette. Et elle, comme si de rien n'était :

— Dis voir, le réveillon de Noël, tu vas le passer avec elle ? Non ? Pourquoi ? Ah oui ! c'est vrai, tu m'as dit qu'elle avait deux gamins. Alors, tu viens chez moi.

— Pourquoi chez toi ?

— Tu sais bien qu'on ne peut plus le faire chez Mamour. Chez Jacquotte, pas question. Elle habite le siège de son parti. T'es pas au courant ? Je te raconterai, tu vas te marrer. Allez, ne dis pas non. Zaza, Martine, Christophe, tout le monde sera là. En famille. Comme d'habitude. On hésitait entre un chapon et une oie. Qu'est-ce que tu en penses ? Les marrons, je sais que tu es contre, mais en purée... Tiens, je te verse le reste de la bouteille, ça porte bonheur, c'est signe que tu te marieras dans l'année. Pourquoi tu pleures ? Ce serait plutôt à moi de...

Mais tu vois, je fais contre mauvaise fortune bon cœur. T'as des larmes plein les yeux. Enfin, qu'est-ce que tu as ?

— Rien. Un peu de conjonctivite. Faut que j'aille chez l'oculiste. J'ai l'impression que ma vue a baissé, ça me fait comme un voile à l'œil gauche. Probable que mes lunettes ne sont plus...

— Chut ! La prostate et, qui sait, la cataracte, c'est pas des choses dont on parle quand on veut faire le jeune homme. Surtout pas à sa petite amie. A moi, si. C'est toute la différence qu'il y a entre une vieille paire de pantoufles et une paire de chaussures neuves. Seulement voilà, t'as voulu faire ton coquet, tu les a prises trop petites et elles vont te faire souffrir, mon pauvre chat !

Martine s'ennuie. Elle s'ennuie de son mari. Elle s'ennuie avec sa mère qui se vexe chaque fois qu'elle veut lui laisser les enfants — Je ne suis pas ta bonne — pour respirer l'air de Paris en fête et faire les grands magasins. Et qui rétorque : Allons-y ensemble, j'ai besoin d'un sac à main et les garçons, ça les amusera. Elles ont essayé. Ça les a barbés. Ils étaient intenables ! Il a fallu y renoncer. Elle ne connaît plus personne à Paris et, à part un ou deux dîners avec Zaza et Christophe, elle n'est pratiquement jamais sortie. Sinon dans la journée avec ses gamins élevés, merci Dolto, dans la permissivité la plus totale :

— Kévin, ça fait une heure que je te demande de venir prendre ton petit déjeuner ! Tu n'as toujours pas faim, mon chéri ? Allez, viens manger tes Choco-pops ! Ne me dis pas que tu n'aimes pas ça ! Tu m'as obligée à en acheter quatre boîtes.

— J'en veux pas !

— Alors, tu veux quoi ? Du Nesquick ? Des corn flakes ? Des petits gâteaux ?

— Non, je veux des frites.

— Stéph aussi veut fites.

— Tanbelle, les enfants veulent des frites, est-ce qu'on a une...

— Des frites ! Au petit déjeuner ! Enfin, Tartine, tu ne vas tout de même pas les laisser te marcher sur la tête. S'ils ne veulent pas de leurs choco-machins, t'as qu'à les leur resservir à midi ou même à dîner et, crois-moi, ils finiront bien par les manger ! Tu as vraiment une façon de les élever... Quand tu étais petite, il n'aurait pas été question que je...

— Ah ! ça, non ! De ce côté-là, franchement, je n'ai pas de leçon à recevoir de toi ! Tu n'as jamais assisté ne serait-ce qu'à un seul de mes repas... Alors, je t'en prie...

— Non, mais, tu as vu sur quel ton tu me parles ? Tu oublies que je suis ta mère !

— Normal, non ? Tu ne m'y as pas souvent fait penser.

— Maman, arrête de te disputer avec mémé. Viens, on veut aller au MacDo.

— OK, je vous habille et on y va !

— A 9 heures du matin ! Tu es complètement malade, ma pauvre fille.

Le cœur gros, le cœur amer, Martine a trimbalé toute la journée son cartable de petite écolière, un cartable plein de tristes rancœurs et de culpabilités mal cernées dont elle avait oublié qu'il pouvait peser aussi lourd. MacDo, jardin d'acclimatation, re-MacDo, dessin animé à Montparnasse, goûter dans une crêperie bretonne... J'en veux pas de celle-là, j'en veux une autre à la confiture, pareil que Stéphane... Mais tu en as demandé une au jambon... C'est pas vrai, j'aime pas le jambon... Bon, ben, tant pis pour toi, allez, on rentre, papa ne va pas tarder à téléphoner...

Et Tanbelle, en entendant le bruit de sa clé dans la porte, Tanbelle qui avait d'abord traîné à sa toilette, ravie d'être seule, un peu de calme, un peu de silence, enfin !... Tanbelle qui avait traîné ensuite son ennui, doublé d'un vague remords, dans cet appartement désespérément vide, Tanbelle s'était précipitée à leur rencontre : Ah ! vous voilà ! Qu'est-ce que vous avez fait ? D'où vous venez ? Jacques a appelé. Je lui ai dit de... Ben, tiens, ça doit être lui...

Sans lui répondre, Martine s'est jetée sur le téléphone : Oui... Oui, mon chéri, ce que je suis contente de t'entendre, si tu savais comme tu me manques... D'instinct, elle soulève l'appareil posé sur un guéridon et tourne le dos à sa mère dont elle croit sentir le regard chargé de regret, d'envie, posé sur elle, sur ses longs cheveux couleur d'automne, sur sa silhouette d'adolescente aimée aimante... Comment ça, tu arrives ? Déjà ?... Ô mon Dieu ! Mais alors, tu seras là-bas pour le réveillon, et moi...

Tanbelle, qui se sait de trop, a ramené les enfants dans le vestibule et les aide à enlever leur manteau : Enfin, Kévin, tu devrais pourtant savoir te débrouiller tout seul à ton âge. Regarde, ton écharpe s'est prise dans la manche. Allez, venez avec moi à la cuisine, on va préparer le dîner...

— On n'a pas faim !

— Ah ! non, ça ne va pas recommencer ! Suffit, les caprices !

Et Martine : Écoute, chéri, j'ai l'impression que ma mère a des problèmes avec les petits. Tu sors déjeuner ?... Bon, ben, rappelle-moi quand tu reviendras au bureau et je te dirai si je peux... Moi aussi. Très fort.

— Quels problèmes ? Ne fais pas cette tête-là, qu'est-ce que tu crois, j'ai entendu, j'ai pas écouté.

Moi, si je m'en occupais, je n'aurais aucun problème avec ces gamins, je te garantis.

— Tant mieux, parce que j'allais justement te le demander. Les enfants, allez jouer au salon, faut que je parle à Tanbelle. Oui, oui, je vous rejoins tout de suite... Écoute, belle-maman est à l'hôpital, Jacques avance son retour et il voudrait que je le rejoigne après-demain en Bretagne. On ne peut pas laisser son père tout seul, on ne peut pas non plus ne pas être ensemble à Noël et, avec ce qui se passe là-bas, il n'est pas question d'y emmener les enfants...

— Et c'est à moi que tu veux les confier ? Moi, la marâtre ? T'as pas peur que je les laisse crever de faim, que je les abandonne sur le parvis d'une église ou que je les pousse sous une voiture ?

— Arrête, Tanbelle, tu vois bien que je suis aux cent coups. Je n'ai qu'un désir, c'est de les avoir avec moi, avec nous, mais c'est impossible. Et je n'ai personne d'autre à qui... Même si Mamour était encore chez elle, je n'aurais pas pu, à son âge, lui... En plus, telle que je te connais, tu l'aurais mal pris.

— Et comment ! Les confier à leur arrière-grand-mère, par-dessus ma tête, sous prétexte que je ne suis pas capable de m'en occuper convenablement. Il ne manquerait plus que ça !

— Alors, c'est oui ?

— C'est oui, mais. A une condition. Tu ne les appelles pas tous les quarts d'heure avec des sanglots dans la voix, pour savoir s'ils ne sont pas trop malheureux sans toi.

— Non, non, d'accord. C'est vraiment gentil de ta part. Tu y arriveras, tu es sûre ? Oh, mais, j'y pense, comment tu vas faire avec Étienne ?

— Tu veux savoir ? Stéphane, remets ce téléphone à sa place immédiatement. On ne touche pas à ça ! D'ailleurs Tanbelle, non, pas Tanbelle, mémé en a besoin. Donne à mémé ! Donne ! Voi-là. En échange, je te donne ton biberon... Allô ! C'est moi. J'espère que je ne te dérange pas... Rassure-toi, j'en ai pour une minute. C'est simplement pour te dire que je ne pourrai pas déjeuner avec toi mercredi... Je suis prise... Désolée, jeudi aussi... Dîner ? Non, impossible... C'est trop long à t'expliquer. On s'impatienterait à côté de toi... Allez, à un de ces jours !

— Ah ! Maintenant je comprends pourquoi tu as accepté avec tant d'empressement. Tu vas te servir des enfants pour le faire marcher, ce vieux coureur, espèce de coquine !

— Exactement. Et je vais profiter de ton absence pour les remettre au pas, ces petits morveux, espèce de godiche ! Ah ! j'ai fait une mauvaise mère ! Attends un peu de voir la grand-mère que je vais faire.

Zaza a eu une promotion. De chef de service, elle est passée directrice de la rédaction. Le magazine bat de l'aile. Il va falloir le repenser, le relooker, le relancer. Cette chance, elle ne peut pas la laisser passer. Ce défi, elle veut le relever. Tant pis pour le bébé. Il attendra. Là, elle vient d'adopter un enfant. Il s'appelle *Jolie Madame*. Et depuis des semaines, elle lui consacre tout son temps, toute son énergie, toute sa volonté de vaincre, de surmonter les obstacles.

La courbe de ses ventes remplace celle de sa température au-dessus de son lit. Et Christophe s'y vautre dans la confortable douceur d'une chasteté bien peinarde. Plus besoin de monter à l'assaut d'un ovule imprenable. Ils ont d'autres chats à fouetter, lui et Zaza. Oui, lui aussi. Elle lui a demandé, ainsi qu'à deux autres spécialistes extérieurs à la maison, un projet de maquette. Et le sien l'a étonnée par son audace, sa nouveauté. La rédaction a adoré.

Si elle ne l'a pas retenu d'emblée, c'est parce qu'elle doit le soumettre au propriétaire du groupe de presse. Ça tombe bien, il l'a convoquée pour le lendemain. Enfin, bien, façon de parler. Les deux derniers numéros se sont ramassés. Elle avec. Nerveuse, inquiète à l'idée de cette entrevue, Zaza n'arrive pas à trouver le sommeil. Elle se tourne vers Christophe endormi, roulé en boule, un loir en hiver, et, au lieu de le réveiller en douceur, elle le secoue, impatiente :

— Arrête de dormir ! Moi, je peux pas.

— Qu'est-ce que tu veux que j'y fasse ?

— Ça, justement, que tu me fasses l'amour. J'en ai vraiment besoin, je suis...

— Ah ! non, ça ne va pas recommencer ! Fiche-moi la paix, tu veux !

— Je t'en prie, chéri, j'ai envie de toi.

— Pas moi.

Ah, la claque ! Elle se redresse et, la voix tremblante de colère :

— Si c'est comme ça, t'as plus rien à faire ici.

Il se lève d'un bond, il s'habille, sort un sac, vide ses tiroirs. Elle ne cherche pas à le retenir, sûre qu'il se ravisera, il ne va quand même pas partir comme ça. Mais en le voyant se diriger vers la porte, elle prend la première chose qui lui vient à l'esprit et le lui lance, exaspérée, à la figure :

— Très bien, fous le camp ! Mais ne compte pas sur moi pour le défendre, ton projet de merde !

— Tu te rends compte de ce que tu fais là ? Tu sais comment ça s'appelle ? Du harcèlement sexuel.

Pauvre Petit ! Mamour à qui il est venu raconter la chose à mots couverts, pour ne pas risquer de la choquer, après être allé squatter un copain célibataire en pleine nuit, Mamour, indignée, s'en est ouverte à ses copines au dîner :

— Vous vous rendez compte un peu, madame Lou ?

— C'est de sa faute aussi, à votre Petit, madame Mamour. Mon mari n'arrêtait pas de le répéter : Les amours ancillaires, il n'y a rien de plus vulgaire.

— Ça veut dire quoi, ça, Toi-là ? Que le Petit est la bonne de son amie ?

— Il n'est peut-être pas sa bonne, mais elle, c'est sa patronne, là, maintenant. Profiter de son âge et de sa situation pour menacer un jeune plein d'avenir de... C'est un scandale ! Il devrait la traîner devant les prud'hommes, cette vieille garce !

— Oui, ben, en attendant qu'il trouve où dormir, je m'en vais le coucher sur mon testament. Ça pourra toujours le dépanner. Qui sait ?

Tanbelle est enchantée. Elle se croyait perdue. Elle est sauvée. Rajeunie de trente, que dis-je, de quarante ans. Avec deux gamins sur les bras et un homme à ses pieds. Ses petits-enfants lui ont ramené son vieil amant. A qui elle mène la vie dure, histoire de lui enlever à jamais l'envie de la refaire, sa vie ! Elle est plongée dans des problèmes de couches-culottes qui ont le don d'exaspérer Jacquotte :

— Ras le bol de ces spots télé plein cadre sur les fesses bien sèches d'un bébé Pampers. Quand je pense que trois millions de femmes en portent rien qu'en France.

— Quoi, des bébés ?

— Mais non, idiote, des couches !

— C'est pas possible !

— Je milite, moi, je connais les chiffres, qu'est-ce que tu crois ?

— Si c'était vrai, ça se saurait !

Non, justement. Sujet tabou, sujet dégoût, et pourtant sujet gros sous. La part de marché représentée par les bientôt morts excédera bientôt celle des nouveau-nés. D'où l'attitude réaliste des annonceurs américains qui vantent sans fausse honte à l'écran, entre deux pubs pour des pet-food, le confort et l'efficacité de leurs produits. Exactement comme s'il s'agissait d'un tampax ou d'une serviette hygiénique autorisant toutes les activités, golf, shopping, pique-nique en forêt.

En Europe, ce serait impensable. D'ici quatre ou cinq ans, ça ne le sera plus. Et je ne comprends pas que ce le soit encore. Jacquotte, pareil. Ça l'indigne, ça la scandalise, tous ces interdits, toutes ces barrières mentales qui repoussent nos aînés, vous, moi, demain ou après-demain, qui les éloignent dans le flou artistique d'un no man's land digne du *Meilleur des mondes* de ce génie d'Aldous Huxley.

On n'y croise que des visages, des corps jeunes, beaux, lisses, fermes et musclés. D'abord retardée, la vieillesse est ensuite escamotée. Dès qu'elle se manifeste, horrible, terrifiante, on la cache derrière les hauts murs de cliniques spécialisées où les plus de soixante ans s'éteignent doucement, bourrés de feuilletons télévisés et de tranquillisants. Les seins qui pendent, les poches sous les yeux, les taches de son sur les mains, il y a des réserves pour ça. C'est là, là seulement, que s'ébattent, à l'état de nature, quelques spécimens humains, livrés à la curiosité des anthropologues.

— Dis donc, Jacquotte, j'y pense ! Pourquoi tu n'organiserais pas une manifestation monstre, genre

« Touche pas à mon pote », en remplaçant les soutiens-gorge du Woman's Lib par des couches quatrième âge. Alors, là, crois-moi, ton mouvement de crotte, on en parlerait dans les médias. Ça ferait l'effet d'une bombe.

— Chiche !

— Arrête tes conneries ! Je disais ça pour rire. Au lieu de te préoccuper à ce point du sort humain, tu ferais mieux de t'occuper de celui de Mamour. Elle s'étonne. Paraît que tu n'as pas mis les pieds au Bon Séjour depuis je ne sais quand. Tu boudes ou quoi ?

— Ça me ressemble ! Non, j'ai eu des mots avec la Schlague qui m'a carrément menacée de représailles contre maman si je continuais à fourrer mon nez dans ses affaires, alors bon…

— Mais c'est dingue ! Et c'est maintenant que tu me dis ça ! Enfin, je comprends pas, à quoi ça sert, SOS Agisme, sinon à…

— A permettre aux gens de vieillir dans la dignité. Moi, compris. Non, mais, tu me vois aller là-bas, tête basse et bouche en cœur : Bonjour, madame la directrice ! Ça va, madame la directrice ? Vous êtes contente de ma mère ? Elle vous donne satisfaction, j'espère. Faut la tenir, vous savez, faut la dresser, c'est diable à cet âge-là !

— Allô, maman ? Maman ?

— C'est toi, Kévin ? Tu as composé mon numéro tout seul comme un grand ?

— Oui. Mémé m'a montré.

— Ça va ? Tu es content ? Ton petit frère aussi ?

— Oui, mais elle le tape tout le temps.

— Quoi ! Elle tape Stéphane ? Non, mais, ça va pas !

— Non, Pétienne.

— Qui c'est, ça ?

— Son amoureux, à mémé.

— C'est comme ça que tu l'appelles ? Pépé Étienne ? Et pourquoi elle le tape, Tanbelle ?

— Mémé. Elle le tape quand il veut l'embrasser pareil qu'à la télé.

— Ça alors ? Passe-la-moi, mon chéri. Je te reprends après.

— Elle est pas là.

— Comment, elle vous laisse tout seuls ?

— Non, on est avec Ric-et-Rac.

— Alors passe-moi Mamour.

— Mamour, elle est dans l'ascenseur. Avec mémé. Elle est partie dans la grande maison. Et Ric-et-Rac, il reste avec moi. Non, pousse-toi... Maman, il veut prendre le téléphone, Stéphane...

— Laisse-le-lui deux minutes. Après on va se reparler longtemps... Allô, c'est toi, mon bébé ? Tu vas bien ?

— ...

— Tu es là, mon chéri ?

— Oui qui.

— C'est maman. Papa est à côté de moi. Tu veux lui parler ?

— Oui qui.

— Donne, Stéphane, donne à mémé. Merci, chéri... Allô, c'est moi. Tout va bien. Ils sont superbes, tes gamins. Et d'un sage ! T'as entendu comment il répond : Oui qui ! C'est trop trognon.

— Ça veut dire quoi, ça, je comprends pas ! Que tu le réprimandes ? Que tu lui dis « Oui qui » à vingt-deux mois ?

— Mais non, voyons, à trois ans et demi. A Kévin. Je veux qu'il me dise merci et qu'il m'appelle par mon nom. Pas Stéphane, bien sûr. Mais il répète ce qu'il entend. L'autre jour, tu sais ce qu'il m'a sorti : Oui, mon cien ! De ton côté ça va ?

— Oui, belle-maman, ça va mieux. On espère qu'elle pourra rentrer pour les fêtes. Enfin, c'est ce qu'ils voudraient à l'hôpital.

— Tu m'étonnes ! Déjà qu'ils manquent de personnel.

— Dis voir, qu'est-ce qu'il raconte Kévin ? Paraît que tu tapes Étienne et que tu as engagé Ric-et-Rac comme baby-sitter.

— Ce serait plutôt le contraire. C'est lui qui aurait besoin d'un doggy-sitter. On est en plein drame. Il a fini par renverser Mme Souris à force de lui faire la fête. Non, elle n'a rien. Mais ils n'en veulent plus au Bon Séjour.

— Ça, c'était à prévoir. On vous l'avait bien dit que ça ferait des histoires. C'est pas pour rien qu'ils n'acceptent pas les animaux dans les...

— Oui, bon, peut-être, mais en attendant, Mamour ne vit plus. Elle dépérit loin de lui. Christophe l'amène ici quand il a le temps pour qu'ils puissent se voir ne serait-ce qu'une heure. Là, il est revenu la chercher, ça n'allait pas fort.

— Un chien, deux gosses, tu vas jamais pouvoir y arriver. Tu sais ce qu'on pense faire, rentrer dans la nuit de Noël, après le réveillon. Ça ne se terminera pas tard. Mon beau-père sera crevé. Surtout si sa femme est rentrée. La voisine m'a promis de jeter un œil. Et on prendra la route pour être là au réveil des enfants.

— Tu t'ennuies d'eux, hein, ma chérie ! Et eux de toi, crois-moi. Allez, reviens-nous vite !

— Oui.

— Oui qui ?

— Oui Tan... Oui, maman ?

— Voi-là ! Ta maman qui t'aime et qui t'attend !

— J'ai peut-être quelqu'un pour lui.

A la table de Mamour, une table élargie, une table de six couverts où il était encore une fois question des amours contrariés du Petit, on se regarde éberlué. Mme Souris a parlé. Elle a prononcé cinq ou six mots de suite. Des mots mystérieux, lourds de sens. On la croyait retirée en elle-même, seule au monde et voilà que...

Non, c'est vrai, elle ne s'était encore jamais mêlée à la conversation. Même pas pour dire : Passez-moi le sel. Remarquez, ça, elle risquait pas, vu qu'il n'y en a nulle part. M. Vincent prétend que c'est ce qui le pousse à boire, cette nourriture fade, aseptisée. On la sentait contente d'être là. Elle souriait parfois. Oh, à peine ! C'était comme une caresse de douceur apaisée qui lui venait aux lèvres et aux yeux. Et même une lueur d'intérêt quand elle les regardait faire une partie de canasta entre hommes. Mamour adore ça. Mais c'est tellement plus amusant à deux que, pour ne pas gâcher leur plaisir, elle accepte rarement les invitations répétées de M. Paul : Venez jouer avec nous ! Vincent, content ou pas content, on s'en fout. P-de-B-de-M !

Mme Souris, on ne connaissait pas le son de sa voix. Et puis là... Là, pas après ce que vous venez de lire. Avant. S'agit d'un flash-back. Je vous le signale, des fois que vous vous perdiez en route. Là, Mme Lou se tourne vers elle, en vieille chatte gourmande, près de laper la nouvelle : Qui ? Quoi ? Comment ça ? Mme Souris, affolée, intimidée, pique un fard et se recroqueville sur sa chaise. Et Mamour :

— Vous nous direz ça tout à l'heure. Rien ne

presse. Mais c'est gentil d'avoir pensé à mon Petit. Je suis très touchée.

Et M. Paul, abrupt, embarrassé :

— Aucun rapport. Une question ? La canasta ? Vous feriez quatrième ?

Mme Souris hoche la tête, à demi morte de confusion.

— Elle a dit oui !

M. Vincent lève son verre :

— Je trinque à notre nouvelle partenaire. Quelle saloperie ! C'est pas du pinard, c'est de la pisse. N'empêche ! Vous me passez votre quart, madame Lou, et je vous donne ma crème-dessert.

Et Mme Mad :

— Ah ben ça, c'est un peu fort ! Vous l'offrez à l'Autre-là après me l'avoir promise en échange de mon camembert.

— Du fromage sans vin ? Quel intérêt ? Oh ! et puis allez, gardez, prenez tout, c'est trop mauvais. Moi, je me tire. Je vais battre les cartes en vous attendant.

Et c'est au moment où Mme Souris allait s'asseoir, pour la première fois, à la table de bridge que Ric-et-Rac, interdit de salle à manger, s'est jeté, tout frétillant, entre ses jambes. L'a fait trébucher. Et se raccrocher à l'épaule de Mamour qui serait tombée si M. Paul ne lui avait pas tendu, d'instinct, les bras en murmurant : Attention, mon amour...

Un peu surprise, un peu émue, Mamour baisse les yeux. Et puis les relève, sûre d'avoir mal entendu.

A peine remise d'aplomb, voilà qu'elle bascule dans la tragédie. Le soir même, la directrice, alertée par un pensionnaire témoin de la scène, lui signifie le renvoi de Ric-et-Rac. A l'indignation générale. Et à la honte de cette pauvre Mme Souris. Voilà Mamour bien récompensée de son adorable gentillesse ! Elle voudrait rentrer sous terre, tout ça c'est sa faute, mais n'ose pas. Ce serait déserter. Elle va s'engager, au contraire, de toutes ses faibles forces, dans la lutte clandestine, ça chuchote, ça complote, réunion de cellule, à 16 heures, chez Mme Mad, dans la résistance au Pouvoir.

Et Jacquotte, pendant ce temps-là, qu'est-ce qu'elle fabrique ? Elle est partie dans un nouveau trip : faire missionnaire en Afrique. Première escale : Barcelone où se tient le congrès annuel de la FIPA, la Fédération internationale des personnes âgées. Elle y est allée à l'économie : couchette deuxième classe, chambre trou à rat, donnant sur une descente d'égout dans un hôtel sans étoiles à 1 300 pesetas la nuit. Petit déjeuner, Nescafé, pain rassis, plaquette de beurre, compris.

Très assidue aux séances, elle s'est tapé des dizaines d'interventions traduites en quatre langues, tout en notant au passage quelques mots clés. La clé passe-partout du rôle des aînés, un rôle de simples figurants parqués dans les coulisses de la vie active : bénévolat, foyers ruraux, aide aux handicapés, peinture sur bois, solfège, jardinage, garde d'enfants, poterie, visite aux malades, danses folkloriques, yoga, gymnastique, pétanque, dominos, expositions de tableaux et cours d'art dramatique.

Bref, rien de nouveau sous le soleil de Bruxelles, Madrid, Copenhague, Athènes ou Montréal. En revanche, ça bouge sous celui de Conakry, au dire du délégué guinéen en boubou vert, babouches bouton d'or et bonnet brodé, qui fait trembler le micro devant le tableau apocalyptique de villes dévastées par le sida et de villages à l'abandon, où croupissent des vieux si délabrés qu'au moindre bobo ils vont rejoindre leurs ancêtres dans la mort. Une mort sans influence depuis que les missionnaires, les colons, et là, maintenant, les politiciens ont cassé le mythe des masques ou des têtes coupées dissimulées dans les forêts sacrées.

Stupeur de Jacquotte ! Elle se penche vers son voisin, un Noir en complet-veston, celui-là :

— Qu'est-ce qu'il raconte ? Enfin, c'est pas possible ! Le conseil des Anciens, il n'a que ça à la bouche, ce Togolais-là, comment il s'appelle déjà... Kofi Miamiam. Il fait maire dans le Finistère. Même qu'il a été secrétaire d'État à je ne sais plus quoi.

Et l'autre, en rigolant :

— Qu'est-ce que vous attendez pour venir prêcher l'exemple de la France, pays modèle, pays démocratique, pays moderne, en Afrique. Ça nous incitera sûrement à revenir à nos anciennes coutumes.

— Vous croyez ? C'est pas bête ! Vous venez d'où, vous ?

— De Kinshasa.

— C'est grand comme pays ? C'est important ?

— Toi, pas connaître Kinshasa ? Kinshasa, pas pays. Kinshasa, ville. Capitale Zaïre. Zaïre, pays grand comme Europe occidentale. 2000 kilomètres de long.

— Oh ! pardon... Et c'est quoi, votre prénom ? Nsanso... quoi ? Ça s'écrit comment ?

— Ça s'écrit Antoine.

— Et c'est là que vous habitez, à Kinshatruc ?

— Non, j'habite un village sorti du néolithique. Sans eau, sans électricité, sans routes, sans dispensaire, sans magasins.

— Quel style d'architecture ?

— Classique. Mûrs en pisé. Toits de paille. On reste là entre vieux. Et quelques enfants, nos petits-enfants que nous confient les parents partis travailler en ville. Je les emmène en forêt et j'essaie de leur transmettre ce que, moi-même, j'ai appris sur la vertu médicinale de certaines plantes... Faudrait que les vieux en fassent autant ailleurs... Enfin, vieux, façon de parler. Notre espérance de vie, c'est cinquante ans.

— Et question retraite, où vous en êtes ?

— On n'en est pas encore là, grâce au ciel. On a le sens de la famille. Et le culte des ancêtres se perpétue malgré tout. Nos chefs traditionnels, ils sont un peu sorciers sur les bords, c'est ça l'animisme, les politiciens les respectent. Ils vont même les consulter en cachette. Dans les villages, on leur demande encore quel lopin cultiver. A la houe. Le vieux va dormir sur la question, vous donner sa réponse le lendemain matin et la bénir en crachant un jet de salive fraîche sur le signe qu'il aura dessiné à la craie, au dos de votre main.

Et Jacquotte :

— Mais c'est génial ! Ça m'étonnerait qu'ils le fassent, ça, nos pépés en Bretagne. Faut absolument que je le signale à Kofi Miamiam. Ça peut lui donner des idées.

En son absence, Jacquotte a confié la permanence de SOS Agisme à René : Tu ne bouges ni pied ni patte, tu restes à côté du téléphone des fois que quelqu'un appellerait, sait-on jamais. Monique, elle, a été priée d'aller ouvrir un coin-conversation au bar-tabac du coin :

— Le patron, c'est son copain, à René. Il a promis de ne pas vous jeter, toi et ta pancarte.

C'est une pancarte où on peut lire des inscriptions du genre : « Si on se parlait ». Une pancarte baladée avec succès à Bruxelles par une dame d'un certain âge, histoire de briser ces milliers de solitudes qui se côtoient sans se mélanger, de casser le code du savoir-vivre interdisant d'adresser la parole à quelqu'un à qui on n'a pas été présenté. On peut lui demander l'heure, si, à la rigueur. Ou son chemin. En s'excusant de le déranger : Pardon, monsieur, pour aller au Châtelet ? Mais de là à prendre langue au lieu de touiller sa solitude avec son morceau de sucre dans un café, ou de se sentir isolé sur un banc pourtant occupé...

Monique s'est fait un peu tirer l'oreille. Elle n'a pas la tête à ça. Le vieux monsieur qui occupait un petit pavillon à L'Haÿ-les-Roses, acheté en viager par sa mère, vient de mourir. Elle peut enfin en disposer et elle n'arrive pas à se décider. Faut-il le vendre, le louer ou l'habiter ? L'habiter, pas commode, c'est quand même un peu loin de Paris...

— Dommage, une fois retapé, ce serait pourtant très joli. Qu'est-ce que tu en penses, Jacquotte ?

— Oui, bon, ben, René nous y conduira quand j'aurai le temps d'y aller et je te dirai ce qu'il faut faire. En attendant, tu fais ce que je te dis et tu vas t'installer trois jours de suite au Saint-Régis. Il faut donner une seconde chance aux timides, aux hésitants, à ceux qui, après avoir vu ta pancarte, seront rentrés dans leur trou en se disant : C'est trop bête, j'aurais dû m'approcher. Qu'est-ce que j'avais à perdre ?

Livré à lui-même, René n'a rien eu de plus pressé que de dégringoler au bistro pour répondre à l'invitation d'une Monique, recroquevillée, horriblement gênée, sur sa banquette en se cachant derrière sa pancarte. Il s'approche. S'assied en face d'elle :

— Bonjour, madame, je suis ravi de cette occasion de bavarder. Je me sens très seul. Je n'ai personne à qui me confier. Personne avec qui échanger ne serait-ce qu'un bonjour ! Vous habitez le quartier ? Sans aucune arrière-pensée, hein, attention. Non, simplement pour le plaisir de causer. Bon, c'est pas tout ça, si vous mettiez cette foutue pancarte sous la table, des fois qu'elle donnerait des idées à un raseur. Qu'est-ce que vous buvez ? Un thé au lait ? C'est d'une tristesse. Vous ne préféreriez pas un petit sauvignon ? Il est très bon. Patron, deux coups de blanc.

— C'est pas sérieux, René... On devrait pas !

— Allons donc ! Si vous me parliez de votre pavillon... On y va comment ? Non, je vous demande ça parce qu'il fait plutôt beau, que ma voiture est rangée à deux pas et qu'on pourrait peut-être y faire un saut. Je suis très curieux de voir comment c'est.

C'est formidable ! Une maison basse recouverte d'un lierre très clair, un vieux toit de tuiles mordorées, un jardin de curé foisonnant, envahi de plantes, de ronces, de roses sauvages, une tonnelle, une table de jardin en fer toute rouillée et ses quatre chaises aux pieds contournés. Des volets qui grincent quand on les pousse. Du papier peint qui s'effiloche aux murs, un escalier intérieur ravissant... Ils sont heureux comme deux gosses qui ont trouvé la clé d'une maison abandonnée sous un pot de fleurs, devant la porte d'entrée verrouillée.

Ils se promènent de pièce en pièce :

— Il suffirait d'abattre cette cloison et vous auriez un... Attendez que je vérifie. Non, c'est pas un mur portant. Voyez un peu ce que ça donnerait ? Superbe, non ? Cette cheminée, quelle merveille ! Vous pourriez y faire de ces flambées ! Et la cuisine, vous ne croyez pas que ce serait une bonne idée de l'ouvrir sur le living. A l'américaine.

Monique dit oui à tout, ravie, des étoiles plein les yeux. Et se penchant à la fenêtre de la chambre à coucher au premier, le regard perdu dans la pénombre, il va bientôt faire nuit, le regard brusquement éteint :

— Allez, René, on ferme et on s'en va. Faut pas rêver. C'est beaucoup trop grand, beaucoup trop lourd, beaucoup trop loin pour une femme seule... Je vais être obligée de vendre.

— Ça, c'est pas le moment. Avec la crise de l'immobilier, vous n'en tireriez pas grand-chose. Ce serait vraiment dommage, avouez. Non, ce qu'il faut faire, c'est le retaper, je vous aiderai, et vous verrez ensuite de quoi ça a l'air et ce que vous voulez en faire.

— Ça va coûter une fortune.

— Ne vous inquiétez pas, j'en fais mon affaire. J'adore bricoler, ça va m'occuper et...

— Vous êtes déjà assez occupé comme ça à photocopier des tracts et à... Jamais Jacquotte n'acceptera de vous laisser jouer les castors pour...

— Pour restaurer et lancer, avec SOS Agisme, sous la présidence de Mme Dumourier, une maison de retraite modèle. Un modèle complètement révolutionnaire qu'on viendra voir du monde entier : la maison de retraite individuelle !

Rentrée de Barcelone et revenue de ses illusions sur l'évangélisation des bons vieux sauvages de la brousse africaine, Jacquotte va trouver dans son courrier de quoi fouetter ses ambitions : Monique ! René ! Il y a du nouveau. Écoutez ça !

C'est une dame, une très vieille dame, une demoiselle, pardon, une ancienne suffragette. Elle n'y voit plus. Elle a dicté cette lettre à sa secrétaire. Bouffée par l'arthrite, sans amis, sans parents, très isolée, là, maintenant, voilà des années qu'elle n'est pas sortie de son hôtel particulier, villa Montpensier, à Neuilly. Sa seule distraction, son seul plaisir, son seul lien avec le monde, c'est la radio.

Elle a écouté l'émission sur la sexualité après soixante ans. Très choquée par l'attitude désinvolte, méprisante du jeune animateur qui a osé comparer les plus de soixante ans à des extra-terrestres, elle a été conquise, en revanche, par la prestation de Jacquotte. Elle aimerait la rencontrer pour lui soumettre un projet qui lui tient à cœur. Et c'est signé : Michèle de Saint-Presle.

Rendez-vous pris, Jacquotte sera introduite par un majordome en livrée, Madame la Marquise vous attend, dans une immense bibliothèque, où se tasse, recroquevillée au fond d'un fauteuil roulant, devant un grand feu de cheminée, une petite guenon, aux yeux enfiévrés, au teint cireux, emmitouflée sous trois épaisseurs de châles :

— Approchez, approchez, madame Dumourier. N'ayez pas peur. Tenez, asseyez-vous là, à mes pieds, que je vous regarde avec mes doigts...

Des doigts déformés, crochus qu'elle promène avec une infinie douceur sur le visage offert de Jacquotte :

— C'est bien ce qui m'avait semblé. Vous êtes naturelle, pas maquillée... Vous avez choisi de vieillir en homme sans chercher à engager un combat perdu d'avance contre l'âge. Vous êtes impulsive, ambitieuse, autoritaire, généreuse, un peu brouillonne, va falloir me corriger ça, dure, très dure envers vous-même et envers les autres... Bon, ça ira. Vous avez et les qualités et les défauts requis pour prendre la tête de mon RPA.

— Votre quoi ?

— Mon Rassemblement des personnes âgées. Nous allons fonder le plus grand parti de France et bientôt de la Communauté. Je mets à votre disposition mon duplex de l'avenue de Breteuil. J'ai une énorme fortune. Personne à qui la laisser. Je ne vous la donne pas, je vous en confie les dividendes. Sous l'étroite surveillance de mes hommes d'affaires. Ils sauront vous conseiller. Sur le plan politique, je vous indiquerai la marche à suivre d'ici aux prochaines élections. Il va falloir aller déclarer le RPA à la Préfecture. Trouver des militants. Inciter des candidats à se présenter. De ce côté-là, pas de problème. Il n'y a qu'à puiser dans ce formidable réservoir d'énergie et de savoir que représentent les millions de retraités. Envisager une alliance avec les Verts...

— Si vous avez déjà pensé à tout...

— Je ne pense qu'à ça, nuit et jour, depuis des mois.

— Alors, pourquoi vous être adressée à moi ? Pourquoi ne pas le diriger vous-même, ce...

— Voyons, mon enfant, comment voulez-vous qu'une vieille infirme aveugle puisse diriger, autrement que dans l'ombre, un mouvement de cette importance, de ce rayonnement. A condition de réussir, et c'est là que je vous attends, à braquer les projecteurs de l'actualité sur le RPA, en organisant pour son lancement un énorme coup médiatique.

— Là, j'ai peut-être une idée... Écoutez voir...

La Résistance s'organise au Bon Séjour, Mme Mad a pris la tête d'un réseau clandestin qui monte, sous couvert de parties de canasta, des opérations destinées à déstabiliser cette gestapiste de Mme Lassalle, surnommée la Schlague, et à lui arracher un permis de séjour longue durée pour Ric-et-Rac.

— C'est à moi de battre... Monsieur Paul, vous avez encore oublié de laisser déborder la baignoire, hier soir ! Coupez, madame Souris...

— Désolé. Jamais pris un bain de ma vie. Douches glacées.

— Et alors ? Elle est à main, la douche. Rien de plus commode pour arroser par terre. A vous d'entrer, monsieur Vincent. Et félicitations pour ce mégot écrasé sur la moquette du coin télé... Elle a vu rouge, la Schlague. Tiens, j'en ai un, moi, un 3 rouge, je me ressers au talon... Bon, cette nuit, Toi-là, faut pas me les rater, tes coliques. Je veux que tu te tordes de douleur en hurlant à l'empoisonnement.

— Tu sais très bien que ça ne prend pas. Ils m'accusent d'avoir trop mangé et basta !

— Eh ben, trouve autre chose, sinon je te colle une grève de la faim ! T'as une crampe... T'as vu un fantôme... Pas bête, ça... Essaie ! Enfin, monsieur Paul, vous n'allez quand même pas bloquer un paquet de dix cartes avec un atout ! Où vous avez la tête ?

Ailleurs. M. Paul guette l'arrivée de Mamour que Tanbelle, profitant d'une de ses trop rares visites à Ric-et-Rac, a chargée de garder les enfants pendant qu'elle va faire sa couleur chez Yvette : Je me fais des cheveux blancs, moi, avec toutes ces histoires. Tu te dépêches, ma poule ? Non, pas une mise en plis, un brushing, ça ira plus vite... J'ai mes gosses à m'occuper.

Quand elle est rentrée, Christophe était déjà là, impatient, mal garé : Allez, Mamour, mets ton manteau, dis au revoir à Ric-et-Rac et... Mais, oui, elle va te faire un bisou à toi aussi, Stéphane, pleure pas !... Grouille... ! C'est le jour du bouclage. Faut que je te ramène en vitesse.

Et dans la voiture :

— Alors, chérie, où tu en es de tes amours ?

— Quelles amours ? Qu'est-ce que tu racontes ? Parle-moi plutôt des tiennes. Toujours brouillé avec Zaza ?

— Oui et non. Réconciliés sur le plan boulot, bien obligés, vu que c'est ma maquette qui a été... Mais question dodo, fini, terminé. Je te l'ai pas dit parce que j'avais peur que ça ne se fasse pas, je suis sur la piste d'un studio immense, genre loft, avec deux entrées séparées qu'on pourrait se partager vous et moi.

— Qui ça, nous ?

— Moi, j'en étais encore à toi et Ric-et-Rac. Pourquoi, il y a du nouveau du côté de ton amoureux ? Ça y est, là ? Il s'est déclaré ?

— Je ne vois pas de qui tu veux parler ?

— Alors là, Mamour, va falloir que je donne Ric-et-Rac à dresser pour qu'il fasse chien d'aveugle. Enfin, voyons, il est fou de toi, M. Paul ! T'es bien la seule à ne pas t'en être aperçue.

— Jamais de la vie ! S'il avait un penchant pour quelqu'un, ce serait pour Mme Souris. Moi, il ne m'a jamais... C'est un ami. Les autres aussi. Ils ne savent pas quoi inventer pour me montrer leur sympathie... Pour essayer d'obliger cette chienne à reprendre mon chien.

— Ça, c'est pas demain la veille, ma pauvre chérie. J'ai l'impression que maman l'a hérissée au point de non-retour. Tu trouves pas qu'elles se ressemblent un peu, ces deux-là ? Aussi dominatrices, aussi systématiques, aussi butées l'une que l'autre.

— Encore assez, oui. Sauf sur l'essentiel. L'une

est pleine de bonnes intentions. L'autre pleine de mauvaises résolutions.

— C'est bien ce que je disais ! Elle ne cédera pas. La seule solution, c'est que vous veniez vous installer chez moi.

— Merci, Petit, tu es vraiment gentil. Mais non, merci ! D'abord, je ne donne pas six mois avant que tu refasses ta vie et nous serions de trop. Ensuite...

— Toi, tu pourrais très bien la refaire aussi. Et là, c'est moi qui serais de trop !

— Ne dis pas de bêtises, Petit... Oh ! la la ! Tu as vu l'heure qu'il est ? Ça n'avance pas. Je suis sûre qu'il y a eu un accident et que les voitures ralentissent pour voir couler le sang. Essaie donc de passer sur la file de gauche. Mme Mad tient un conseil de guerre autour du tapis vert. Faut absolument que j'y sois, sinon elle va croire que je me suis fait coffrer, que j'ai parlé sous la torture et que j'ai donné le réseau à la gestapo.

Amoureux d'elle, M. Paul ? Allons donc ! Encore que... Et si le Petit avait raison ? Et si cette excitation qu'elle éprouve depuis quelque temps, ce manque d'appétit, cette difficulté à trouver le sommeil, ces moments d'abattement aussi, qui ne tiennent pas tous, soyons francs, à l'absence de Ric-et-Rac... Et si cette émotion, quand elle l'aperçoit au détour d'un couloir ou qu'elle sent son regard posé sur elle, à la dérobée, venait justement de ce que lui... De toute façon, à soixante-dix-sept ans, il est bien trop jeune pour elle... Si c'était l'inverse, ça n'aurait aucune importance, mais là, c'est gênant quand même...

Allons, Mamour, ne dis pas de bêtises ! Il était plus âgé que toi, ton mari. Il avait trente-cinq ans et toi dix-huit, le jour de vos fiançailles. C'était parfait. Un homme mûr et une toute jeune fille. Seulement voilà, le temps a passé et tu t'es retrouvée, au mieux de ta forme, avec un vieux monsieur malade, souffreteux, destiné à partir bien avant toi. Ce qu'il a fait. Quel intérêt ?

Bon, alors, qu'est-ce que tu vas mettre pour le déjeuner de Noël ? Noël, on le fête le 20 décembre au Bon Séjour, vu que le personnel est en congé pendant les fêtes et que les pensionnaires, du moins on l'espère, seront éparpillés dans leurs familles. Elle ouvre son armoire et jette un œil soupçonneux, inquiet, sur la glace en pied accrochée à l'intérieur de la porte : Mon Dieu, mais tu as cent ans, là, aujourd'hui, ma pauvre chérie ! Une petite mamie toute voûtée, toute ridée... Comment peux-tu imaginer un seul instant que M. Paul... Tu es complètement folle !

Oui, ben, c'est pas tout ça... Qu'est-ce que tu vas bien pouvoir... Elle a enfilé une petite robe-manteau sur une blouse à jabot de dentelle... S'est redressée. Et, plantée devant son reflet dans le miroir, s'est retrouvée habillée de charme, de joliesse. Voyons voir... Pas trop vilaine !

Adorable, oui ! Non, c'est vrai, elle est exquise, là, maintenant, si menue, si mignonne, avec ses joues roses, ses yeux bleus, sa couronne de cheveux blancs et ses jambes fines, gainées de voile gris perle que prolongent des escarpins assortis. A talons ? Et comment ! Pas aussi hauts que ceux de Tanbelle, non, ça lui donnerait mauvais genre, mais presque.

Coquette, Mamour ? Encore assez, oui. Trop courtoise pour imposer aux autres l'image du laisser-aller et de l'à quoi bon. Trop lucide pour ne pas savoir que l'être et le paraître s'épaulent et s'emboîtent tout au long de la vie. Pas mécontente non plus d'avoir pu conserver si longtemps des seins à peine alourdis et un petit nez de chat. Ça se déforme, ça s'épaissit d'habitude avec l'âge. Pas les siens. A quatre-vingts ans passés, c'est pas mal, hein, ma vieille !

Elle se sourit, se gronde du regard : Allez, dépêche-toi, tu vas être en retard et tu risques de perdre ta place à table. Elles ne sont pas réservées dans les grandes occasions. Chacun est libre de s'asseoir où il veut. Et si elle allait se retrouver dans le morne troupeau ruminant des sourds-muets d'où elle a eu tant de mal à arracher une Mme Souris toujours aussi discrète, aussi effacée ! Une Mme Souris qui lui fait un signe timide de la main en la voyant arriver :

— Par ici, madame Mamour ! J'ai eu du mal à vous garder des places, à vous, à Mme Mad et à Mme Lou, elle était furieuse après moi, la directrice... Paraît qu'on a pas le droit.

— Et M. Paul et M. Vincent ? Où ils sont ?

— Elle les a pris à sa table, en disant qu'elle manquait d'hommes. Ah ! tiens, voilà Mad-et-Lou ! Asseyez-vous avant qu'on ne vous prenne...

— Merci, madame Souris ! Eh ben, madame Mamour, vous n'avez pas l'air dans votre assiette ! Il y a quelque chose qui ne va pas ?

— Ce que tu peux manquer de tact, Toi-là ! Se retrouver seule avec nous, un jour comme aujourd'hui, ça vous fait triste, hein, ma pauvre amie ? Remarquez, il n'est pas loin. Vous n'allez pas tarder à le retrouver.

— Qui, il ? Enfin, de quoi parlez-vous, je ne comprends pas, madame Lou ?

— Ben, mais, de Ric-et-Rac ! De qui d'autre ?

On dirait qu'on l'a mis au coin, cet arbre de Noël tout gringalet, tout clairsemé, avec ses pauvres guirlandes électriques, clignotant sous les tubes au néon qui donnent à la salle des allures d'aquarium. Englouti par l'épais silence des sans-voix, ce repas de fête est d'une tristesse à pleurer. Mamour pinoche d'une fourchette distraite sa maigre tranche de foie gras de canard. Sans même s'apercevoir qu'à sa table non plus personne ne parle.

Mad-et-Lou se font la gueule. Mme Souris s'est empressée de rentrer en elle-même. Au moins là, elle est sûre de ne pas déranger. Et, fidèle à son rôle de garde-chiourme, Mme Mademoiselle, que le hasard a placée à côté d'elles, les surveille d'un regard méprisant. Un regard qui croise celui de Mamour avant de se poser, l'entraînant à sa suite, sur M. Paul, assis, raide, emprunté, à la table d'honneur. Qui lève les yeux et les plonge dans ceux de Mamour. Qui les détourne en rougissant et les baisse pour ne plus les relever pendant tout le dîner.

A peine terminé, elle va remonter dans sa chambre en prétextant une migraine. Et, s'appuyant contre la porte refermée, va supplier les larmes aux yeux, en voyant ces deux fauteuils vides, face à face, montant la garde autour d'une couette inutile : Seigneur, mon Dieu... ne m'abandonnez pas, ne me laissez pas toute seule ici... Faites quelque chose, je vous en prie. Et le Seigneur lui a répondu. Oui, ça arrive. Si, si, je vous jure ! Elle a entendu frapper dans son dos. Elle s'est retournée, stupéfaite, elle a ouvert. Et s'est retrouvée devant un M. Paul qu'elle ne connaissait pas. En veston d'intérieur écossais. Planté là, comme un piquet, un petit paquet à la main. Confus, intimidé, il a grommelé :

— Cadeau de Noël... Souvenir de ma mère... Pas pu vous le donner en bas... Hésitais à vous déranger... Mad-et-Lou m'ont dit : Fatiguée... Migraine... Comment vous sentez-vous, mon...

— Bien, très bien... Là, maintenant, ça va... Ce que c'est gentil... Si vous saviez le plaisir que... Mais, entrez, entrez donc... Asseyez-vous, là, tenez ! C'était son fauteuil, à Ric-et-Rac... Est-ce que vous voulez un verre de...

— Ouvrez d'abord... Peut ne pas vous plaire...

Posée sur un morceau de coton dans une boîte à cachets bleue, étiquetée de blanc comme en délivrent les pharmaciens, une petite croix très fine, en or sertie de petits, tout petits rubis. Une merveille...

— Ce que c'est joli ! Mais je ne peux pas accepter...

— Vous m'obligeriez. Ma mère l'a portée jusqu'à son dernier... C'est moi qui la lui ai enlevée... Ma femme n'était déjà plus là... Et personne depuis...

— Monsieur Paul... Paul... Je ne sais pas quoi vous dire... Je...

— Rien... Ne dites rien... C'est à moi de... Mais, moi, je... Donnez-moi seulement la main... Je vous demande votre...

Elle la lui a tendue, sans un mot. Il l'a prise entre ses longues pattes raides, maladroites. Il l'a portée à ses lèvres et il a déposé des petits baisers tout le long d'une grosse veine bleue encordant le poignet à l'index :

— Ma grand-mère avait la même. Et petit garçon, j'aimais suivre du doigt ce fleuve et ses affluents. Je lui demandais : C'est quoi, ça, mémé ? Et elle me répondait : Tourne mon poignet. Appuie là, sur le côté. Tu sens ? C'est mon cœur qui bat pour toi... Pourquoi il bat si vite et si fort, dis ? Parce qu'il est pressé de t'aimer. Pressé par le temps. Moi, le mien fait pareil. Il court au-devant de vous. Il se dépêche et il se languit tout ensemble. Bizarre, non ? Ça ne m'était encore jamais arrivé.

Elle est tellement émue par ce qu'il a dit, par le fait qu'il l'ait dit, lui qui est incapable de faire des phrases de plus de trois mots, qu'elle n'a pas entendu la porte s'ouvrir. Elle sursaute, confuse, et cache sa main derrière son dos, comme une gamine surprise le doigt dans un pot de confiture :

— Oui, madame la directrice ?

— J'ai frappé, mais comme personne ne répondait... Monsieur Paul, vous avez oublié vos lunettes à notre table. Je vous les ai rapportées et, ne vous trouvant ni en bas ni chez vous, j'ai fait le couloir pour...

— Écouter aux portes ? Œil sur la serrure aussi peut-être ?

— Je vous en prie, monsieur Paul, épargnez-moi vos sarcasmes. vous connaissez le règlement : passé 20 heures, et il est presque la demie, les visites sont interdites... Surtout s'agissant de personnes de sexes opposés...

— Comment osez-vous... ! Indécent !

— Je ne vous le fais pas dire ! Vous n'avez pas honte à votre âge ? Allons, monsieur Paul, faites-moi le plaisir de regagner votre chambre... Et que ça ne se reproduise plus, sinon...

— Sinon quoi ? Mauvaise note ? Zéro pointé ? Conseil de discipline ?

— Premier avertissement. Gare à vous, si je préviens vos enfants, madame Mamour ! Croyez-en mon expérience, ils sont très stricts sur ce chapitre, les enfants !

— Tiens, bonne idée ! Vous devriez convoquer ma fille aînée. Vous savez, celle qui est présidente du RPA, le Rassemblement des personnes âgées. Elle n'attend que ça : l'occasion d'engager un combat, de partir en guerre.

— Contre vous ou contre moi ?

— On verra bien. Ravi d'avoir sonné le tocsin ! Et maintenant, rompez, adjudant Lassalle ! Sortez ou je fais un scandale. Un vrai !

C'est la nuit de Noël. Celle du 24. Quand Martine et son mari sont arrivés, tout le monde était déjà reparti. Sauf Étienne. Il avait insisté pour tenir compagnie à Tanbelle qui ne voulait pas aller se coucher sans les avoir embrassés.

— On vous a gardé un peu de saumon... Tenez, goûtez-moi ça, c'est un beurre, pendant que je mets les restes de l'oie à chauffer. Rallume donc les bougies, tu veux, chérie ? Champagne ou vodka ? On va se refaire un chouette petit réveillon tous les quatre. Parce que ces fêtes de famille, je vous jure...

— Ah bon ! Qu'est-ce qui s'est passé ?

Il s'est passé que Zaza a fait sa directrice et Jacquotte sa présidente. Mon journal... Mon parti... Mon chauffeur... Mon secrétariat. Qu'au lieu d'acheter des cadeaux, des femmes de cette importance, vous n'y pensez pas, elles ont distribué des enveloppes. Même aux enfants. Que Jacquotte et Étienne ont parlé politique, et quand je dis parlé... hurlé ! Que cette pauvre Monique, invitée par raccroc, n'a rien reçu de personne... Ah ! si, quand même, une petite breloque, un cœur, je crois, va savoir qui le lui a donné... Tu te rappelles, toi, Étienne ? Bon, peu importe. Que Ric-et-Rac était d'une humeur de chien et qu'il a ostensiblement boudé Mamour pendant toute la soirée. Qu'elle avait l'air toute tristoune, toute distraite. Et qu'elle a demandé au Petit de la raccompagner très tôt. On était encore à table. Que Monique en a profité pour prendre la fuite en se faisant déposer à une station de taxis. Que Christophe n'a même pas daigné revenir. Que René n'a rien eu de plus pressé que de se péter la gueule, de se faire disputer par sa femme et d'aller cuver sa cuite dans les manteaux empilés sur le lit de Tanbelle.

— Enfin, vous voyez, ça n'était pas la joie. Sauf pour vos gamins. Eux ont pris un plaisir fou à ouvrir des paquets qui n'ont fait plaisir à personne. Tiens, on sonne. Qui ça peut bien être ?

C'est Christophe. Il est repassé sous leurs fenêtres et, voyant la lumière allumée, il est monté. Sur ses grands chevaux.

— Salut Martine, salut Jacques ! Je suis bien content de vous trouver là. Maman est déjà repartie ? C'est embêtant ! J'ai un truc inouï à vous annoncer. Un truc à tomber par terre. Vous savez pourquoi Ric-et-Rac fait la tête ? Parce qu'il est cocu. Je m'en doutais, remarquez, mais là, j'ai longuement confessé Mamour et elle m'a tout avoué. Elle en aime un autre.

— Un autre chien ?

— Non, un autre homme.

— Maman aime un homme ! Enfin, c'est pas pensable !

— Pourquoi, tu croyais qu'elle était pour les femmes ?

— Je t'en prie, Christophe, un peu de respect pour ta grand-mère.

— Je t'en prie, Tanbelle, non seulement je la respecte, mais je l'adore et je suis ravi pour elle. Il est très bien, M. Paul, c'est pas le problème...

— M. Paul ! Qu'est-ce que tu racontes ? Je ne peux pas le croire. Toi non plus, hein, Étienne ?

— Mais si, bien sûr ! Pourquoi est-ce que ce serait parfaitement normal pour nous et pas pour eux ?

— Mais, parce que... Parce que ! Tiens, tu vas voir un peu la réaction de Jacquotte quand elle va savoir ça. Si je l'appelais ? Elle n'est sûrement pas encore couchée... Allô, c'est moi ! Assieds-toi... Assieds-toi, je te dis, sinon tu vas tomber par terre. Bon, alors, écoute : Mamour a un petit ami... Moi non plus, je n'ai pas voulu le... Arrière-grand-mère, oui... ! Mais si ! Mais si, je t'assure... M. Paul ! Tu sais, le lieutenant-colonel à la... Eh bien, elle l'a dit à Christophe qui vient de nous le... Oui, il est là. Bon, ben, dépêche-toi, alors... On t'attend... Elle est hors d'elle... Elle dit qu'il faut qu'on tienne un conseil de famille.

— Alors là, maman, je vous comprends pas toi et tata Jacquotte. Vous devriez être contentes à l'idée que...

— Comment, tu ne comprends pas ! Enfin, Tartine, c'est de notre mère qu'il s'agit !

— Et alors ? Moi, j'ai beau être ta fille, je ne suis pas choquée à l'idée que tu puisses refaire ta vie...

— D'abord, ça n'a pas toujours été le cas. Ensuite, moi, je n'ai encore que... Et Étienne, même s'il va sur ses 68 ans, il est beaucoup plus jeune que ce pauvre vieux !

— D'abord, il a cinq ans de moins que Mamour, M. Paul. Et ensuite, sans vouloir vous vexer, Étienne, question fortune, forme et santé, je ne sais pas lequel des deux est le plus...

— Vous ne me vexez pas, Martine, au contraire, tant mieux ! Faudrait pas que Mamour se retrouve veuve à peine mariée.

Et Jacquotte qui débarque :

— Ah ! parce qu'ils en sont déjà à parler mariage ?

Et Christophe qui assiste, éberlué, à ce déchaînement de passions hypocrites et pudibondes :

— Mariage ou pas, pour le moment, la question

n'est pas là. Elle est dans le fait que la Schlague les a surpris...

— Au lit ? Quelle horreur !

— Non, mais, je rêve ! C'est toi, maman, la grande prêtresse du sexe après 60 ans, la pasionaria des Personnes âgées rassemblées derrière ton étendard, qui trouverais ça dégoûtant !

— Pourquoi ce conditionnel ? Ça n'était pas le cas ?

— Non, rassure-toi, Tanbelle, je comprends qu'une femme aussi vertueuse que toi soit offusquée, mais ils n'étaient pas couchés. Elle était debout. Lui à ses pieds. Le soir de leur réveillon. Ils ont dîné à 18 heures. A 20 heures, ils étaient tous retournés dans leur cellule. Vingt minutes après, M. Paul est allé frapper à celle de Mamour. Et la Schlague l'a viré avant qu'il ait eu le temps de lui faire sa demande.

Et Jacques, le mari de Martine, qui se lève, indigné :

— Enfin, c'est intolérable ! C'est une maison de retraite ou une maison de redressement, le Bon Séjour ? Non, mais, pour qui elle se prend, cette petite pimbêche de Lassalle ? Je ne serais pas étonné, étant donné ce que me dit Martine sur la qualité de la bouffe, tout ça, qu'elle s'en mette plein les poches. C'est courant. Je vais demander à ce qu'on aille mettre le nez dans ses comptes, moi. Je connais quelqu'un au conseil d'administration et si on découvre quoi que ce soit...

— Vous ne découvrirez rien du tout, mon petit Jacques. C'est à moi, pas à vous, à moi le président du RPA, de régler cette affaire-là. Elle concerne quelqu'un qui me touche de près, de trop près peut-être, d'où ma première réaction. Idiote, d'accord, Christophe. Mais rassure-toi, je sais comment la prendre, la Schlague. Attends un peu que j'intervienne !

— Ah ! non, maman, pitié ! Pas ça, pas toi, pas elle ! Chaque fois que tu t'en es mêlée...

— Avant, oui, je ne te dis pas... Mais maintenant, c'est différent. Il pèse lourd, mon Rassemblement. Très lourd. Et telle que je la connais, elle doit être bien embêtée...

Exact. Très embêtée. Comme disent les Anglais, elle s'est enfermée dans l'angle le plus reculé d'un plancher encaustiqué de frais, cette pauvre Mme Lassalle. Comment s'en sortir ? Elle ne peut pas fermer les yeux sur une entorse au règlement qui, en l'occurrence, serait lourde de conséquences. Pour ce que ça lui a réussi avec Ric-et-Rac ! Et elle ne veut pas se fermer la porte du RPA où elle croit, où elle sait avoir un rôle à jouer. Un grand premier rôle. Après tout, les personnes âgées, elle connaît. Mieux que cette folingue de Jacquotte. Elle, c'est pas sa marotte. C'est son métier.

Alors, que faire ? Le gros dos ? Attendre que le vent de fronde tourne à la tempête et laisser passer l'orage ? Ou prendre les devants, appeler Jacquotte et...

— Allô, madame Dumourier ? Mme Lassalle à l'appareil. Votre secrétariat m'a téléphoné, il y a quelques jours, à propos de la manifestation que vous organisez, ça me paraît d'ailleurs une excellente idée, vraiment formidable... Oui, une certaine Mlle Fournier m'a demandé ce que ça représentait, les couches, dans mon budget. Je n'avais pas le chiffre en tête. J'ai dit que je rappellerai. Ça fait dix-huit millions, pardon, 180 000 F par an... Énorme, oui ! J'étais sûre que ça vous intéresserait. D'ailleurs je serais ravie, mes aides-soignantes aussi, de participer à... Oui... Ah ! ça, non... Enfin, je ne sais pas ce que votre maman vous a... Je comprends qu'elle ait pu avoir cette impression, mais mettez-vous à ma place... Non, écoutez-moi... Je suis d'accord, mille fois d'accord... Oui, ce sont des règles absurdes, horriblement vieux jeu, contraires aux droits de... Absolument... Mais... Mais, chère amie, pardon, cher président, moi, j'ai beau être contre, je suis bien obligée de les appliquer... Dépoussiérer, moderniser, repenser tout ça, je ne demanderais pas mieux... D'ailleurs, j'ai plein d'idées... Je vous les donnerais même volontiers... Vous pourriez les inscrire à votre programme si elles vous paraissaient suffisamment neuves et... Eh bien, mais quand vous voudrez... Très bien... Merci infiniment... A jeudi !

Déjà qu'elle était très embêtée, là, elle est bien emmerdée, ma Schlague : Où est-ce que j'ai bien pu le fourrer, cet article délirant sur une maison de retraite nouvelle vague qui vient de s'ouvrir en... Où c'était déjà... Dans un pays scandinave... Je sais plus lequel. Ni en quoi ça consistait... Enfin, où est-ce qu'il a bien pu passer, ce papier, putain de bordel de... Oh ! la la ! Il me déteint dessus, ma parole, cet enquiquineur de M. Paul ! Je l'avais pourtant découpé... Tiens, le voilà !

Au RPA, il n'y en a plus que pour Monique. Elle se révèle, elle l'a toujours été, une excellente secrétaire de direction. Elle prend plaisir à ce travail retrouvé. Un travail utile... Sa mère aurait approuvé à mille pour cent. Un travail valorisant. Un vrai travail devant une vraie machine électronique, dans un vrai bureau, avenue de Breteuil. Elle a même pris du galon. La voilà promue chef du secrétariat de la présidente. Avec... Pas un salaire, ça non, en préretraite, on n'y a pas droit, appelons ça une note de frais. Juste de quoi mettre un peu d'huile dans son moteur, un moteur qui était en train de rouiller, immobilisé, coincé par la gêne et la culpabilité, au siège de SOS Agisme, entre Jacquotte et René, dans le désordre d'une intimité qu'elle avait du mal à supporter.

Séduite, snobée, par son efficacité, son équilibre, sa gaieté, son esprit d'initiative et son sens des responsabilités, Jacquotte ne peut plus se passer de la « pauvre petite Monique » d'antan. Et l'a entièrement accaparée. Elle l'emmène partout, colloques, congrès, réunions au sommet chez la marquise qui est tombée sous le charme, elle aussi. René, lui, n'a pas suivi. Il aurait préféré continuer à jouer dans la cour des petits.

Du coup, leurs rapports à tous trois se sont inversés. Avant, Monique était un peu jalouse de Jacquotte : son amie la privait d'un mari. Maintenant, c'est au tour de René : sa femme lui a piqué son amie. Et il leur en veut. A toutes les deux. Mal dans sa peau, mal dans sa vie, il s'est laissé à nouveau happer par la spirale infernale tiercé-pastis-télé. Et il se retrouve dépassé, largué, échoué sur le divan, le canapé-lit, pardon, ils font chambre à part, Jacquotte et lui, à présent, du salon. Dans un appartement déserté où Jacquotte ne fait que passer et où Monique ne met plus jamais les pieds.

Seulement voilà, René, Jacquotte s'en moque, il l'encombre. Et Monique s'en inquiète. Il lui manque. Il lui manque d'autant plus qu'elle lui manque aussi. Il a beau la fuir, l'éviter, et quand il la croise, lui battre froid, elle le sent, elle le sait. C'est pour être avec lui qu'elle a accepté de suivre Jacquotte chez Tanbelle pendant la nuit du réveillon. Il est arrivé déjà complètement beurré et ne lui a prêté aucune attention. D'où sa stupeur en ouvrant le seul paquet qu'elle ait trouvé au pied de l'arbre, une boîte minuscule joliment enrubannée, avec un cœur à accrocher à sa chaîne de cou. Accompagné d'un mot : A vous... Elle l'a cherché des yeux pour le remercier, pour lui dire... Il était ailleurs, pété comme un coing. Et elle est repartie sans qu'ils aient échangé ne serait-ce qu'un regard.

Le lendemain, c'était le jour de Noël, elle a attendu, seule chez elle, qu'il l'appelle. Le jour suivant, à peine Jacquotte est-elle entrée dans le bureau attenant au sien que Monique s'est jetée sur le téléphone pour composer son numéro perso. Elle a dû s'y reprendre à deux fois tellement elle était émue. Il était sur répondeur. Elle n'a pas osé laisser de message. Et René ne s'est pas manifesté.

Et puis, sur le coup de minuit, le soir de la Saint-Sylvestre, elle s'était couchée tôt, ivre de cafard, avec un quart champagne au lieu d'un verre d'eau, voilà qu'elle est tirée de son sommeil par la sonnerie du téléphone. Elle se précipite : rien, personne ! Pourtant ça sonne encore. De plus en plus fort. C'est la porte. C'est lui. Il la ramasse dans ses bras, et il la tient serrée contre lui en murmurant : Je t'en supplie, reviens-moi, sinon je vais crever...

Et, sans la lâcher, il l'entraîne vers le lit défait. Mais non, voyons, il ne se passera rien. Lui est trop ému, trop éméché, elle trop intimidée. Ils vont rester blottis l'un contre l'autre, à peine endormis que déjà réveillés, éperdus, balbutiants, épuisés par cette trop longue attente.

Et c'est là, au petit matin, qu'il lui a mis le marché en main :

— Monette, écoute-moi, ça ne peut plus durer comme ça. Tu dois choisir entre elle et moi. Entre l'avenue de Breteuil et L'Haÿ-les-Roses, entre le bureau et le pavillon.

Elle s'est redressée, surprise, angoissée :

— Pourquoi ? Pourquoi est-ce que je devrais renoncer à mon travail, choisir entre ma vie professionnelle et ma vie privée ? J'ai tout de même le droit de...

— Ah ! non, je t'en prie, épargne-moi...

— Mais, je parle sérieusement, chéri, voyons ! Je veux pouvoir concilier... Et d'abord, c'est à toi de lui avouer, de lui expliquer... Pas à moi !

Résultat... Il s'est encore fait attendre six semaines, le résultat. René ne savait pas comment s'y prendre. Ni où. Ni quand. Ce n'était jamais l'endroit ni le moment. Et puis, un beau matin, n'y tenant plus — Monique refuse de le voir tant qu'il n'aura pas parlé à sa femme —, il la chope à la sortie de la salle de bains, en peignoir, le séchoir électrique à la main, pressée, préoccupée, elle s'est fait un shampooing et ça l'a mise en retard. Et lui balance tout à trac :

— Écoute, j'en ai marre de vivre ici, seul comme un rat, je veux divorcer.

— Tiens, bonne idée ! Il y a tout un tas de démarches à faire, ça t'occupera.

— Oui, oui, pas de problème. Simplement faut qu'on se mette d'accord. Toi, tu gardes l'appart et moi, je prends Monique.

— Tu prends quoi ? J'ai pas compris...

— Monique. Tu voulais la marier. Plus la peine. Je l'aime et je veux l'épouser.

— Toi ? Monique ? Non, mais, je rêve ! Tu t'es pas regardé, mon pauvre ami !

— Écoute, je ne suis peut-être pas assez bon pour

elle, mais je doute que tu puisses trouver tellement mieux...

— Mais, c'est tout trouvé, René ! Elle est mariée, là, maintenant, Monique. Avec moi. Enfin, je veux dire, avec le RPA. Et elle est parfaitement heureuse.

— Oui, ben non, désolé, pas tant que ça.

— Pourquoi ? Dix millions de retraités, ça lui suffit pas ?

— Elle préférerait n'en avoir qu'un seul. Bien à elle.

— Elle te l'a dit ?

— Oui, enfin, non... Presque !

— Ça, alors !

Une demi-heure plus tard — elle a sauté dans un taxi, trop pressée, trop affolée pour attendre sa voiture de fonction —, Jacquotte fait irruption avenue de Breteuil :

— Qu'est-ce que j'apprends ? Tu me quittes ? Pour René ! Dis-moi que c'est pas vrai ! Ce serait une folie. Tu ne vas pas aller t'enterrer vivante avec ce vieux débris.

— Là, tu pousses, Jacquotte, tu n'as pas le droit de parler de lui comme ça...

— Je vais me gêner ! Il n'y a aucune raison pour qu'il m'enlève la garde de...

— Mais il s'agit d'une garde partagée. Toi, tu m'auras de 9 heures à 18 heures la semaine. Et lui, la nuit et les week-ends.

— Désolée, je ne marche pas dans ces combines à la noix. D'abord le soir et souvent le dimanche, moi, j'ai besoin de toi. Et lui, dans la journée, si tu n'es pas là, il va mourir d'ennui, il va pas arrêter de me débiner, de te monter contre moi et il fera tout, gâteries, sorties, pour que tu restes avec lui.

— Écoute, chérie, sois raisonnable ! Vous n'allez tout de même pas m'écarteler, me déchirer... Moi, je vous aime tous les deux et j'ai besoin de savoir que vous ne voulez que mon bien. Si je dois souffrir de votre divorce, je risque de déprimer, de me renfermer, de fuguer même, qui sait... Et vous serez bien avancés !

Martine est repartie avec ses petits. Tout en restant à Paris. Ou plutôt dans les environs. Jacques a été nommé à la préfecture et sa tante, elle, s'est retirée dans le Midi, leur a cédé son rez-de-jardin au Vésinet.

— Ça va me faire loin, ça, dis donc, Tartine !

— Voyons, maman, en voiture, t'en as pour...

— Quelle voiture ? Tu sais bien que je ne conduis pas.

— Faut t'y remettre absolument. C'est pas parce que papa t'a retiré ton permis, il y a quinze ans, que tu ne peux pas... Tu as le temps, là, maintenant, tu t'inscris à une auto-école, tu revois ton code et tu...

— A mon âge !

— Précisément ! A ton âge, ne pas pouvoir se déplacer, librement, c'est comme se retrouver dans un fauteuil roulant. Entièrement dépendante de...

— Remarque, il dirait pas non, Étienne. Il adore les enfants et...

— Et tu vas continuer à faire la petite fille, tu m'emmènes au Vésinet jouer avec Stéphane et Kévin, dis, papa, jusqu'à la fin de ta vie ? Ou de la sienne ? Qu'est-ce que tu feras si lui part avant toi ?

— Je ferai pitié !

— Pas à moi ! Écoute, chérie, c'est pas compliqué, si tu ne reprends pas le volant dès cette semaine, je te jette en pâture à tata Jacquotte. Elle est d'une humeur de dogue depuis quelque temps et elle n'attend que ça, un bon os à ronger. Elle va plus te lâcher.

— Alors, ça, que je conduise ou pas, elle s'en moque comme de sa première couche-culotte. Enfin, façon de parler, parce qu'elle ne pense plus qu'à ça.

— Détrompe-toi, elle vient de lancer un nouveau slogan pour défendre les vieux qu'on accuse d'être responsables de 60 % des accidents de la route et pour les inciter à appuyer sur le champignon.

— Ah ! bon... Et c'est quoi ?

— Roulez la mort. Pas mal, non ?

— Ô mon Dieu, mon Dieu, ce que je suis bien là contre toi, dans ton dos... C'est une vraie soie, ta peau, ma Tanbelle... Je me sens comme un vieux chien qui a retrouvé son coussin tout doux, tout chaud...

— Attends que je regarde l'heure... Tu te rends compte, Étienne : 9 heures moins le quart !

— Et après ? Je croyais que c'était la fête, ces retrouvailles... La grasse matinée... le petit déjeuner au lit...

— Dire que je pleurais pour t'arracher ça dans le temps et que tu ne voulais plus rien savoir ! Tu devrais aller faire pipi et en profiter pour mettre la bouilloire.

— J'ai pas besoin. D'ailleurs, je ne me suis pas levé de la nuit. Quel con, ce médecin, avec son histoire de cancer de la prostate !

— Moi, je le bénis ! Si t'avais su à l'époque que c'était pas la peine d'opérer, tu ne me serais peut-être jamais revenu... Bon, ben, alors, j'y vais. Ferme les yeux.

— Pourquoi ?

— Je veux pas que tu me voies toute nue.

— Qu'est-ce qui te prend ? Je t'ai vue cent fois... Tu t'es toujours baladée à poil devant moi...

— Ça, c'était avant. Et j'aurais jamais dû. C'est peut-être ça, justement, qui t'a éloigné de moi. En plus, maintenant, j'ai honte. Tu sors des bras d'une femme de 30 ans et...

— Arrête, je t'en supplie, Tanbelle ! Arrête avec ça... Tu vas tout gâcher.

— Ah, ça, c'est pas mal ! Gâcher, moi ! Alors que toi, tu ne t'es pas gêné pour...

— Tais-toi ! Non, ne te lève pas, tourne-toi vers moi... Embrasse-moi.

— Sûrement pas ! D'abord, tu ne le mérites pas. Ensuite, j'ai pas envie, là, tout de suite. Je me sens pas nette, pas... Allez, je vais faire le café. On verra ça après...

Après, c'est maintenant :

— Alors, ça vient, ce baiser ?

— Pourquoi c'est moi qui te le donnerais ? Si tu le veux, t'as qu'à le prendre.

C'est ce qu'il a fait. Il l'a pris. Et elle avec. Avec lui. Ils ont dessiné ensemble la carte pas du Tendre, non, pas du tout, elle ne vaut plus rien, passé un certain âge, la carte de l'érotisme le plus précis, le plus pointu. Ils ont suivi, rêve éveillé, murmures et chuchotements, étroitement accordés, encordés l'un à l'autre, les étapes de ce chemin de crête auquel ils accèdent depuis des années, après l'avoir longtemps cherché, et dont lui ne veut, ne peut plus désormais s'écarter. Sauf à traîner en route, hésitant, distrait, à la tâtonnante écoute d'un corps étranger.

Maintenant, c'est après :

— Tu m'as tué ! Hier déjà, et puis là, encore ce matin... C'est pas merveilleux à mon... ?

— Ton quoi ? Ton âge ? T'osais pas lui en parler ?

C'est d'un con ! Il n'est pourtant question que de ça tout le long de la vie. Il a quel âge ce grand garçon ? Deux ans et demi ? La mère s'insurge : Attention, tu le vieillis, là... Non, vingt-huit mois ! Après quoi, lui n'aura rien de plus pressé que d'en rajouter : 16 ans ? Pensez-vous ! 18 !

— Les pauvres !

— Qui ça ?

— Les jeunes. Ils doivent être affreusement déçus et terriblement complexés de voir, quand ils font ça ensemble pour la première fois, que ça ne se passe pas comme au cinéma dans l'extase passionnée et la complicité immédiate d'un plaisir voluptueusement partagé.

— Tu parles comme un livre, dis donc, mon chéri.

— Comme le Livre, oui. Se connaître bibliquement, ça signifie quoi, d'après toi ?

— Qu'il faut s'appeler Abraham et Sarah pour...

— Peut-être pas... N'empêche, il y a de ça ! C'est une chimie, l'amour. Et qui dit chimie dit expérience.

— Et la magie, ça joue pas ?

— Avec toi, oui, c'est pareil qu'à la télé, ma sorcière bien-aimée !

— René... René... Réveille-toi... Je m'en vais... Chéri !

— Oui, qu'est-ce qu'il y a ?

— Je m'en vais, je te dis.

— Déjà, mais il est quelle heure ?

— Huit heures et le temps d'arriver avenue de...

— Oh ! la la ! Mais je suis en retard. J'ai rendez-vous au pavillon avec le couvreur. Son matériel est à l'intérieur et il n'a pas la clé. Pourquoi tu m'as pas...

— Ben... On a tellement mal dormi que j'ai voulu te laisser... On est trop serrés... Moi, j'ai pas l'habitude... Dis voir, je me demandais, à L'Haÿ, au lieu d'un grand lit, tu crois pas que deux lits jumeaux, mais l'un contre l'autre, tu vois, pas séparés par une table de nuit...

— Oui, ben, on verra. On va pas discuter de ça maintenant, voyons, Monette. D'ici à ce qu'on emménage, on a tout le temps de... Bon, allez, faut que je me dépêche... Allume la bouilloire électrique avant de partir, tu veux... T'as pensé à ramener du décaféiné, hier ?

— Oui, mais tout était fermé.

— Pas le petit arabe...

— Si, le lundi...

— Et ce soir, tu seras là à quelle heure ?

— Pas avant 8 heures et demie.

— Écoute, c'est pas normal, elle te garde de plus en plus tard... Exprès pour m'embêter.

— Ça, c'est pas mal ! Je porte à bout de bras un mouvement énorme avec des milliers d'adhérents, mais je reste au bureau, les doigts dans le nez, à regarder voler les mouches sur ordre de la patronne uniquement pour... Faut toujours que vous rameniez tout à vous, hein, les hommes ?

— Allons, chérie, ne parle pas de ce que tu connais pas ! Et ne te mets pas à singer Jacquotte, parce que là, je vais te dire, les suffragettes, ras le bol !

— Bon, ben, je m'en vais !

— Non, mais, où tu vas là, Monette ? Pas question de se quitter fâchés. Déjà qu'on a passé une mauvaise nuit, on va pas enchaîner sur une mauvaise journée. Allez, embrasse-moi !

— Embrasse-moi, toi !... Mieux que ça...

— Embrasser le secrétaire général du RPA sur la bouche ? Non, mais, pour qui tu me prends ? Les pédés, je supporte pas. Arrête ou je te casse la gueule, espèce de vieux dégoûtant ! Dommage qu'on vive pas aux États-Unis. Je vois d'ici les gros titres dans la presse : Il m'avait promis le mariage : les confidences d'un retraité séduit et abandonné par le bras droit du président Dumourier.

Jacquotte ronchonne, c'est vrai, là, en ce moment. Elle en a après la terre entière, les hommes, les femmes, les jeunes et même les vieux. Enfin, c'est insensé ! Elle s'échine à leur faire une vie digne d'être vécue, et ils n'ont qu'une idée en tête : la refaire, leur vie ! Eux-mêmes. Entre eux. Non, mais, de quoi je me mêle ? La seule qui trouve grâce à ses yeux, sa grande copine, sa petite chouchoute, ça n'est plus Monique, cette prêtresse défroquée, cette renégate qui prétend pouvoir servir le culte des Anciens sans s'y consacrer nuit et jour, c'est Mme Lassalle.

— Si Mme Lassalle téléphone, passez-la-moi et bloquez toutes les communications. Je ne veux pas être dérangée.

Elle l'a présentée à la marquise, très intéressée, elle aussi, par cette idée de haltes-garderies ouvertes toute la journée où déposer son parent pendant qu'on va au cinéma ou qu'on fait ses courses dans le quartier. Et d'accord pour participer au financement de celle du XXe arrondissement de Paris. A condition de voir le maire s'entourer d'un conseil des anciens à la mode de Bretagne.

D'accord, aussi, mille fois d'accord, pour ouvrir, à grands frais, le Bon Séjour, dont elle a décidé de s'occuper activement, aux nouvelles méthodes d'éducation expérimentées à Copenhague et à Stockholm. Fini, la maison de retraite à l'ancienne. On lui préférera un lieu de vie. Les animaux de compagnie seront librement admis. Permissivité totale. Plus de contraintes, plus d'horaires. On dort, on mange à la demande. Chacun choisit ce qu'il veut, quand il veut, à la cafétéria ouverte de 8 heures à minuit. Sans aucun risque pour sa santé, puisque aussi bien les études les plus pointues semblent démontrer que le bébé, pardon le pépé ou la mémé, tendra d'instinct la main vers l'aliment qui lui convient.

Les salles communes seront badigeonnées de rouge, de vert, d'orange fluo et semées de meubles ludiques, gros poufs où s'enfoncer jusqu'au cou, canapés-lits où piquer un somme sans se sentir tenu de monter, horrible punition, seul dans sa chambre. Coffres à jouets débordant de quilles, de boules, de cartes, de pelotes de laine, de papier à colorier et à découper.

Des gérontrices formées, à l'exemple des puéricultrices, pour étudier le comportement des personnes âgées s'attacheront à les distraire tout en les éduquant : activités d'éveil, piscine, gymnastique, coiffeur, pédicure, sorties quotidiennes, représentations théâtrales données par les pensionnaires auxquelles seront invités les enfants.

Ça vous paraît complètement farfelu ? Ça l'est, c'est vrai. Mais en partie seulement. Va falloir en prendre et en laisser. Elle le sait parfaitement, Mme Lassalle. Simplement, elle espère qu'il suffira d'un effet d'annonce, suivi d'un début d'application, pour servir ses ambitions politiques. Et faire tomber le vent de fronde qui risquerait de la balayer comme un épouvantail en chiffon, si jamais le conseil d'administration épluchait ses comptes de trop près.

Au lendemain de l'incident Mamour-M. Paul, elle

a fait comme si de rien n'était. Et, en ne lui adressant plus la parole, eux-mêmes semblent vouloir l'ignorer.

En attendant les travaux de réfection et le recrutement d'un personnel qualifié, Solange, Dany, les aides-soignantes et les filles de salle ont donc été priées d'appliquer les nouvelles consignes. Résultat, à l'heure de l'apéritif servi à présent tous les après-midi au salon :

— Champagne ou whisky, madame Madeleine ? Tenez, voilà vos olives. Vous n'en voulez pas ? Vous préférez les cacahuètes ?

— Sûrement pas ! Vous savez bien que je n'ai pas droit au sel !

— Mais vous n'arrêtiez pas d'en réclamer.

— Et alors ? C'est pas une raison pour m'en donner. Si je vous demande de la mort-aux-rats, vous en mettrez dans mon potage, c'est ça ? Encore un coup tordu de la Schlague ! Elle n'a qu'une idée, que je dégage, les pieds devant, pour louer ma chambre à plus offrant.

— Ah, ben, tiens, la voilà, justement... madame la directrice, enfin, je veux dire, Mme Lassalle, pardon Thérèse, y a Mme Madeleine...

— Madeleine. Tout le monde s'appelle par son prénom, là, maintenant, combien de fois faudra-t-il vous le répéter, Solange.

— Non, mais, je rêve ! Vous ne voudriez tout de même pas qu'une petite gamine de 25 ans se permette d'appeler une femme de mon âge...

— Mais si, mais si ! C'est ça la convivialité intergénérations. Faut pas rester accroché aux règles d'une politesse hypocrite et désuète. Et arrêter de se vouvoyer. Qu'est-ce que tu en dis, hein, Louise ?

— J'ai dû mal entendre. C'est à moi qu'elle parle, tu crois, Toi-là ?

— Penses-tu ! Vous n'avez pas gardé les cochons

ensemble ! Vous devriez proposer ça à M. Paul, madame la directrice : Dis-moi tu, mon grand ! Il apprécierait sûrement.

Proclamée à grand fracas au cours d'un goûter de gala, sur un ton très feu de camp feu de joie, par une Mme Lassalle transformée en cheftaine scout, la nouvelle absence de règlement a d'abord été accueillie avec une sourde stupeur :

— Qu'est-ce qu'elle dit, Toi-là ? Les chants d'oiseaux... la maison du bonheur... Je comprends rien...

— Tais-toi ! Je peux pas écouter quand on parle !

— Allez, madame Mamour, dites-le-moi, vous !

— A part les canaris, on pourra manger tout ce qu'on voudra.

— Pourquoi les canaris ?

— Ils seront interdits aux chats. Ce qui signifie que Ric-et-Rac va être mis à un régime sans chats, lui. Alors là, va falloir être tout le temps après lui pour être sûr qu'il le suive !

Il aura suffi de huit jours pour mettre le Bon Séjour sens dessus dessous : Les sans-sucre sont privés de dessert. Les sans-sel de hors-d'œuvre. Les pruneaux crachent dans leur riz au lait. Et les graisses végétales se refilent de la margarine sous le manteau. Mme Mademoiselle, qui tient à son titre, ne se hasarde plus dans les couloirs de peur qu'on ne le lui pique en lui balançant un Eulalie déshonorant. Et Mme Mad, à qui on demande pourquoi elle n'invite pas une petite amie à jouer avec elle, chaque fois qu'elle monte dans sa chambre, est obligée de se lever au milieu de la nuit pour compter ses quatre napoléons. Et de se recoucher, lunettes sur le nez, nez dans le journal, histoire de vérifier si le cours de l'or n'a pas baissé.

Là-dessus, assemblée générale. Elles se tiennent trois fois par semaine et ne réunissent qu'une demi-douzaine de personnes, toujours les mêmes. Décimé par les indigestions et les palpitations, le gros du troupeau, qui broute et rumine dans le silence le plus épais, tout ce qu'on lui sert en pâture, lui, continue, comme si de rien n'était, à transhumer deux fois par jour, à heures fixes, des étages vers le rez-de-chaussée.

Mme Lassalle vient de leur annoncer qu'à la demande générale les prénoms et les noms devront être précédés de monsieur ou de madame, sauf dérogation spéciale. Et que les menus seront à nouveau conformes aux règles de la diététique et aux prescriptions médicales. Ce qui ne doit pas les empêcher d'écrire au Père Noël. La boîte à idées, accrochée près de la porte de la direction pour leur permettre d'exprimer leurs désirs et de participer plus activement à la vie de la communauté, est vide. Comment ça se fait ?

Alors, Mme Lou :

— Ben, moi, j'en ai une, d'idée. Pas la peine de la mettre en boîte. Je préfère vous en donner la primeur. Vous avez parlé d'ouvrir une bibliothèque de cinq cents volumes. Moi, lire, ça me fait mal aux yeux. A la télé, ils passent que des films policiers, des poursuites, des coups de feu. J'ai horreur de ça. Je voudrais pouvoir me passer des cassettes vidéo. Des histoires d'amour. Qui finissent bien. Ou des films historiques, genre *Angélique*.

— Entièrement d'accord. A condition qu'il n'y ait pas que des films pour femmes. Les hommes ont le droit de rêver, eux aussi.

— A quoi faites-vous allusion, monsieur Vincent, je ne vois pas ? Madame Madeleine ?

— Moi, si, je vois très bien. Il fait allusion aux vidéos porno, ce vieux cochon aviné.

— Porno ! Porno ! Tout de suite les grands mots. Je préfère *Emmanuelle* à *Angélique*, c'est tout ! J'ai quand même le droit, à mon âge. Puisque vous vous intéressez tellement à ce qui se fait à l'étranger, je vous signale qu'aux Pays-Bas on envisage de faire rembourser par la Sécu les visites des prostituées aux handicapés et aux personnes âgées dans l'incapacité de se rendre à leur... consultation. Sans aller jusque-là, faudrait peut-être se préoccuper de mes besoins... culturels. Parce que c'est pas avec tous ces vieux tableaux que je peux me rincer l'œil, moi, ici.

— Suffit, Vincent ! Pardon aux dames. Trop forcé sur le pastis. Prendre un café. Remettre idées en place.

— Elle est parfaitement à sa place, dans ce foutoir, mon idée, sauf votre respect, madame Mamour. Il en a de la chance, votre Paul ! Allez viens, mon salaud, on va aller boire un coup à la santé de ta belle.

— Et c'est comme ça qu'elles l'ont su, vos copines, pour vous et M. Paul, Mamour ? Elles devaient bien se douter de quelque chose, non ? D'après Martine, suffisait de le regarder vous regarder. Pas vrai, Christophe ?

— Oui, bon ! Écoute, Zaza, c'est pas possible ces grands magasins. Ça fait une heure qu'on tourne en rond. Quelle idée de nous traîner ici. Ce que tu peux être casse-pieds, toi, quand tu t'es mis une idée en tête... Ça pouvait pas attendre, non ?

— Attendre quoi ? Mamour est peut-être fatiguée, mais moi, je suis enceinte, figure-toi et...

— De trois semaines, alors, je t'en prie !

— Arrête de rouscailler, tu veux, Petit ? Si ça t'embête à ce point-là, t'avais qu'à ne pas venir.

— Mais, c'est elle qui a insisté.

— Je t'aurais rien demandé si Martine... Mais comme elle a peur de nous filer sa grippe... Je pouvais tout de même pas choisir toute seule.

— Allons donc ! La mode, c'est ton rayon, non ?

— Oui, mais là, c'est quand même un peu spécial... Mademoiselle, s'il vous plaît, les robes de mariée ? Ah, ben, tiens, on est passés devant sans... Venez, Mamour...

— Vous désirez ?

— C'est pour un mariage.

— En blanc ?

— En blanc cassé.

— Tous nos modèles sont là. Moi, je vous verrais très bien dans celui-ci, mademoiselle, bustier, grande jupe corolle en tulle et dentelle, ça vous irait à merveille. Qu'est-ce que vous en pensez, monsieur ?

— Vous voulez mon opinion ?

— Non. Ton opinion, tu sais ce que tu en fais, Christophe ? Tu la poses sur ce tabouret. Tu t'assieds dessus. Et tu attends bien gentiment qu'on te la redemande... C'est pas pour moi, c'est pour madame.

— Ah ! bon, les belles-mères, c'est par là. Je vous accompagne... Tenez, on a des très jolis ensembles vert pomme, rose fuchsia et bleu gitane.

— Écoutez, Zaza, Christophe a raison, c'est ridicule. On ne trouvera jamais rien qui... Je préfère mettre mon...

— Moi, je voulais qu'on aille chez un grand couturier. Il nous aurait prêté... Vous n'avez rien voulu entendre. Alors, maintenant qu'on est là... Vous me faites confiance ou pas ? Ce que nous cherchons c'est un petit tailleur habillé, dans des tons pastel. Grège, ou parme, ou gris très pâle. Madame en a vu un comme ça dans *Notre Temps*.

— Laissez tomber, Zaza, je vous dis. C'était porté

par une jeune femme de 30 ans. Sur moi, ce sera...

— Adorable. Avec une voilette et un bouquet de roses et de pâquerettes, vous serez à croquer.

— Ah ! parce que c'est madame qui se marie ! Toutes mes félicitations ! Je vais aller demander à ma collègue. Elle a peut-être ce qu'il vous faut. Les cabines d'essayage sont là. Je vous apporte ça... Ah ! mais, j'y pense, j'en ai un en solde, ravissant. C'est une petite taille, mais madame est si fine, si menue... Tenez !

— C'est exactement ça ! Passez-le, Mamour... Montrer voir... Ce que ça vous va ! Vous êtes jolie comme un cœur. Je vais appeler Christophe.

— Non, attendez, ça m'intimide. Il est tellement contrarié. Je ne voudrais pas le..

— Moi, ce que je voudrais, c'est qu'il grandisse, qu'il cesse de jouer les Peter Pan et qu'il finisse par comprendre qu'il ne peut pas vous épouser. C'est quand même insensé ! On ne trouve plus que des hommes-enfants à présent. Encore une chance que mon gynéco ait accepté de me dépanner, sinon... Remarquez, j'ai l'impression qu'il en pince pour moi, là, maintenant. Pauvre Christophe, il risque d'être de noces encore une fois.

— Les siennes, qui sait ? Mme Souris a peut-être quelqu'un pour lui.

— Ah bon ! Qui ça ?

— Sa nièce. Elle viendra à mon mariage. Une vraie petite beauté. Tiens, le voilà !

— Ben, alors, tu dis rien ? Ah ! c'est vrai, je vous ai pas présentés. Vous permettez, Mamour ? Christophe Dumourier... Mme Paul.

— Christophe, viens que je te présente. Christophe, mon petit-fils. Armelle, la nièce de...

— Mais, je vous connais ! Je vous ai vue à une séance photo. Il y a quoi... Six mois ? Vous posiez pour... Vous ne m'avez pas regardé. Moi, si !... Je vous ai cherché partout depuis. Et c'est ici que je vous retrouve ! Au Bon Séjour ! Tu te rends compte. Mamour !

Mamour s'est éclipsée, entraînée par M. Paul. Il lui a pris la main.

— Pas de regrets ?

— Pas l'ombre d'un...

— Alors, quand est-ce que vous allez vous décider à me le dire.

— Vous dire quoi ?

— Ce que, moi, je vous répète à longueur de journée. Pas dans mon caractère pourtant.

— Ce soir ! Là, maintenant, j'ose pas.

— Remarquez, je comprends. Gênant pour une jeune fille d'avouer à un monsieur qu'elle...

— Dites voir, madame Mamour, vous allez recevoir un de ces cadeaux de mariage ! Elle vous a vraiment gâtée, l'Autre-là. Le tableau au-dessus de son lit. Elle vous le donne.

— Tu pouvais pas la boucler, non, Toi-là ? Je voulais leur en faire la surprise. Il ira très bien dans votre chambre. C'est la 47 ? Ils l'ont libérée ? Vous emménagez quand ?

— A notre retour. On va passer huit jours chez le frère de Paul dans l'Aveyron.

— Maman, tu es sensationnelle ! Et moi, comment tu me trouves ? J'ai fini par me décider pour le rose fuchsia, mais j'ai l'impression que ça me grossit. Martine me jure que non. Vraiment ? Tu es sûre ? Dis donc, qui c'est la dame en grand flirt avec mon vieux cavaleur de... ? Kévin, va dire à Pétienne que mémé a besoin de lui parler. Tout de suite.

— Thérèse !

— Oui, madame le président.

— Je ne m'attendais pas à voir tant de monde. Vous en avez combien, là ?

— Près de quatre-vingts. Ils ont tous voulu descendre. Votre mère est très populaire. Et puis, bon, c'est pas tous les jours qu'on célèbre un mariage au Bon Séjour.

— Oui, ben, vous savez ce qu'on va célébrer la prochaine fois ? La victoire du RPA aux élections. Va falloir me faire voter tout ça.

— Pas évident. Ils sont déjà très sollicités. Les procurations — Tiens, papa, signe là ! —, les petits cadeaux des politiciens de tous bords aux aides-soignantes et aux infirmières, les invitations à faire une balade en voiture : Permettez qu'on s'arrête un instant à l'école communale. Bougez pas, je déplie votre fauteuil roulant...

— Ah oui, mais ça, terminé ! Chasse gardée. Je vais quand même pas laisser ces charognards braconner sur mon territoire. Faut me le marquer, Thérèse ! Faut pisser dessus. Carrément.

— Me lâche pas, René, tu veux. Sorti de Jacquotte, je connais personne, moi, ici.

— Qu'est-ce que tu racontes, mon chéri ? Tu connais Tanbelle, tu connais... Mamour, permettez-moi de vous féliciter. Je viens de parler avec votre mari. Il est étonnant.

— Moi, ce qui m'étonne, c'est qu'on me parle de mon mari. J'en avais complètement perdu l'habitude.

— Et tu t'appelles comment ? Je me le suis souvent demandé. Armelle ? Quelle merveille ! Remarque, c'était évident. Curieux que je n'y aie pas pensé... Alors, Zaza, ça pousse ?

— Ça se voit, non ?

— Surtout quand tu te promènes, avec des airs de Vierge à l'Enfant, les mains posées sur le ventre... Zaza... Armelle.

— Ah ! c'est vous la nièce de Mme Souris...

— Mme Souris ?

— C'est un petit surnom gentil. Mamour l'adore.

— C'est vrai qu'elle est très timide, très effacée.

Mais bon, on est seules au monde toutes les deux et comme je suis souvent partie...

— Ah ! ça va pas, ça ! Tu vas pas me refaire faux bond, dis ?

— Encore un peu de champagne, Mamour ?

— Non, merci, mon petit Jacques, j'ai déjà la tête qui tourne.

Et tourne, tourne, la ritournelle, tourne, tourne et chancelle, tourne, tourne et s'écroule au pied de l'énorme pièce montée qu'on vient d'apporter aux cris de « Vive la mariée ! ».

Christophe se jette sur elle, la prend dans ses bras :

— Mamour ! Mamour ! Mais qu'est-ce que tu nous fais là ? Paul, vite ! De l'air, de l'eau, de... Mamour, enfin, tu vas quand même pas... T'as pas le droit ! Mamour, je t'aime, moi ! Il y a Paul ! On t'aime !

— J'espère bien ! Pourquoi tu cries comme ça, je ne suis pas sourde ! Qu'est-ce que vous avez tous à... Ô mon Dieu ! excusez-moi, je suis tombée sans même m'en apercevoir. Allez, hop, debout ! Merci, chéri. Merci, Petit. Vous voulez savoir ce que j'avais ? Un verre dans le nez !... C'est pas une raison pour me regarder avec des étoiles dans les yeux, vous deux. Je ne suis pas une vitrine de jouets.

— Ah ! ça non, putain de bordel ! Vous n'êtes pas un cadeau ! Vous nous avez foutu une de ces trouilles ! Tenez, prenez cette pelle, essayez de ne pas en ramasser une autre et découpez le gâteau. Sinon je vous pose debout sur cette table et je mets votre jarretière aux enchères. Inutile de prétendre que vous n'en portez pas, on l'a vue ! Hein, Christophe ?

— Même que j'arrêtais pas de loucher dessus ! Tiens, ça me donne une idée. Viens, Ric-et-Rac, on va aller demander la main d'Armelle à sa tante. Mieux vaut tenir que courir.

— Qu'est-ce que tu es en train de nous faire, là, fiston ? Une fin à la Molière ?

— Avec votre consentement, mon père...

— Je te le donne. Vivez heureux et n'ayez pas beaucoup d'enfants. Moins de 1,7. Sinon ça résoudrait le problème des retraites, et ta mère n'aurait plus rien à se mettre sous la dent.

Cet ouvrage a été composé
par l'Imprimerie BUSSIÈRE
et imprimé sur presse CAMERON
dans les ateliers de B.C.A.
à Saint-Amand-Montrond (Cher)
en avril 1993

N° d'édition : 14410. N° d'impression : 839-93/183.
Dépôt légal : mai 1993.
Imprimé en France